GAEA

GAEA

太歲

卷四

TAI SUEI

星子teensy ——著
葉明軒 ——插畫

太歲 卷四

目錄

38 勝利的焰火

半山腰上，眞仙宮暗沉沉的，晚上都不再放燈了，這是因爲魔王們不喜歡刺眼燈光。

九天上人坐在訂製的寶座上，看著自己右手。他的右手一片殷紅，手背上還有個奇異圖騰，指甲尖銳嚇人。五魔王給了他魔力，他顯然十分滿意，每日閉關修煉，不再接受信徒膜拜。他心想，等他練成一身神力，舉行盛大巡迴傳道表演，屆時再也沒人敢說他是神棍了。

「雪媚娘娘有令——」女魔將飛入正殿，九天上人正陶醉著，一見女魔將飛來，連忙起身迎接，一不小心還摔了一跤，滾了兩圈，狼狽爬起。果然如雪媚娘所言，像條哈巴狗。

女魔將急急說著：「雪媚娘娘和四目大王正領了兵馬與敵人交戰，戰況緊急，你快領兵趕去支援！」

「遵命、遵命！」九天上人連連點頭。

只見到九天上人呼嘯一聲，背後竟竄起一對蝙蝠翅膀。他奔出正殿，踩過階梯，一躍飛起，飛到了廣場上空，大聲吆喝著。

一隻隻妖兵從四方聚來，有的從土裡鑽出、有的從四處殿堂跑出，妖兵們越聚越多，成山成海。

女魔將和九天上人便領著這路妖兵大軍，往中三據點殺去。妖兵大軍行經一處山林，山林裡樹木高聳。

「動作快點，遲了可不好了！」女魔將催促著。

九天上人嘿嘿地奸笑說：「姊姊可別擔心，我率領大兵前去，一定可以把那些神仙殺光。雪媚娘娘賜我一身魔力，我會好好孝敬她的！」

「無恥神棍——」葉元的罵聲從林間發出，聲音未歇，葉元便騎在大傻肩上，落下樹來，攔在妖兵大隊前方。

「是你這老傢伙！」九天上人怒眼瞪著，他還記得當天大法會，葉元鬧場時的難堪場面。

「喲，你倒還記得我，看我今天怎麼教訓你這狗娘養的無恥神棍！」葉元大罵。

大傻也高舉兩柄石斧，鼓起了胸膛剽悍狼嗥，氣勢萬鈞，震落下一堆樹葉。

「殺——」四周陣陣喊聲響起，義民爺一個個從樹上跳下，躍進了妖兵堆裡一陣痛殺。帶頭的女魔將直直竄向大傻和葉元，卻被一個身影攔住，是義民爺李強。

李強雙手緊握大刀，頭上綁著白布，二話不說就是一陣猛攻。女魔將不是李強對手，幾回合便讓李強一刀斬死。

「哇啊！什麼鬼東西？」九天上人害怕叫著，伸出紅爪子想要幫忙。然而他雖有魔力，卻全無作戰經驗，看著眼前義民爺王海舉刀殺來，只嚇得雙腿發軟。王海一刀砍來，九天上人竟伸手去擋，讓王海一刀砍斷了那紅爪子。

「我的手啊！」九天上人哭叫著，轉身逃跑：「撤退！打不過啊——」

妖兵們聽了九天上人喊撤退，一下子全亂了陣腳。

李強高聲大喝：「魔界邪魔休想亂我凡間大地，兄弟們，上——」

義民爺個個大吼，一陣衝殺；妖兵們數量雖然多，但此時群龍無首，不知該退還是該戰，讓義民軍殺得潰不成軍，四處流竄。

九天上人逃了好一陣，好不容易逃回眞仙宮，才剛飛進大廣場，就見到那皇宮般的正殿塔頂燃起了大火。

鍾馗正站在那黃金大塔頂上，一手拿著酒瓶，一手舉著火把，一口酒吞一半，剩下的全噴成了火，往四周燒著。

「他奶奶的，眞是浪費了好酒！」鍾馗醉眼惺忪，底下那巨牛正衝撞著廣場上的九天大神像，將神像撞得稀爛，一干鬼卒在神壇裡外瘋狂破壞，能砸的就砸，砸不掉的便放火燒。

「哇啊，我的寶殿吶——」九天上人見了這樣，怪吼怪叫：「去阻止他們，殺了這些惡鬼！」

「哈哈，看是誰來了！」鍾馗高高見了，哈哈一笑，打個酒嗝，身子晃了晃，眼神變得凶烈，捲起一陣黑風，直直衝進妖兵堆，兩隻大手左抓右打，摘下一顆顆妖兵腦袋往口裡送。

一干鬼卒也立時跟上，和妖兵們殺成一片。

九天上人連滾帶爬地避開了雙方交戰處，偷偷逃入正殿裡，只見裡面一片狼籍，全給打了個稀爛，有些地方還在燃著大火。

義民軍也趕進了眞仙宮廣場，和鍾馗鬼軍前後夾擊，妖兵們沒有魔將發號施令，慌亂無章，被鍾馗站在巨牛背上一陣衝殺，殺得妖兵們鬼哭神號、東逃西竄。

九天上人在神壇裡打破角落一處小櫃子，取出滅火器，哭叫嚷嚷地去滅火。火勢越來越大，正殿裡掛著的金銀飾品一件件給燒熔了，那一幀幀顯聖圖全被燒成了灰。

地上華麗地毯，更像是野火燎原般，瞬間成了灰燼。九天上人隻身在神壇裡四處滅火，起不了半點作用；最後他背上的翅膀都讓火給燃了，便在壇裡亂竄，竄進了法會演講廳，裡頭更是一片火海。

於是，九天上人逃出演講廳，想打電話找他的僧人幫忙。魔王入主眞仙宮之後，九天爲免走漏風聲，將手下一票僧人部下全開除了。此時九天撥了幾個號碼，才見到鍍金的電話也給燒爛了。

「我的大寶殿啊！我的錢啊！我的事業啊！」九天上人發了狂地吼著：「滅火器呢？哪還有滅火器……」

九天上人的聲音越來越微弱，只見這如同皇宮一般的眞仙大神壇，各處火勢越燃越大，在黑夜中成了座小火山。

□

雪媚娘退進了村裡，且戰且走；翩翩、若雨、飛蜓、青蜂兒四處夾擊，緊追著雪媚娘。

兩魔王的妖兵戰死一半以上，魔將被困在村落中，和天將、家將展開巷戰。大批妖兵沒有頭目率領，只能像無頭蒼蠅一般胡亂鑽著。

「中五據點木止公來也！」遠處一聲嘶喊傳來，木止公領著天將與林珊會合，一同在空中誅殺妖兵。

雪媚娘只嚇得魂飛魄散，想不到戰局竟被如此扭轉。她從身上拿出一只竹筒，朝天空一舉，射出一道紫光，紫光打上高空，在空中炸出好大一團光暈。

翩翩竄到了雪媚娘身前，揮動青月、靛月，大戰雪媚娘。雪媚娘雙劍舞得密不透風，和翩翩戰得不分上下，噗的一聲吐出一口紫霧，這才逼退了翩翩。

青蜂兒從後頭殺來，射來一陣光針，讓雪媚娘揮動雙劍打散。

若雨也來助陣，和青蜂兒合力夾擊雪媚娘。雪媚娘盡力死戰，將青蜂兒和若雨都逼退了老遠。

雪媚娘在歲星三將一輪猛攻下，還沒回過氣來，飛蜓又已捲著暴風襲來。雪媚娘閃過兩道旋風，終於還是閃不過第三道，給打中右臂，華麗袖子都給吹得碎裂，手上更被劃出一道道血痕。

飛蜓趁勢一槍刺進了雪媚娘左肩。

「別殺死她——」空中林珊一喊，青蜂兒和若雨都停下了動作。

雪媚娘本想還擊，但林珊已經扔下了一條條銀繩子——那是在迎戰千壽公時收來的寶物——捆上了雪媚娘身子，將她雙手雙腳都緊緊捆實，動也不能動。

兩名天將上前將雪媚娘提了起來。水琝公在雪媚娘額上一指，一道黃光滲入雪媚娘額心，這能暫時減弱她的魔力——縱使雪媚娘四肢被綁，大夥兒對這魔王還是不敢掉以輕心。

林珊舉起長劍，在雪媚娘雪白臂膀上劃了道口子，喝斥：「快命令妖兵停手！」

雪媚娘哼了哼說：「妳這小仙……上次讓我一激，存心想報仇來著……」

還沒說完，林珊一劍刺在雪媚娘大腿上，說：「教妳命令妖兵停手，我有問題問妳。我問妳答就是了，妳若不配合，只有死路一條。」

雪媚娘咬著唇忍痛，臉色發白，不吭一聲。

「有誰知道這蛇魔王怕什麼？」林珊皺了皺眉，轉頭望著其他神仙。

「雄黃？」「白焰符？」精怪們舉手提議。

阿關突然想起了什麼，大喊：「鍾馗！她怕鍾馗！」

雪媚娘大笑說：「那黑鬼王，我會怕他？要是再讓我見了，必殺了他不可！」

若雨嘻嘻笑著說：「要見鬼王不難吶，我們可以讓妳用這副模樣見他。妳手腳都不能動，那鬼王一定高興得不得了，花三天三夜來慢慢吃妳。」

雪媚娘一想起那鍾馗流著惡臭口水在自己手上亂舔，登時氣得漲紅了臉，說不出話來。

若雨見雪媚娘氣憤不語，知道她心裡害怕，便又說：「妳怕啦？我可以教他吃慢點，吃上一個月好了！」

林珊召了城隍過來吩咐：「城隍，你領家將上眞仙宮，去請鬼王來。你就說咱們神仙爲了報答他，要送他一份大禮！」

「是！」城隍領了命，飛上天吆喝一聲，召了家將便往眞仙總壇飛去。

雪媚娘臉上一陣青一陣白，突然長嘯一聲，妖兵們全停下了動作。

林珊跟著也發出了停戰號令，就這樣，兩邊都停下了動作。本來上萬妖兵，此時只剩下不到一千，在雪媚娘號令下，聚集到了一邊。雪媚娘看著那干妖兵裡，魔將只剩下負傷的獨臂蕪菁，荊棘早讓大邪一口咬去了腦袋。眼見大勢已去，雪媚娘低頭嘆了口氣。

「你們五魔王合力上凡間作亂，必定有彼此聯繫的方法，是什麼？」林珊問。

雪媚娘默了半晌，終於開口：「我剛剛放出的那紫光，就是緊急令，前幾天山林一戰後，我們幾個身上都帶著緊急令和報喜令……緊急是求救用的……」

「妳放出這緊急令，其他三路魔王眞會前來救援嗎？」林珊追問。

「我不知道……」雪媚娘搖著頭回答：「我們幾個在底下並沒太大交情，這次只是一齊出兵，實際上各打各的，也沒有周詳計畫……也才會中了你們這下流奸計！」

「妳說那報喜令是什麼？」林珊又問。

「若誰抓著了備位太歲，或找著了太歲鼎，便放這令通知其他魔王。」雪媚娘答：「這是我們五個唯一的約定，要是哪個敢有私心，想要獨吞太歲鼎，其他四個就會聯手攻打他。」

林珊一聽，面露喜色，說：「好！就放出報喜令！」

雪媚娘滿臉狐疑。

林珊收去她一手銀繩，長劍指著她額頭，命令：「放出報喜令。」

雪媚娘遲疑半晌，伸手掏了掏，從胸前衣服裡掏出一只紅色竹筒，高高舉起，口裡唸咒，放出一道紅色光束。紅光射向天空，炸出一大片紅色光芒。

「呱呱！」癩蝦蟆叫著：「這是勝利的焰火啊！」精怪們這才歡呼起來，直嚷著打贏了。

這仗打得漂亮，全靠林珊計謀成功。她派若雨等四處探查安全路線，同時監看妖兵動靜，把骨皮誘進圈套，迷昏設計。

狐狸精們變化作妖兵模樣，一同演戲將骨皮騙得團團轉，在舊屋牢房裡提醒骨皮，引導他偷聽林珊編好的談話，以爲歲星部將即將要走，但實際上歲星部將們卻進了白石寶塔，由天將偷偷塞回小屋裡。

狐狸精們替骨皮尋找武器時，便趁機將白石寶塔藏在身上，與骨皮一同逃出中三據點，回到眞仙宮通報這重大消息。

這其間靠著狐狸精們的伶牙俐嘴，不斷暗示、提醒骨皮，該如何向魔王通報，好取得魔王信任及賞識。

林珊早知道這四目王一身蠻力，作戰全憑武勇，腦子一點不行。雪媚娘稍微靈巧些，但也不是用兵長才。

林珊笑著說：「若是換了狡獪的壺王，或者是陰沉的紅野窮妹，或許便不會上當了。」

水琝公下了令，兩名天將把愣在一邊的蕪菁也擒了過來，奪去她手上長鞭。

在雪媚娘受迫發出的號令下，妖兵們無奈地將同伴的屍身一一清出了村落，在這村落外堆成高高一座小山。

其中有些妖兵趁隙要逃，都讓守在空中的青蜂兒、翩翩、若雨放術打死。死了數十隻膽子大的妖兵之後，剩下來那不足一千的妖兵，都再也不敢惹事或是逃跑，只能乖乖清理著同伴屍體；有些妖兵打得肚子餓了，索性一邊清理屍體，一邊撿了些手手腳腳，就地吃了起來。

清理完了屍體，木止公手一指，射出一束光，在地上畫了個好大的圈圈：「妖兵全都進去，出來即斬！」

妖兵們嘰哩呱啦，心不甘情不願地全擠進圈圈裡。有幾隻妖兵不信邪，故意將腳伸出圈圈外，彼此竊笑著；空中的翩翩看了，幾道光圈打下，那些伸出腳的，全抱著斷腿在地上打滾。圈裡的妖兵霎時往後縮了一小圈，都怕不小心站得出去了些，身體就少了幾截。

精怪們三五成群坐在空地上，互相搽著治傷藥，雖說打了勝仗，卻也有好多隻精怪給魔將打死。

虎爺和石獅則在六婆跟前列成了隊，虎爺這邊有阿火、牙仔、二黑、二黃、大綠、大邪、二邪，以及另外六隻虎爺。

「大黑怎麼沒了？二花、三花呢？」六婆愣了愣，發覺少了幾隻虎爺。

癩蝦蟆說：「呱呱……這次寶塔讓狐狸精拿……底下的精怪受傷了沒地方躲……」

老樹精接著說：「有個拿雙劍的魔將，是四目王手下，他殺進一間屋裡，幾隻虎爺撲了上去，都讓他殺死了。儘管這樣，這魔將也因為讓虎爺咬得傷重，便被咱們合力殺了。」

「每次打仗，總要少幾隻喲……」六婆紅了眼眶，去數那石獅。「一隻、兩隻、三隻……」

石獅也戰死三隻，剩下五隻。六婆越數越心酸，啜泣了起來。阿關和阿泰趕忙上前拍著六婆肩膀，安慰她；虎爺、石獅全圍成了一圈，牙仔更在六婆腳邊蹭著。

「癢死我了……」六婆這才破涕為笑，抱起了小牙仔，輕撫著他的背。「牙仔厲害啦，一點傷都沒有……」

鐵頭見了，發出幼犬般的吼聲，亂蹦亂跳著。六婆也拍拍鐵頭的背，又摸起其他虎爺。鐵頭齜牙咧嘴著，在地上打起了滾，似乎在抗議沒有受到與牙仔同等的待遇。

一旁的阿泰哈哈大笑起來：「幹！你沒毛啊，你身體是硬的，難摸啊，沒人疼，可憐噢，沒人疼噢！」阿泰越講，鐵頭就滾得更厲害。

阿泰見了，笑得更大聲：「沒人疼，你沒人疼，大家來看喔！這隻獅子沒人疼噢！」

鐵頭嘎嘎吼叫，也不滾了，搖搖晃晃走到阿泰腳邊，頭一低，像個大鐵鎚碰地砸在阿泰腳尖上，痛得阿泰大「幹」了一聲，換他抱著腳在地上打滾了。當然，這次可沒牙仔配合第二波攻擊了。

正嬉鬧間，城隍領著家將回來了，在空中喊著：「鬼王到了！」

垂頭喪氣的雪媚娘聽了城隍吶喊，不由得抖了一下。論單打獨鬥，那日在山林要不是翩翩攻勢太強，三個鍾馗上來也讓雪媚娘給殺了，但此時她被五花大綁、動彈不得，又被水琝公的鎮魔神力注入腦袋，全身上下一點力氣也沒有。

「聽說有好東西要送老子？」鍾馗一手提著酒壺，醉眼惺忪、大搖大擺地走進中三據點，後頭還跟著一干鬼兵鬼卒。

虎爺、石獅們見了鍾馗座下那可怕大巨牛，都跳了起來，虎視眈眈的。

林珊呵呵笑著，提起雪媚娘往鍾馗一扔。鍾馗一見雪媚娘，一下子酒醒了七成，驚呼出聲：「哇——」

「還好老子今天大殺妖魔時沒吃多少，現在肚子正餓著哩，謝啦！」鍾馗哈哈大笑，摟住雪媚娘先親了幾口，張開嘴巴，伸出大舌頭，吸哩呼嚕就要舔雪媚娘的臉。

「等等！」林珊長劍一指，攔在鍾馗嘴旁。

鍾馗喝了一聲：「做啥？不是說送我的？」

「只送你個眼福瞧瞧。」林珊搖頭說：「沒說送給你吃。」

「什——麼！」鍾馗大怒：「妳耍老子！」

林珊笑盈盈地說：「我還要問她一些事情，若她答得慢，我讓你舔她一口；若她不答，我讓你咬她一口。」

「操！」鍾馗搔搔腦袋：「你們這些神仙什麼不多，詭計最多，這無聊的遊戲也玩，何不讓我一口吃了她？」

「咱們要逼供，要問出三魔王的弱點，怎能讓你說吃就吃呢。」林珊說。

「妳奶奶的！老子又不是狗，舔一口、舔一口那多難受？」鍾馗氣呼呼地說。

「別急，咱們早已替鬼王你準備了上好酒肉，你打贏了場大勝仗，不妨留下吃吃喝喝。」林珊這麼說。

鍾馗聽說有酒肉，眼睛一亮，點點頭說：「吃吃喝喝也不錯……」

水琝公吩咐一聲，幾名精怪立刻上主屋裡搬出一箱箱美酒，又有精怪抬出桌椅。兩隻精怪還拉了一塊紅色長旗子出來，插在桌子旁，旗子上頭寫著：**祝賀鍾馗爺爺大英雄旗開得勝**。

鍾馗一看，樂不可支，笑罵著：「妳奶奶的，想討好老子，門都沒有！」

精怪們跳進了白石寶塔，拿出了一簍一簍的食物，堆了滿地都是。

林珊想要收編鍾馗和義民爺，這些東西當然也是早已準備好的。本來還有一塊紅布，是寫著「**英勇義民，爲民除害，萬世流芳**」的布條，但此時只來了鍾馗，這布條也就沒拿出來了。

鍾馗哈哈大笑，坐在椅子上吃起了酒肉，將手下鬼卒也招了過來，一同吃喝著。

精怪們在空地一角席地而坐，看著鍾馗一路野鬼大吃大喝，都流著口水，瞪大了眼睛。鍾馗本性灑脫，吃軟不吃硬，雖對正神沒啥好感，但見精怪對自己如此恭敬，知道他們也是這亂局中的受害者，心一軟，便對精怪們招了招手，喊著：「老子吃不了這麼多，都給我滾過來，幫我一起吃！」

精怪們聽了，個個眼睛發亮，看向林珊；林珊點點頭，精怪們便一擁而上，吃吃喝喝了起來。精怪們長住山林，和那些野鬼本來便不生疏，裡頭有些精怪還是林珊在中南部征戰時召募來的，此時自然打成一片。

「黑鬼王，小心吶！」雪媚娘哼哼說著：「這小娃厲害得很，你不知道她正收買你手下軍心嗎？」

「是嗎？」鍾馗嚼著雞腿，睨眼望向林珊。

「女魔王挑撥離間，鬼王可以舔一口。」林珊笑了笑。

鍾馗哈哈一聲，飛竄而來，一把摟過雪媚娘，張開大口，伸出粗大舌頭，在雪媚娘臉上轉了一個大圈。

「天吶！好噁心——」阿關愕然。

「幹！舌頭也能甩尾！」阿泰也不禁怪叫。

「……」雪媚娘怒喝一聲，本想要回嘴咬去，卻又怕鍾馗將舌頭伸進她嘴裡，只得緊閉著口，氣得雙眼都要噴出火來。

「你舔太大口了。」林珊呵呵一笑，拉開了鍾馗。

鍾馗聳聳肩，轉身往回走。

「說！你們五個這次上人間，背後有沒有其他更大的魔王撐腰？」林珊望著雪媚娘。

雪媚娘氣得發抖，愣了一下才回過神來，乾嘔了幾聲才要開口，鍾馗又跳了過來說：「臭娘們答這麼慢，我不得不替仙子教訓妳！」他邊說，又伸出大舌頭在雪媚娘臉上滾了三圈，才被林珊推開。

「我已經要說了！」雪媚娘大吼，甩著臉，想將臉上口水甩掉。

「快說。」林珊笑著說。

阿泰和精怪鬼卒們在一旁起鬨：「太慢了！」「舔她！」「咬她！」

雪媚娘急急地說：「我們一開始得知天界大亂，就打算要上凡間大鬧一場，這些兵馬都是我們各自籌齊的，背後沒有什麼更大的魔王。我們五個在地下也都是雄霸一方的大王，又怎會聽命於其他魔王。」

林珊想了想，點點頭，接著又問：「五魔王裡，是誰提議要上人間作亂的？」

林珊還沒講完，阿泰已經大吼起來：「太慢，太慢啦——」六婆走了過去，狠敲了阿泰腦袋一記，斥罵：「人家神明在問話，你吵什麼？」

「魔王想要入侵人間，可不是什麼新消息。我們一直都有這樣的念頭，但這次五魔王合作，是壺王提議的……」雪媚娘答。

「要是壺王和其他魔王有協議，妳也未必知道。」林珊懷疑。

「這個當然……我當然不信任那死胖子，但我們聽說了弒天下場，知道合力上人間，總比隻身上人間要來得有利……」雪媚娘回答。

「嗯。」林珊點點頭，又問了些其他三路魔王的特性、有無弱點等等，雪媚娘也一一照實回答，有時遲疑了些，就讓鍾馗抱住狠狠舔上一口。

一旁的天將則做好了筆記，將這些情報一一回傳主營。

最後，林珊召來天將吩咐了些話，天將進了主屋，拿了條毛巾出來，在雪媚娘臉上抹了抹，替她擦去臉上的唾液。

「辛苦了！」林珊對雪媚娘笑了笑，說：「我們明天就要去攻那三路魔軍，還得要妳幫個忙……」

雪媚娘只氣得齜牙咧嘴，卻也不敢說些什麼。

深夜，空地上還燃著營火，精怪、鬼卒們分成幾組，輪流看守著圈圈裡的妖兵。

雪媚娘還由天將和城隍守著，蕪菁則被押入白石寶塔裡的牢房關著。喝了爛醉的鍾馗，進入那特別為他布置的睡房，呼呼大睡著。

歲星部將們聚在牆邊一角，輪番看守，以免雪媚娘有所動靜。

「什麼時候才能回到洞天呢……呱呱？」癩蝦蟆看著星星說。

老樹精從洞天火焰樹上摘下的那些彩葉，在征戰中也都落光了，他撥著頭上稀稀落落的黃葉：「要是再回去洞天，我不想再回來凡間了……」

精怪們同聲附和：「我也是……」「我也是！」

夜空星光閃爍，精怪們對著夜空星星祈禱，戰勝的欣喜已經退去，漸漸轉爲沉靜。

阿關靠著牆角發愣，看遠處那圈圈裡餓了許久的妖兵，突然覺得有些難過，心中不解爲什麼三界要這樣廝殺？和平相處不是很好？

林珊走了過來，拍了拍阿關肩頭問：「要不要回房？」

阿關搖搖頭說：「我想在這兒陪大家。」

林珊笑了笑，沒說什麼，進房拿了張毯子出來，給阿關蓋上，在他身旁坐了下來。

過了許久，阿關漸漸累了，終於闔上了眼。

39 離間

夢境裡，昏昏沉沉的，一張張鬼臉在眼前浮動。

自己在一處巷道裡跑著，跑著跑著，額上的汗不斷淌落，不時回頭看，只見到後頭跟著的鬼臉越來越多，有男有女。

有張鬼臉好醜，整個爛了，眼睛是褐黑色的，瞳孔卻是一個血紅小圓點，還不斷滴出血珠。鬼臉一張爛口，舌頭伸了老長，在空中甩動。

他不斷跑著，腳絆了一下，身子在空中打了個轉，摔下地來，後頭的鬼臉就要撲上……

眼前突然有處光點慢慢擴大，溫暖白光從光洞中射了進來，雖沒有轉頭，卻感到後頭那妖魔鬼怪一隻隻給白光嚇退。

總有幾隻凶悍的鬼臉仍不懼怕白光，死命追著，越追越近。那黏膩的長舌頭幾乎鑽到了脖子上，伸手去撥，卻怎麼也撥不掉。

眼前的光芒幾乎覆住了自己身子，裡頭有個人影，兩隻雪白臂膀伸了過來，要抱自己。同時，後頭那鬼臉已經靠在了自己肩上，呵出一口口腥臭血氣——

「哇啊啊！」阿關彈了起來，甩著肩膀，眼前白亮一片，什麼也看不清楚。他恍神之際，一把抱住了前頭那人。

林珊臉頰飛紅，輕輕推開了阿關。

阿關一臉茫然看著臉前的林珊，發現自己的雙手還搭在她肩上，趕緊縮了回來。

林珊蹲在他左側身旁，右邊是跳腳怪叫的阿泰，他大叫著：「幹你老師咧！我叫你，你不醒還撥開我的手，仙子叫你，你就大叫著去抱她，你是故意的，你一定是故意的！」

「我不知道啊！」阿關急忙辯解：「什麼啊？我剛剛在作夢！」

「作春夢吧你！」阿泰大叫。

阿關跳了起來，作勢要搥阿泰，阿泰扮著鬼臉跑了。

林珊緩緩站起，替阿關撥撥頭髮，說：「主營有了回報，魔軍陣腳已經開始鬆動，我們準備進攻了。」

阿關尷尬笑著說：「我剛剛不是故意的……我作了奇怪的夢……」

林珊淡然一笑，沒說什麼。

阿關伸了懶腰，看看自己一身髒衣還沒換，想進去屋內梳洗一番，轉頭便見到若雨、翩翩、青蜂兒、飛蜓、福生正佇在一旁聊著。

阿關臉上一紅，想必剛剛糗事都讓他們看見了。這時，他注意到翩翩今天的袖子較短，露出的手腕更多了些，原來裡頭也沒裹著紗布。

「咦？妳傷勢好更多了……」阿關驚喜地跑了過去。

若雨背對著他，阿關頭往左看，若雨後腦袋就往左擋；阿關頭往右看，若雨後腦袋就往右擋。

「妳幹嘛？」阿關拍了拍若雨腦袋，若雨才誇張叫著：「救命啊，好可怕啊！」邊叫邊一把抱住了翩翩。

「好了，別鬧了。」翩翩苦笑著推開若雨。

「我作了噩夢，好可怕呀！」若雨仍然大叫大嚷，一旁的青蜂兒掩嘴竊笑，飛蜓則翻著白眼，滿臉不屑。

「……」阿關咳了幾聲，知道他們果然將自己剛才的一舉一動全瞧進了眼裡，覺得十分不好意思。

「妳的傷好多了。」阿關指著翩翩手腕，想扯回本來的話題。只見翩翩點點頭，眼神卻沒看著自己。

若雨還在一旁鬧著：「好可怕啊，阿關大人，你想不想聽聽我作了什麼噩夢呀？」

「不是很想……」阿關白了若雨一眼，回房間換衣服去了。

換到一半時，外頭有些騷動，原來是葉元來了。

葉元一身疲憊，在天將帶領下，進了這中三據點。精怪們列隊歡迎，搞得這山中老粗倒有些不好意思。

大傻手臂、身上都是傷疤，兩柄石斧也盡是裂痕。大傻只是尋常狼怪，天生力大，從沒經歷如此大戰，能耐卻不輸魔將。

醫官見到大傻身上傷處塗有膏藥，知道是葉元自個兒的靈藥，卻還是領了大傻進屋治傷。

葉元是來通報戰情的，他本口拙，但話匣子一開，卻又停不下來。

「昨夜那大戰可真精采啊！強爺雙手拿著大刀，左劈右砍，殺倒不知多少妖魔鬼怪。那些妖魔啊，就只知道鬼吼鬼嚷，沒真功夫來著，都讓義民爺們給殺了！後來殺到了那神棍騙錢鬼廟，鬼王早就在那兒等著了，還放火燒了那大神壇！咱們兩面夾攻，殺得他們除了逃，還是逃，哈哈哈哈！」

葉元說得口沫橫飛，精怪們圍成一圈。

癩蝦蟆呱呱插話：「老頭，就說你見識少，昨夜咱們這裡，更精采十倍不只啊！呱呱！」

「說來聽聽！」葉元瞪大了眼。

「好呀，呱……」癩蝦蟆清了清喉嚨。「起初呢……」

癩蝦蟆才剛要開口，就讓奇烈公推了開來：「好了，讓我問正事。」奇烈公望著葉元，問：「那些義民後來如何了？他們會不會加入咱們今日的征討行動？」

葉元知道奇烈公是神明，又拘謹了起來：「不……不……強爺見鬼王隨城隍爺走了，也沒什麼反應，仍領著義民爺們追殺妖兵。我們殺了好一陣，這才返回那鬼廟，咱們怕大火燒了山，幫忙滅了火之後，就回山林慶祝去了。早上強爺知道我想與你們會合，便遣了幾名義民爺護送我，卻沒提到要與你們一同出征……」

奇烈公還要問，林珊從屋裡出來，打斷了他們的談話，高聲下令：「走吧！主營準備進攻了——」

鍾馗聽了外頭吵雜，打著哈欠走出舊屋，知道正神準備出兵了，伸了伸懶腰，領著鬼卒們便要離開。

林珊趕緊攔下，好聲好氣地說：「鬼王大哥，我們還需要拜託您一件事！今天一戰，事關重大，正神軍力集結，打算和魔軍一搏……」

鍾馗睨視著林珊，沒好氣地說：「怎麼，老子昨天花了一夜，替妳逼出許多口供，妳這小仙還不滿意？想得寸進尺？吃妳一頓酒菜，就想教老子替妳賣命打魔軍？門都沒有！」

林珊搖頭笑說：「我們已有一計，需要用到女魔王，然而這女魔王卻只有你能治她，若少了你，妙計可使不成啦！」

鍾馗聽了，哼了一聲：「我呸！昨晚逗了老子一晚，也只讓我舔了舔那蛇魔女的臉蛋，連咬都不許咬一口，還故意準備了酒菜把老子灌醉，又討好老子的部下，真可讓妳撿了個大便宜！」

鍾馗罵聲連連，但見林珊胸有成足，便又好奇地問：「是什麼妙計？」

林珊簡單說明了一下，鍾馗雙眼瞪大，大笑說：「哈哈哈！這計太妙，真是好笑！」

「這趟行動，你和你的部下全都不用親身上陣，只需在寶塔裡看好戲即可。寶塔裡也一樣備了好酒、好菜。」林珊這麼說。

鍾馗搔了搔腦袋，想想不吃虧，便對鬼卒們招了招手，說：「來吧、來吧，這些神仙愛當凱子，請咱們喝好酒、吃好菜、看好戲，這麼好玩的事，老子也想湊湊熱鬧。」

鬼卒們排成了隊，一個個都讓林珊在額上蓋印，跳進了寶塔。那巨牛太大，怕在寶塔裡進進出出不方便，被鍾馗趕回山上，不讓牠跟著。

接著精怪、石獅、虎爺也全跳進寶塔，城隍和家將也跳了進去。

水瑍公拍了拍葉元肩膀說：「這次能大獲全勝，你這凡人也有不少功勞，我們即將前去征討那另外三路邪神，你要隨我們去嗎？」

葉元先是一愣，跟著連連點頭，喊著：「我一把老骨頭，也不怕死了，凡間有難，就算你們不讓我去，我也要硬跟著去啊！」

水瑍公聽了點頭微笑，與另兩位主神領了天將，和葉元、大傻、阿泰、六婆等，全都進了寶塔。

林珊和翩翩、若雨交代了一些事情，跟著將白石寶塔交給了翩翩，自個兒和飛蜓、青蜂兒、福生進了白石寶塔。

白石寶塔塔頂上可熱鬧非凡，精怪、鬼卒、石獅、虎爺們全嬉鬧成一片；鍾馗已經坐在準備好的桌前吃吃喝喝，等著看好戲。

天將將雪媚娘押到塔邊，林珊瞪視著她說：「妳可別忘了昨夜答應的事，妳乖乖照做，我們一干歲星部將可以在玉帝面前替妳求情，饒妳不死，放妳回魔界。」

雪媚娘漠然點了點頭，先前氣焰全無，一統凡間的希望已經破滅，三路魔王成功與否早與自己無關，眼前林珊軟硬兼施，答應了還有希望逃過一劫，不答應只能讓那鬼王凌辱至死。

阿關召來石火輪，在一旁等著，卻見到大夥兒都進了白石寶塔，只剩自己和翩翩、若雨，正覺得奇怪。

只見到翩翩不知從哪兒拿了件大袍，將它抖了抖，攤開來。大袍上有著華麗裝飾，竟和雪媚娘的裝扮風格十分類似。

大袍異常寬大，看來氣勢非凡。然後翩翩將大袍套上身，還有好長一截拖在地上。

「耶？」阿關不解，不知翩翩在玩什麼，只見若雨也跟著鑽進了那大袍，兩人躲在袍裡動來動去，似乎在挪移位置。

「妳們在幹嘛？」阿關覺得莫名其妙，轉動車頭騎了過去，在那大袍周邊繞了繞。見翩翩和若雨都沒有反應，似乎還在挪位置。阿關覺得好奇，索性站在車上，想從領口看去。

領口裡突然竄出一個東西，撞在阿關鼻子上。「哇！」阿關讓那領口竄出的東西撞下車，摔在地上。他摀著鼻子仔細一看，那領口上露出一顆頭，正是雪媚娘。

「啊？」阿關叫著，去掀那大袍底，這才看了清楚，原來翩翩和若雨分立兩邊，一人穿著一只袖子。而空著的那手，便一同舉著白石寶塔，這雪媚娘的頭便是從寶塔裡伸出來的。阿關這才想起，先前順德大帝一戰時，癩蝦蟆也曾從塔裡探出頭來，對著追擊的順德大帝吐口水。

阿關啼笑皆非，抬頭卻見到雪媚娘正瞪著自己，只得趕緊將袍子放下。

翩翩和若雨又挪了挪位置，跟著施法飛昇，慢慢浮上空中，大袍漸漸被拉長，果然氣勢非凡，像是替雪媚娘量身訂做一般。翩翩和若雨則能從袍上的裝飾縫隙往外看，寶塔裡的眾人也能透過那些細縫觀察外頭情勢。翩翩和若雨便這麼罩著大袍，在空中飛了一圈，確定行動自如。

而寶塔內，兩名天將押著雪媚娘身子，雪媚娘的頭伸在塔外，模樣看來十分滑稽。

六婆見了這模樣，有些擔心地問：「這樣安不安全吶？阿關會不會有危險吶？」

綠眼狐狸笑著回答：「放心，這女魔王只有腦袋在外頭，身子都在裡頭，鬼王在這兒剋著她，她不敢動歪腦筋的。何況外頭還有兩位仙子，阿關大人不會有事的。」

癩蝦蟆則呱呱叫著：「有趣歸有趣，但幹嘛這麼麻煩，爲何不像昨天那樣，你這狐狸變成雪媚娘模樣不就得了？」

綠眼狐狸叱了一聲：「魔王對手下小卒不熟悉，我們才可以變作小卒魚目混珠。這魔王之間彼此熟稔，豈能騙得過？扮得不像，露出馬腳可就糟了。」

塔外，雪媚娘大袍右手一抬，從袖口放出一條銀繩子，將阿關綁了起來，連人帶車拎上了空中。

「哇！這是幹嘛？」阿關怪叫著，只見雪媚娘越飛越高，自己離地也越來越遠。

大袍裡頭傳出了笑聲，若雨喊著：「太歲大人，委屈你啦，忍耐一下就行了！」

雪媚娘一張臭臉，好不容易開了口，朝著底下那大圈圈裡的妖兵喊了幾聲。妖兵們遲疑了一會兒，這才一一飛上了天，跟在假雪媚娘後頭。

一干魔軍便這樣浩浩蕩蕩往雪山飛去。

□

白石寶塔內，水琝公、奇烈公、木止公三位據點主神正匆匆點兵著，中三、中五據點的天將約有二十來位。

醫官則在另一邊，將昨夜一戰中傷得較重的精怪都挑了出來，派為寶塔內的救護隊，專心替待會兒大戰時返回寶塔的夥伴療傷；而能夠出戰的，只剩下包括綠眼狐狸、老樹精、癩蝦蟆、小猴兒在內的二十餘隻精怪。

水琝公叫來了六婆和葉元，吩咐：「你倆年事已高，此次不用出戰，在塔內待命。」

「什麼？」葉元叫嚷起來：「神明大人吶，你們讓我跟來，又不讓我出戰，這是什麼道理？我也想一同對抗邪魔，捍衛人間啊！」

六婆也提高分貝抗議：「老太婆我還能打，昨夜我的符也射倒了幾隻妖怪吶！」

水琝公搖頭說：「都是站在同一陣線，幫忙也有許多方法，替同伴治傷也是幫忙。」

「我知道了！」葉元腰一彎，手在額前一探，擺出一招「猴子瞭望」，說：「你怕我身手不行，拖累了大家，是吧。想當年我這招猴拳，打退不知多少地痞惡棍；我一身驅鬼符術，收了多少邪魔惡鬼！」

六婆也扯著喉嚨：「我才不管！我要出去打……」

水琝公耐著性子，正要開口解釋，奇烈公便喝了一聲：「靜！上戰場征戰，豈能不聽號令，擅作主張？」

葉元和六婆聽了奇烈公發怒，這才閉了口，卻仍不服氣地嘀嘀咕咕著。

「你也不必出戰，待在塔裡！」奇烈公轉頭看向阿泰。

阿泰是凡人之軀，昨晚也讓妖兵咬了幾口，雖在醫官醫治下好了九成半，但也被吩咐不用出戰。

「爲什麼？我年輕力壯，一身虎膽！」阿泰不服。

「你終究是凡人……」水琝公說：「你負責畫符好了。」

「啥？」阿泰一聽連此時也要畫符，又驚又氣，退了幾步，又想了想，突然大笑起來：「畫符倒也不錯，有益身心健康……但是符紙、毛筆、硃砂都在房子裡，我沒東西畫咧，哇哈哈——」

「呱！」癩蝦蟆跳到阿泰身旁，拿著的正是紙筆和一大瓶硃砂：「我替你帶來了呱。」

「……」阿泰愕然，一把搶下了紙筆硃砂，本想往地上痛砸，但見到六婆和水琝公等都望著他，只得氣得往樹下跑去。

「你去哪裡啊？呱呱。」癩蝦蟆問。

「畫、符！」阿泰回頭瞪了他一眼。

林珊召集了大夥兒聚在塔頂中央，交代這次戰術：「咱們這次進軍雪山，首要突擊魔軍後方，與主營前後夾擊魔軍。壺王狡獪多謀，手下兵多將廣；骨王有一支獸兵團；窮野紅妹手下則有一批會使奇異妖術的大將，大家可要提心應對。」

林珊接著領大夥兒來到塔邊，往下看去，底下都是山，遠處那幾處高山，便是雪山主營的位置。她指著外頭解說：「正前方幾處山林，是骨王的陣線；西側幾處大山大谷，是壺王的陣線；東側那片密林，則是窮野紅妹的陣線。」

「昨夜我們陸續收到主營回報，那三路魔王先見到女魔王的緊急令，又見到了報喜令，雖然沒有掉頭來救援女魔王，但陣腳顯然有些浮動，已不再主動挑釁前線的斗姆、雷祖兩軍，大概是在商量對策。」

「我料想，三位魔王們也許是擔心女魔王要是抓著了阿關，可能會自個兒私藏，又擔心是這女魔王作戰失敗，不得已才放出報喜令，騙他們去救。我們趁著三魔王猶豫時突擊，必定增加不少勝算。」

林珊說完，又補充：「主營大軍已集結完畢，隨時可以衝鋒。」

「壺王和窮野紅妹較富智謀，城府較深，不容易上當；骨王心機小些，咱們目標就是中間這骨王。」

「只要咱們成功牽制住骨王兵馬，主營便得以全力攻打西側壺王；有骨王亂軍擋在中間，東側窮野紅妹即便要救，也來不及。」

林珊說到這兒，看著塔外景象已經接近骨王陣營，同時骨王陣營裡，已經飄起一陣黃煙，而東西兩側也各自飄起了黃色煙霧。顯然是三魔王都已經注意到雪媚娘一軍前來，彼此打出黃煙通報。

阿關緊抓著石火輪，深怕要是這銀繩子斷了，便只能靠這石火輪來保命了。他想起從前曾和翩翩去山林裡招兵，那時翩翩將他拎起，從橋上扔下溪。

接著他見到前頭一片黑點升空，先是一愣，立即知道那是魔軍領了妖兵前來攔截探查的。只見那片妖兵越來越近，帶頭的卻不是骨王，而是一名魔將。

「咦？原來是雪媚娘大王，怎麼來了？」那魔將問。

雪媚娘清了清嗓子，答：「昨夜一場大戰，我……抓著了這新任太歲，來與三魔王商討大事的，快叫你主子過來！」

魔將見了阿關，有些狐疑，但是雪媚娘親口說的話，他也不敢不從，立時打了個揖，又領著妖兵走了。

同時，西邊那片妖兵隊伍也越來越近，阿關看了只覺得心寒膽顫。那妖兵隊伍聲勢浩大，比昨夜雪媚娘和四目王夜襲中三據點的妖兵海更多。

那妖兵隊伍裡領頭的正是壺王。壺王身型矮胖，遠看像顆南瓜。而他身後魔將排成長長一排，領著成山成海的妖兵，陣仗驚人。

寶塔裡，林珊唉呀了一聲：「不好，這壺王不但親自前來，還帶了大軍，咱們牽制骨王擋住東側魔軍的策略可要改了！」

壺王越飛越急，越飛越近。阿關只見這魔王咧嘴笑得開心，似無心機，但又令人無法看透。

「雪媚娘姊姊！」壺王飛到了雪媚娘面前，瞪大了眼睛瞧著阿關，諂媚笑著說：「眞讓妳抓著了新任太歲？」

雪媚娘答。

「可不是嗎？昨夜一戰可眞激烈，咱們死了許多手下，好不容易才抓著這新任太歲。」

壺王嘻嘻笑著，眼瞳子打著轉，不知在想什麼。

「昨夜戰況激烈，我打了個緊急號令上天，怎麼你們一點反應也沒？」雪媚娘皺了皺眉頭，這麼問。

「這兒戰局一樣緊繃，要是咱們爲了救援姊姊妳而亂了陣腳，讓那批神仙突擊可就糟啦。」壺王邊說邊望著四周，問：「四眼呢？他怎沒來？」

「四眼還在後方與那歲星部將們大戰，要將他們一舉殲滅。」雪媚娘答。

壺王飛得更近了，同時手下魔將也一一圍了上來。

林珊在塔裡看著，眾神們聚精凝神，等著林珊號令。

「這魔王果然謹愼，自個兒站在後頭打量，卻要魔將們先圍上。」林珊專注凝望外頭，喃喃地說：「現在還不是時候，要等那魔王更近，才能突擊……」

「幹嘛？以爲這是假的？你不信可以自個兒過來看看。」雪媚娘便對壺王提議。

塔裡林珊皺了皺眉，搖搖頭說：「別這樣講，這反而會讓他起疑！」

「姊姊好說，我只不過好奇。」壺王嘴角動了動，嘻嘻一笑，手招了招，身前身後那幾名魔將都往雪媚娘飛去。

「龍兒、雙首，就照雪媚娘大姊的吩咐，去將那少年借來，讓我瞧瞧！」壺王笑著說。

那叫作龍兒的魔將，身型瘦小精悍，全身穿著黃金戰甲，手持黃金斬馬刀，威風凜凜，要不是頭盔裡那雙大紅血眼駭人，可比正神更像神仙。

另一叫作雙首的魔將，卻極其高壯，體型與四目王一般，有兩顆頭、六隻手。其中兩手交叉於胸前，另外四手分別拿了雙刀和雙盾。

龍兒和雙首是壺王的得力左右手。

這兩魔將身後還跟著幾名魔將，將雪媚娘團團圍住。龍兒也不說話，朝雪媚娘伸手，示意要借阿關一看。

雪媚娘臉色一沉，顯然對這壺王臉上笑咪咪，卻一副要看就看的蠻橫態度感到不滿。

「這太歲可是我昨夜費了九牛二虎之力才捉來的，你說看就看？」雪媚娘搖搖頭說：「骨王和小紅呢？叫他們也來！」

壺王呵呵笑著答：「神仙們就在那雪山上，布好了陣勢隨時可能衝下，咱們可不能輕舉妄動。骨王和紅爺都堅守著崗位，不敢輕言妄動呢。」

「那你又領了大軍過來，就只為了看這太歲？」雪媚娘問。

「雪姊姊勞苦功高，戰勝那神仙，搶得了太歲，不辭辛苦趕來與我們會合，總要有人出來接應姊姊吧。小弟弟我輩分最低，這任務自然落到我頭上了！」壺王仍嘻嘻笑著。

雪媚娘哼了一聲：「油嘴滑舌！你要嘛自個兒過來看，派幾個嘍囉對我不敬，惹惱了我，你就甭想分這好處。」

「姊姊就是愛開玩笑。」壺王瞇起了眼睛，笑得更開心了。

塔內，林珊皺起了眉頭，轉身向水琝公說：「通報主營，即刻攻下。」

三位主神互看一眼，有些不解。

奇烈公說：「不是說好了，咱們這兒先發動奇襲，主營才攻嗎？」

林珊搖搖頭，說：「這壺王不上當，計策打了折扣，他想搶太歲，自個兒獨吞……」

林珊還沒說完，外頭壺王手已一揚，大喊：「大夥兒，咱們向雪姊姊借那太歲來瞧一瞧，你們說好不好！」

壺王身後妖兵紛紛舉起手中兵器，起著鬨。龍兒手伸得極快，立時朝阿關腦袋抓去。大袍裡的翩翩和若雨趕緊往後躍，閃過了龍兒那一抓。

雪媚娘大驚，正想反應，才想起身子全在白石寶塔裡，只有一顆頭能開口說話，她急急斥罵：「壺王，你……你難道忘了我們五魔王間的約定，誰也不許獨吞太歲和太歲鼎，我抓了新任太歲來和你們同分，你卻想要動手強搶？你要獨吞？你不怕其他魔王聯手對付你？」

「哈哈。」壺王嘿嘿一笑，眼露精光，瞧瞧雪媚娘，再瞧瞧雪媚娘背後那支不到一千的殘破妖兵，說：「那也得要雪媚娘姊姊活著將這事情告訴其他三魔王才行呀。」

「你這奸巧傢伙！」雪媚娘心中憤怒，知道這壺王見自己兵少，打定了主意要強搶太歲，即便其他魔王趕來撞見，這壺王必定也會憑著一張三寸不爛之舌顛倒黑白，說服那些魔王。

魔將龍兒大喝一聲，飛追上來，其他魔將也一擁而上。壺王還賊賊笑著，身後那大批妖兵也已慢慢開動，前頭幾排妖兵全都張牙舞爪、揮動手上兵器，往雪媚娘一軍浩浩蕩蕩殺來。

翩翩和若雨套著大袍，帶著雪媚娘退回己方妖兵陣裡。雪媚娘則高聲對著己方所剩不多的妖兵們下令：「去給我殺了那奸巧壺王！」

雪媚娘這方的妖兵們聽了，雖然不解，但見對方殺氣騰騰攻來，也只好硬著頭皮應戰。

龍兒和雙首兩名壺王大將衝進雪媚娘陣中，一陣亂殺，殺落好多妖兵。雪媚娘這批妖兵本來便所剩無幾，外加昨夜一戰元氣大傷，一夜沒能好好休息，大都精疲力竭，光是讓壺王幾名魔將一衝，就已死去大半。剩下的妖兵根本無心戀戰，再也不聽雪媚娘號令，立時四散逃竄。

雪媚娘只有一顆頭露在外頭，面對這種情勢也只能張口痛罵，卻無法有任何動作。

魔將龍兒殺到了雪媚娘眼前，揮動斬馬大刀朝著雪媚娘猛然劈去，大袍裡的翩翩和若雨應變也快，一迴身避開這記大砍，接著急急向後飛退。被銀繩子提著的阿關整個人飛騰離了座椅，雙手還緊抓著石火輪手把不放。

壺王高聲提醒：「龍兒後退！雙首去接戰，我那姊姊剽悍得很，大家可得小心吶！」

一干魔將圍了上來，將雪媚娘團團圍住。此時遠方竄起一道紫色光束，在空中炸出好大一片紫光。

是骨王打出的緊急令。

原來主營神仙們接到了林珊號令，等待許久的斗姆，連同二郎、雷祖等兵馬，三路圍攻骨王。鎮星則緩緩攻向窮野紅妹，牽制住這路魔王，使他無法分身去救骨王。

壺王回頭看了看，對手下使了眼色，一名魔將朝天空放出了一道青綠色光束，炸出一片青綠光團。

「你這傢伙！放的是什麼號令？」雪媚娘見那壺王放出自己沒見過的號令，只當是壺王與其他兩名魔王串通好了，另有協議，氣得怒罵連連。

此時只見到西側那邊慢慢竄起了一隻隻妖兵，全往壺王這兒集中。

「原來你是在對自己兵馬下令，你想臨陣脫逃！」雪媚娘先是一愣，接著恨恨地罵。

壺王嘿嘿笑著說：「咱們上來，便是想得太歲鼎之力，好制御三界惡念，成為三界大王。此時太歲就在眼前，我又何必去與那些神仙死戰？」

「姊姊，是妳太傻了。」壺王又嘿嘿兩聲，搖了搖手指，魔將全殺了上去。

大衣裡的翩翩和若雨趕緊下墜，想藉此擺脫魔將追擊。阿關在石火輪上，翩翩抓著那條捆著阿關的銀繩子，阿關像是風箏一樣被拖著飛。雖然此時速度未必快得過平時的石火輪，但終究是在天上，看著眼前天旋地轉，阿關覺得心臟都要從口裡蹦出來了。

壺王領著大軍四面包夾，雪媚娘那隊殘兵早已經全滅。

林珊在塔裡下令指揮：「繞開壺王大軍，往骨王那兒逃，將壺王引向骨王大軍！」

鬼王鍾馗喝著悶酒，嚼著雞腿，埋怨著：「當初說的不是這樣，這戲沒有想像中精采，一直逃有什麼意思？」

鍾馗指著飛蜓和青蜂兒：「看那身披黃金戰甲的妖魔挺威風，你們兩個傢伙出去跟他打打，看打不打得過！」

飛蜓勃然大怒，斥喝：「你這鬼王可別得寸進尺，你以為你是啥玩意？」

鍾馗表面上雖然是大老粗一個，但卻挺識相，知道詐騙魔王這計策失敗，也無須再威脅雪媚娘，自己便也沒立場再拿喬，索性呵呵乾笑兩聲，對身邊一個鬼卒講著：「人家都說歲星手下強將如雲，嘿嘿、嘿嘿……」

飛蜓聽了刺耳，跑到林珊面前氣憤地說：「這些魔將死纏爛打，不如殺出去全力一戰！」

林珊搖搖頭說：「壺王是有備而來，我們已經失了先機，要打也得找個好時機。」

塔外，雪媚娘大袍飛竄而下，竄進了樹林子裡，在林裡藉著樹木作為掩蔽，閃躲著後頭追來的壺王大軍。

龍兒緊追在後，大砍刀一刀一刀往雪媚娘大袍上砍，都讓翩翩和若雨躲過。本來翩翩、若雨速度應當更快，但兩人同穿一件大袍，翩翩手裡又抓著阿關，拖慢了一點速度。

林子裡枯木交錯亂長，翩翩和若雨在裡頭鑽著、竄著，漸漸將距離拉開，繞了個大圈，往骨王陣線前進。

壺王大軍漫天蓋下，十來位魔將同時放出魔力，一陣一陣的奇異光芒在天空閃耀。

「快點、再快點！」林珊在塔內喊著：「壺王開始使天障了，慢了可就要陷入天障了！」

阿關讓一根根掠過的竹枝打得疼痛難當，雙手又得緊抓石火輪，動彈不得，只能低頭閉眼，「唉呀唉呀」地喊著。

好不容易鑽出了這竹林子，只見前頭也有紫光。

「前面是骨王的天障！」雪媚娘出聲提醒，林珊立時收去一條銀繩，鬆開雪媚娘一隻手。

「進天障！」林珊高聲說：「鬼王大哥！這時可要你幫忙看著這女魔王，免得她使壞。」

「再說吧。」鍾馗哼了一聲，自顧自地喝酒。

飛蜓、青蜂兒分立雪媚娘左右，長槍、單刀就抵在她後背，怕她騰出了一手就耍花樣。

雪媚娘哼了哼，將手伸出塔外，穿過若雨那只袖子，手掌一翻，翻出一陣紫光，融進骨王天障裡，在那天障上打開一個洞，鑽了進去。

「去找骨王，跟他說壺王叛變，搶了新任太歲還追殺妳。」林珊吩咐雪媚娘，接著又對翩翩和若雨說：「把阿關拋進寶塔來。」

阿關還不知道發生了什麼事，只覺得自己被拋上了天，落下來時，已摔進寶塔底層。

他莫名其妙地騎上頂層，這才知道林珊想扳回一城，利用雪媚娘去找骨王，誣指壺王搶了太歲，還背叛大家。

翩翩和若雨繼續飛著，沿途遇上骨王的妖兵，雪媚娘就開口說壺王的不是，還嚷著要妖兵們盡速通報骨王。

後頭一片紫光炸開，壺王大軍也開進了骨王天障裡。

「等等！雪媚娘大王，妳說什麼？」一名身穿五彩藤甲的骨王魔將攔下了雪媚娘，不可思議地問著。

「原來是紅蠍子。」雪媚娘看著眼前這叫作紅蠍的魔將，是骨王手下強將之一。她轉身看看後頭的壺王追兵已到，便照著林珊指示，隨口胡謅：「我抓了新任太歲來與三魔王會合，哪知這壺王這麼可惡，不但搶了那新任太歲，還想殺我和另兩位魔王滅口、獨吞太歲！」

「有這種事？」紅蠍愣了愣，滿臉驚愕。

雪媚娘還要開口，身後壺王魔將已經殺到，手執九環大刀的黑臉魔將叫作巨魂，另一名拿著雙圈的女魔將叫作森水，他們二話不說，追著雪媚娘就打。

翩翩和若雨在大袍裡互打了個眼色，雪媚娘連著大袍立時閃到了紅蠍身後。紅蠍是骨王獸兵團成員之一，領有一支強悍的毒蠍軍。

「你先擋著這些惡棍，我去通知你大王！」雪媚娘邊嚷嚷，邊往骨王方向逃去。

紅蠍雖然驚愕，但畢竟雪媚娘是魔王級，自然不敢阻攔，反倒將巨魂和森水攔了下來，問：「雪媚娘大王說……說你們擒了新任太歲，還想殺她滅口？」

森水反駁：「是那惡婆娘搶了太歲，不交出來，想要獨吞！我奉主子之命前來追她。」

「雪媚娘大王本來坐鎮總壇四周。」紅蠍狐疑地說：「要是她得了新任太歲而要獨吞，又何必打報喜令，大老遠趕來這戰場獨吞給咱們看？」

紅蠍這一問，可問倒了巨魂和森水。

巨魂脾氣較硬，二話不說就要往前追去；森水也喝了一聲，領著後頭大批妖兵跟了上去。

紅蠍又驚又怒，領著蠍軍追在後頭，一邊嚷嚷要兩魔將停下來說個清楚。

雪媚娘繼續飛著，突然前頭一片紅光蓋來，四周景色又不一樣了。

「是壺王天障！咱們還是給困進壺王天障了——」雪媚娘出聲提醒，寶塔裡大夥兒凝神以待。

本來的山林突然山崩地裂，樹木一根根倒了下去，天上落下一顆顆紅色巨石，砸在四周。

「這是壺王天障的把戲……」雪媚娘滿臉不屑：「眞是噁心做作！」

還沒說完，龍兒和雙首已經從天而降。後頭又是幾隻魔將竄出，妖兵也大批大批地從四周擁了進來。

幾名魔將舉起武器就殺來，翩翩和若雨在大袍裡左閃右避。

雪媚娘大吼：「再不還手就死定了！」

林珊對天將使了眼色，天將立時遞來雪媚娘那兩柄蛇形劍。

奇烈公遲疑地問：「這樣好嗎？要是那女魔王拿了武器，反過來對付咱們，那可如何是好？」

林珊笑笑說：「我諒她不敢，她只有一頭一手在外，身子都在塔裡，除非她不怕自己身子斷成兩截。」

林珊說完，就將一柄劍慢慢遞出塔外。雪媚娘單手伸向領口，將蛇形劍抽出，長嘯一聲，往上一竄，竟忘了她還有半截身子被綁在塔裡，這麼一竄，將翩翩和若雨都拖上了半空。

「妳這臭婆娘可別拿到劍就太興奮，橫衝直撞的！」鍾馗不知何時已經來到了雪媚娘背後，用油膩膩的大手輕輕撫摸雪媚娘的背，還在她的胳肢窩下搔了搔，接著拿到鼻端嗅了嗅，情不自禁地說：「啊，妳還是橫衝直撞好啦，不然老子找不著藉口親妳啊。」

「大黑鬼，你給我住手！」雪媚娘憤怒喝斥，揮動長劍迎擊圍攻上來的魔將。

雙首見了雪媚娘攻勢又急又猛，交叉胸前的雙手這才抽了出來。他抽出腰間刀刃，一共四柄長刀，兩面大盾，威風凜凜地殺了上來。

另一邊龍兒也舞動黃金斬馬刀，攻向雪媚娘另一邊。

雪媚娘行動終究是不便，和大袍裡的翩翩、若雨難以配合，一輪激戰後漸漸不敵，氣得大喊：「這樣我很難打！」

大袍裡的翩翩和若雨好幾次也險讓魔將砍著。

「翩翩和若雨會有危險！」阿關扶著塔邊著急嚷著。

飛蜓也在一旁鼓譟：「殺出去吧，怕什麼！」

林珊終於點頭，一聲令下，飛蜓、福生、青蜂兒、城隍、家將、天將等，一下子全躍出了寶塔。

魔將們只見雪媚娘怪叫一聲，胸脯上方的領口竟殺出一堆神仙，全都瞪大了眼難以置信。

「你們幹什麼！」雪媚娘讓這一大群神仙跳出時給撞得七葷八素，忍不住怒罵起來。

「妳給我閉口，乖乖打魔將。」塔裡的鍾馗蹲在雪媚娘背後，一邊啃著雞腿，一邊舔著雪媚娘另一隻手臂：「別動歪腦筋吶，不然老子必啃了妳！」

「黑鬼王，你給我滾一旁去！」雪媚娘怪喝著，揮動長劍去攻那魔將。

飛蜓方才讓鍾馗一激，此時搶在雪媚娘前頭，挑了那最強悍的雙首來戰，將紅色長槍耍弄得如同走馬游龍，急攻雙首全身。雙首用兩張大盾護身、四柄大刀齊攻，和飛蜓戰得激烈。

福生從側邊飛來助戰，一邊使大鎚抗敵，一邊召出背上犄角，兩手臂也化出大盾，和雙首硬碰硬，大盾撞著大盾，砸出一陣「碰碰磅磅」的巨響。

飛蜓高高飛起，回了口氣，再向下疾衝，和福生左右夾攻雙首。

青蜂兒則對上龍兒，兩方速度都奇快無比，連對上數十刀。青蜂兒使出光針，龍兒便用斬馬刀擋下，一時之間殺得難分難解。

城隍、家將團和十來天將則與其餘魔將妖兵展開大戰。

「雪媚娘妳別急著打鬥，先破了天障，繼續找那骨王！」林珊在裡頭指揮，同時打出符令，通知外頭的飛蜓一夥：「掩護女魔王，且戰且走！」

雪媚娘聽了命令，哼了一聲，往前頭飛去，將蛇形劍用口咬著，單手閃耀紫光，在那天障壁上用力一扯，將天障扯得裂了開來。

飛蜓等跟在後頭，放著風術、光針，拖延敵人追擊。

這麼追逐了好一陣，終於驚動了骨王。

骨王本和正神兵馬在雪山下對峙著，二郎、雷祖、斗姆三路分擊，骨王全軍退入林中抗敵，以獸兵團為主力，大批妖兵海淹，和神仙三路軍展開大戰。

二郎、雷祖大顯神威，將先前多日受困於窮野紅妹異術的怨氣，全出在骨王大軍身上。

斗姆則領著「貪狼」、「巨門」、「祿存」、「文曲」、「廉貞」、「武曲」、「破軍」北斗七星，和千里眼、順風耳，以及一千天將在後頭壓陣，浩浩蕩蕩地突入骨王大軍中。

骨王連連敗退，手下獸兵團雄師盡出，虎、獅、熊、豹等兵團碰上了二郎、雷祖兩軍，卻全然無法抵擋。

二郎如入無人之境，離紘快得眼睛都看不見，只見到一道道銀光閃耀，一隻隻獸兵全碎上了天，哪隻是獅、哪隻是虎都分不清了。

四支獸兵團領頭的魔將圍住了二郎，只兩秒，全斷了手或腳，一個個讓離紘刺倒。嘯天犬始終跟在二郎身邊，此時也將一隻隻魔獅、魔虎咬得怪叫逃逸。

雷祖一身黑色戰甲，拿的是一柄金叉，上頭還隱隱閃著電光。電母則是拿了兩柄短劍，一金一銀，身後那十來個雷部將士，個個拿著怪模怪樣的短劍。

雷祖手一招，雷部將士全殺了上去，和獸兵團殺成一片。雷部將士手裡短劍發出一陣陣耀眼電光，將獸兵團殺得大敗。

骨王驚愕，正奇怪怎麼三路神仙軍團全都攻向自己，而壺王和窮野紅妹卻遲遲沒來救援，後頭便有妖兵接連趕來通報，都報告是雪媚娘求救，說壺王搶了太歲，要滅另二路魔王。

骨王本來便智拙，聽了這驚人消息，根本無法應變，正傻愣時，雪媚娘的呼喊聲已經遠遠傳來。

40 天上亂鬥

黃江口裡咬著樹枝，哼著一曲小調。這小調是長河作的，以往下魔界出任務時，長河總會哼上兩句。

那時黃江嫌難聽，時常取笑長河這麼一個粗漢子，卻喜歡哼這娘娘腔的曲子。長河死後，黃江動不動哼著這濫情小調，以悼念這數百年老友。

黃江脅下夾了本書，一柄木劍掛在腰間，朝後頭招了招手。跟上的是另兩名鎮星大將——洞陽、鄱庭。洞陽身型極高，穿著一身道袍，拿著短劍和扇子；鄱庭則矮矮胖胖，揹著兩柄鐵戟。

洞陽和鄱庭也是數百年搭檔，曾經深入魔界與窮野紅妹這惡魔王對陣過。

「這傢伙那時不是叫『窮野』而已？」洞陽不屑地哼著：「什麼時候多了個花名叫什麼『小紅』來著？」

那時窮野紅妹只是個小頭目，身邊幾隻嘍囉曾三番兩次在魔界入口設法攻擊鎮守的天將。洞陽、鄱庭便奉命捉拿這窮野紅妹，兩神將在魔界足足待了三年，也無法抓著這窮野紅妹。

而黃江、長河則曾與壺王鬥智。仗著如此經驗，鎮星先前與壺王作戰時才得以接連取勝。

這兒四周都長滿了高聳的樹，幾乎看不見天空，上頭黑黑紅紅的煙霧蓋了下來。

「這天障倒也奇妙，以前從沒見過。」黃江抬頭看看，一手摸摸山羊鬍子，一手舉起木劍畫了個小圓。小圓化成了大圓，直直往上飛去，將上頭蓋下來的紅煙全都打散。

四周喝了一聲，妖兵們全竄了出來。兩名魔將從樹上落下，顯然對黃江輕易破了他們的天障感到憤恨難平。

洞陽嘿嘿一笑，竹葉扇子一揮，兩道藍色火焰鞭子一樣揮去，打在前頭地上，炸出一團更大的藍色火焰。衝上來的妖兵們讓這火焰燒了，都吱吱喳喳怪嚎起來。

洞陽又用那短劍在空中比劃了劃，幾道金光乍現，兩排金箭從洞陽身旁閃出，一支支射進妖兵堆裡，破空聲嚇壞了那些妖兵。金箭一陣猛射，將那些妖兵全給射退了。

其中一名披頭散髮的魔將拿著一柄骨頭狀的兵器竄了過來。鄱庭拿出雙鐵戟上前抵敵，呵呵大笑：「其他四魔王手下大將都穿著華麗衣服，怎麼這窮野魔王手下都一副乞丐樣？」

鄱庭挺起肚子，鼓了嘴巴，吹出一團紅風，紅風捲動成火，燒向魔將的臉。

那披髮魔將讓這火燒了，哇哇大叫往後跳去，兩手化出奇異冰氣，往臉上抹了抹，立時將火給滅了。

「眞不簡單，一下子就滅了我的『風吹火』！」鄱庭倒有些驚訝。

黃江則與另一名魔將戰了一會兒，使出各種法術將那魔將打退。

後頭有些聲音傳來，鎮星帶著部將親自殺到。原來黃江和洞陽鄱庭只是斥候，負責探路。

鎮星一身黃金甲冑，提著一柄巨大偃月刀。

妖兵們見了鎮星親臨，嚇得吱嘎怪叫。鎮星藏睦一聲令下，身後部將連同黃江、洞陽、鄱庭全都殺出，瞬間橫掃了這路魔軍。

□

雪媚娘使出數層天障，拖慢後頭追兵速度，漸漸擺脫了壺王追兵。

這一路中自然也有不少骨王手下，見到雪媚娘後頭還跟著飛蜓等一干神將，正訝異到底發生了什麼事。然而，大袍裡的翩翩和若雨卯足了全力飛竄，硬是比那些準備回頭通報的妖兵更快抵達骨王所在之處。

趁了個空隙，飛蜓一干神將又躲回白石寶塔。

好不容易遠遠見到骨王，雪媚娘出聲喊叫：「骨王吶，那壺王背叛咱們了——」

「什麼？」骨王驚愕莫名。

「我捉新任太歲前來與大家分享，誰知讓那壺王搶了，還想殺我滅口！」雪媚娘氣憤喊著——她雖然在神仙威脅下騙其他魔王，但壺王藏有私心，還要殺她滅口卻是事實——此時對骨王一番抱怨，也講得十分眞切。

「有這種事！」骨王愕然地問：「這……會不會是神仙從中挑撥？」

「我看是那壺王拿了神仙好處……要與神仙來個裡應外合！」雪媚娘說。

「妳說壺王和神仙勾結？」骨王更驚。

「我剛看那壺王手下裡，有幾名正神模樣的傢伙，一個拿著長槍、一個拿著大鎚……」雪媚娘點點頭說。

骨王正狐疑時，後頭又有妖兵來報，都說是見到雪媚娘後頭跟了一些神仙，跑了一段後又不見了。

「正是如此啊！壺王不但自個兒追我，還唆使神仙一同追我。那些神仙緊追不捨，被我使術將他們困進了天障，這才得以逃來大哥你這兒求救啊！」雪媚娘急急說著。

骨王一時之間也不知該如何回應。此時又幾名妖兵狼狽趕來，竟是紅蠍領的蠍軍，這些蠍軍們氣憤回報：「報告大王！紅蠍將軍……紅蠍將軍被壺王手下給打死了！」

原來紅蠍一路追趕巨魂、森水，途中口角越烈，還打了起來。巨魂、森水以二敵一，領著的妖兵也比紅蠍多上許多，將這紅蠍給殺了。

此時前頭的妖兵也接連來報：「神仙攻來了！」「我們打不過啊！」「前線兵敗如山倒！」

骨王一聽到紅蠍讓壺王的巨魂、森水給殺了，壺王遲遲沒來援兵，以致前線大敗，獸兵團幾近全滅，終於不得不相信這雪媚娘所言不假。骨王勃然大怒，身子冒出了黑氣，恨得全身骨頭都喀喀響了起來。

「可恨的壺王，分明是騙咱們進圈套讓那些神仙殺！今日我就算兵敗，也要宰了那傢伙——」骨王大喝一聲，召集了剩餘殘兵，全軍轉向往後，朝壺王追來的方向揮軍推進。

「好啊！」塔內神將精怪見林珊逐字逐句提醒雪媚娘，終於騙倒了骨王，不由得發出一陣歡呼。

林珊看看鍾馗，盈盈笑著：「如何，鬼王大哥，這戲還精采嗎？」

「這樣都能讓妳扳回來，妳有一套！」鍾馗嘿嘿兩聲。

林珊笑了笑，轉身又打出幾道符令，將雪媚娘行進方向，通報給二郎、雷祖等軍，指引大軍前來。

「大夥兒備戰。」林珊轉身下令：「只待主營大軍趕來，咱們再殺出來，殺得他們片甲不留！」

神將精怪們個個抖擻精神，凝神以待。

骨王領著殘軍往後直衝，雪媚娘則緊緊跟在後頭，不一會兒，便見到前頭那壺王大片大片的妖兵浩蕩掩蓋過來。原來壺王怕雪媚娘在這林子裡脫逃，便要手下拉了長長陣線，進行地毯式搜索。

壺王正領著一干魔將在後頭監看著，一見到骨王遠遠而來，還不知道情況如何，又見到雪媚娘跟在後頭，隱隱覺得不妙。

骨王一軍飛到了壺王陣前，骨王一聲吆喝，全軍停下。

骨王怒瞪著眼睛，質問壺王：「神仙大軍攻下山，你爲何不在前線幫忙，反而將大軍往後撤？」

壺王笑呵呵著說：「大哥你可誤會了，一定是那賊婆娘從中挑撥，我們都讓那賊婆娘給騙了！她抓了太歲，卻想自個兒獨吞，我爲大家利益著想，才揮軍捉她，要是讓她給逃了，咱們一統三界的大願可就破滅了！」

「你說得輕鬆，自個兒將大軍後撤，我的兵力損傷過半，主力幾乎全滅！」骨王大喝：「你說雪媚娘捉了太歲，太歲在哪？」

雪媚娘連忙大叫：「明明是壺王抓了，硬誣賴我！」

「妳這臭婆娘，是妳誣賴我！」壺王大喊，手下一干魔將也附和：「雪媚娘與神仙掛勾，咱們才和她打過，她有神仙做幫手！」

雪媚娘不甘示弱地回罵：「放屁，你們才和神仙掛勾！」

骨王瞪著壺王，問：「你手下又爲何打死了我大將紅蠍？」

壺王左右看了看，問：「是誰？誰傷了骨王大哥愛將？」

巨魂、森水站了出來，說：「大王，是那紅蠍子先動手的！」「是他先動手的！」

壺王點點頭說：「是了，這賊婆娘偷藏了太歲，咱們派兵去抓，與大哥你的手下起了紛爭，賊婆娘從中挑撥，才造成這憾事吶。等這事過了，小弟我一定給您賠罪！」

「放屁、放屁，明明是你抓了太歲！」雪媚娘嚷嚷，揮著手說：「你說我藏了太歲，藏在哪兒？」

林珊在塔內提醒：「別囉唆了，動手打他！」

雪媚娘愣了愣，只覺不妥，正猶豫著，突然感到鍾馗的大手在她後背摸了起來，手臂上還傳來舌頭舔舐的感覺，驚怒之餘，只得照做了。

雪媚娘手一揮，揮出幾道紫光，射向壺王。五魔王中，壺王身手最差，全仗自己機智頭腦和一張油嘴滑舌，此時沒料到雪媚娘講著講著會突然動手，閃得極其狼狽，衣服上讓紫光射破了幾個大洞，露出暗紅色的肥肉。

「妳這臭婆娘！」壺王大怒，舉手一揮，吼：「給我抓了她！」壺王這麼一吼，身後二十多名魔將一齊動了起來，竄向雪媚娘。

林珊繼續提醒：「打兩下，然後躲到骨王身後，拿骨王做擋箭牌。」

雪媚娘臉色難看，硬著頭皮鼓起全力大戰數名魔將，大袍底下的翩翩、若雨見苗頭不對，知道雪媚娘很快不敵，趕緊照林珊的指示閃到骨王身後。

壺王魔將圍了上來，骨王還愣著不知做何反應，龍兒已經揮動斬馬刀，在骨王身旁亂揮亂斬。雪媚娘左右閃避，以骨王身子作爲掩蔽。

「好大膽！」骨王漸感不耐，一把推開了雪媚娘，另一拳將龍兒轟退老遠，氣罵：「你這小傢伙敢在我面前逞威風！」

只見骨王身型瘦長，裸著上身，身上骨節突出，口裡冒出了黑氣。

壺王嚷嚷著：「別鬧了，大哥！讓我手下去抓那臭婆娘！」

雪媚娘則裝著可憐說：「大哥啊，這傢伙不把你放在眼裡，他嫉妒你那獸兵勇猛，故意和神仙勾結，想削弱你的兵力，好隻手遮天，將咱們四魔王全滅了！」

「說謊！說謊！」壺王氣得怪叫。

此時後頭一陣騷動，金光閃耀，二郎、雷祖、斗姆已經趕來。

雷祖手一招，全軍齊喊：「魔界壺王聽令，你內應有功，只待除了其他四魔王，玉帝必定重賞——」

「什——麼？」壺王睜大了眼睛，驚愕莫名。

「壺王——」骨王終於爆發，朝天大吼，原本黃褐色身子突然轉成紅褐，眼睛變得墨黑。骨王吼聲震天，瘋狂竄向壺王。壺王手下魔將還沒反應過來，其中有兩個還愣愣地擋在骨王面前。骨王一把抓了這兩魔將腦袋，怪吼一聲捏了個碎。

只見骨王那雙手激烈顫著，越顫越大，變成了兩隻巨大怪爪。

「不講理的瘋子！」壺王見骨王瞬間殺他兩名魔將，也氣憤吼叫起來：「我敬你三分，你敬我多少？」

「給我上！」壺王一喝，身後漫天大軍起動。骨王這邊兵力較少，也全衝上前接戰。

兩方妖兵在天際殺了起來，寶塔裡的精怪都看傻了眼。他們與魔軍作戰，一向是以少打多，這般兩邊大軍交鋒，卻是第一次見到。

只見妖兵互相砍殺撕咬，在兩軍交會的那長長陣線上，一隻隻戰死的妖兵往下落，遠遠看去竟像一片黑色瀑布。

骨王身子變得更黑，幾近墨色，像一頭獵豹般直衝向壺王。

龍兒、雙首、巨魂、森水等十來位魔將，將骨王團團圍住，四面夾攻。

龍兒舉刀砍去，雙首四刀連斬，都讓骨王一一接住。骨王轉身一拳打在一名魔將肚子上，一拳將那魔將打成兩半，身子搖搖晃晃，往下落去；又一爪，將一名魔將腦袋給抓掉。

同時，骨王也遭到幾名魔將長兵器的突擊，身子給刺了好幾處傷。

塔內，三位主神見林珊計策成功，魔王內訌、魔軍互相廝殺，都高興得擊掌慶賀。

「大計已成，這女魔王可以斬了。」奇烈公這麼說。

水瑅公雖然沒有應聲，卻也連連點頭；木止公則附和：「可以斬了。」

「什麼！」外頭雪媚娘聽了，怪吼起來：「你們這些狗賊，豈可說話不算話！」

裡頭精怪鬼卒也鼓譟了起來：「神仙怎能騙人？」「魔王雖然可惡，但利用完人家就斬，以後誰還信你們？」

阿關也覺得不妥，說：「對啊，要是說話不算話，那以後怎麼服人？大家被抓了都自殺，省得白白受罪不是嗎？」

奇烈公鬍子一吹：「兵不厭詐，這寶塔外頭誰會知道？」

林珊想了想，對著雪媚娘說：「女魔王，我坦白跟妳說，要是妳給抓上主營，那些大神們絕不可能放妳回魔界，是你們自個兒上凡間作亂，兩軍交戰，不是妳死就是我亡，怪不得我們。但妳這次配合咱們行計，也有功勞，我放妳出去，生死如何，就看妳自個兒造化。」林珊說完，將銀繩子一收，推了雪媚娘一把，將她推出塔外，並把另一柄蛇形劍也扔了出去。

「啊啊！」雪媚娘哇哇大叫，在空中打了個轉，接著了蛇形劍，看著自己手腳都能動了，氣得大喝一聲。

四周壺王的妖兵擁了上來，雪媚娘有苦難言，只得揮動蛇形劍，將妖兵全殺了。她看四周戰情，兩邊打得慘烈，不可能解釋清楚，壺王自私狡詐打算獨吞太歲，還想要殺自己滅口，也是事實，而遠方神仙大軍已經蓄勢待發，要翻盤已全無希望。

「主子！」雪媚娘聽見背後傳來聲音，愣了愣，原來蕪菁也給扔出來，手裡還拿著長鞭。

「緊緊跟著我，別走散了，咱們回魔界吧……」雪媚娘嘆了嘆，又斬死幾隻妖兵，轉了個方向，往眞仙宮退去。

壺王遠遠見了雪媚娘要逃，大聲呼喝著：「抓了臭婆娘！殺了臭婆娘！」

幾名魔將飛追上去，海一般的妖兵圍住雪媚娘急攻。

蕪菁奮力死戰，讓幾名壺王魔將接力攻打，漸漸力竭，一名魔將手持砍刀，一刀砍落了蕪菁腦袋。

雪媚娘鼓足全力，周身泛出紫光，雙劍化成大蛇，與那些魔將殺成一片。

這一頭，雪媚娘飛離之後留下的大袍還騰在空中，妖兵們全圍了上來，大聲嚷嚷著：「女魔王金蟬脫殼？」「怎麼只剩衣服？」「裡頭是什麼？」「怎麼在動？」

妖兵們正狐疑著，一隻膽子大的妖兵上前，碰了碰大袍，只覺得手腕一涼，縮回來一看，手掌已經沒了。

這妖兵還沒來得及叫出聲，一道道光圈已從大袍裡打出，瞬間打碎這隻妖兵，和他身後一大片妖兵。

翩翩飛竄出來，揮動雙月，衝進妖兵群裡來回飛竄突擊，殺落一片一片的妖兵。塔內林珊一聲令下，領著神將也全殺了出去。

阿關在裡頭怪叫打氣，卻無法上陣，石火輪不能在空中跑。

若雨拿著寶塔，揮動鐮刀，突然寶塔一震，原來是阿關也將頭伸了出來，還外加一隻胳臂。

「你幹什麼？」若雨訝異叫著。

「我也要幫忙！」阿關邊嚷著，丟出了鬼哭劍，刺進妖兵堆裡，刺碎幾隻妖兵，鬼哭劍竄回，阿關接在手上，又要扔出，卻讓若雨一把推回寶塔。「省省吧你！」

阿關哼了哼，本想再將頭伸出去，想想又怕嚇著若雨，反而弄巧成拙，還是算了。

一陣陣雷光閃耀，二郎、雷祖、斗姆等了許久，此時終於動了。

二郎最先竄進亂軍，離絃再度化成銀光，四處突擊；嘯天犬在身後掩護，將一隻隻想要從背後突襲的妖兵全都咬了個碎。

塔裡六婆見了，鼓掌叫好：「瞧，那嘯天狗會飛！咱的小老虎也會飛就好囉！」

精怪們見了二郎神所向無敵，都鼓起掌來。「好耶！」「二郎將軍果然厲害！」

塔外，飛蜓、青蜂兒見了二郎殺來，更加抖擻精神，將長槍、單刀耍得威風凜凜。

「歲星部將果眞武勇！」二郎只見到那頭一紅一綠兩名小將十分勇猛，豎起了大拇指，對飛蜓、青蜂兒高聲稱讚。

「風風風風風——」飛蜓聽見自己崇拜的二郎稱讚，眼睛一閃，「喝」、「哈」吼叫起來，打出數十道旋風，捲死一大群妖兵。

「千針！」青蜂兒也不遑多讓，使出漫天光針，射落一隻隻妖兵。

雷祖、斗姆也分別殺到，斗姆身穿鵝黃大袍，手裡拿著白色手杖，神情高傲肅然，手杖一揮，北斗七星領著天將殺去；雷祖與電母也領了雷部將士，伴著閃耀電光，殺進亂軍之中。

骨王怪喝著，已經失去理智，又打死了兩名壺王魔將，但他的身子受了重傷。

龍兒一刀斬落骨王一隻巨爪，正要乘勝追擊，骨王怪喝一聲，另一隻巨爪猛然襲來，抓住了龍兒斬馬刀，用力一拖，將他拖近身旁，一張口咬住了龍兒脖子。

壺王魔將們見骨王還用口咬，盡皆駭然，揮動四柄大刀去救龍兒，一刀一刀砍在骨王身上。骨王睬也不睬，頭一扭，將龍兒脖子咬出了一個大坑。

龍兒眼睛往上翻，只覺得身子痠軟無力，手裡的斬馬刀都握不住，往下落去。

骨王身子一仰，朝天空吐出口中血肉，吼出一片血霧。

「哇啊——」壺王看骨王已經發狂，樣子十分駭人，這才注意到四周已呈現敗勢。沒有天障掩蔽，手下魔將全和兩魔王糾纏一塊，完全無力抵擋精銳盡出的神仙猛將，大批妖兵被掃蕩殆盡只是遲早的事。

壺王後退了些，轉頭看看窮野紅妹那方，只見到那頭陣陣紫光、紅光、藍光，一道道天障閃起，他注意到這兒的戰場上不見鎮星，必定是去對付窮野紅妹了。

壺王深知鎮星手下專門對付魔界妖魔，窮野紅妹那些奇異術法用來對付雷祖、二郎一干武將是有大大效果，但對上鎮星一軍卻像是老鼠遇上貓，什麼把戲也變不出了。

果不其然，才想著，那幾處天障便一個個消去；同時，一道紫色光束打上了天，那是窮野紅妹發出的緊急令。

「別打了！」壺王哇哇大叫：「撤啊——！」

「撤啊——」「撤啊——」隨著壺王叫喚，漫天妖兵們開始後退，神仙們乘勢掩殺。

這頭骨王力氣放盡，身子已被砍得七零八落，雙首補上最後幾刀，眾魔將一擁而上，將骨王分了屍。這批魔將殺了骨王，便應著壺王叫喚退去。

而攔在他們前頭的，正是歲星部將。

翩翩對上了雙首，飛蜓對上巨魂，若雨對上森水，林珊和青蜂兒、福生則對上其餘魔將，又是一陣激烈大戰。

翩翩攻勢猛烈，青月化成光刀，靛月放著光圈，打得雙首連連後退，四柄刀全用來幫忙兩張大盾防守，一時間守得滴水不漏，將翩翩攻勢一一化解。

「妳眞厲害！」二郎趕來助陣，見了翩翩力戰雙首，竟還佔了上風，不禁讚上兩句，說：「讓我幫妳個小忙。」

只聽到二郎狂嘯一聲，離紘泛出耀目白光，朝雙首迅雷般刺去，將那兩張大盾硬生生刺穿，戟頭還刺入雙首胸口一吋多。

雙首低頭看看，不敢相信那二郎神竟能一戟刺穿他兩張盾。二郎長戟一挑，將兩張大盾甩飛老遠。

「這樣妳應該輕鬆不少。」二郎對翩翩比了個手勢，示意要她攻上。

「多謝二郎將軍！」翩翩朝二郎點點頭，接著旋動身子，再度飛竄攻向雙首。

雙首沒了大盾，光憑四支刀已經遮攔不住，先讓翩翩砍落了一隻手，跟著又落了一隻手，然後再落一隻手，接著落下來的，便是兩顆腦袋了。

飛蜓讓巨魂和另兩隻魔將圍攻，奮力大戰。

二郎飛竄過去，銀光一起，將一個魔將刺碎了腦袋。

飛蜓大喊：「二郎將軍！你剛剛那招太快，我沒看清楚，能不能再……」飛蜓還沒說完，二郎哈哈大笑，放慢了動作，一戟一戟攻那魔將，攻得對方連連敗退。

銀光一閃，離紘突然加快，刺進魔將額心，又刺落了這魔將。

飛蜓看得目不轉睛，見到二郎轉過頭來看看巨魂，連忙喊道：「多謝將軍！但這隻請留給我，看我殺他！」

巨魂聽飛蜓不將自己放在眼內，氣得吐出黑煙，卻都讓飛蜓風術吹散。飛蜓卯足了勁，風術、槍招全使了出來，一陣亂打，將巨魂打得毫無招架之力，跟著一槍刺進巨魂心窩。

二郎點點頭，看看青蜂兒和若雨，只見到青蜂兒才殺了森水，又對上一魔將，連連後退，卻又從容閃避魔將每一記攻擊。這頭若雨施展火術去燒那魔將，又一邊大喊：「啊呀，這魔將好厲害，誰來救救我，要是二郎將軍在就好了！」

「我這邊比較危急！」「我比較危急！」青蜂兒和若雨互相叫嚷了起來，都想要引二郎過去幫忙。

福生在下方聽了，飛了上來，一鎚子打碎了若雨前頭那魔將腦袋，惹得若雨大罵：「誰要你幫忙來了？去吃你的飯糰啦！」

「啊？」福生一臉愣然，還不知道自己做錯了什麼。

若雨罵完，又去搶青蜂兒那魔將，兩人將那魔將前後圍住，有一下沒一下地打著，卻又不殺他。「這傢伙好厲害！」「打不贏啊……」

「咦？」若雨喊了半天，轉頭看看，二郎已經飛遠，去追那壺王了。

「知道我厲害了吧！」魔將見兩神將聯手都打不倒自己，不禁得意起來，怪喝怪叫。

「去死啦！」若雨舉起鐮刀用力一劈，那魔將劈成了兩截。

「將他們殺盡，別讓他們四散人間作亂！」斗姆在後頭下令，正神大軍奮力掩殺。

此時骨王妖兵幾乎全滅，壺王妖兵大軍則死去三分之二，剩下的都隨壺王逃去。

壺王只剩下兩名魔將隨著，轉頭看去，神仙們緊緊追在後頭，又轉頭回來，只見到二郎已經攔在前頭。

「哇啊！」壺王怪叫一聲，兩名魔將雖然膽顫，卻還是硬著頭皮上前。

二郎揮動離絃，幾道銀光乍現，兩魔將身子上多了幾個窟窿，無力地落了下去。

壺王大驚失色，回頭見到正神已經殺了上來，前頭又有二郎攔著，正不知所措，嘯天犬已竄了上來，一口咬住他脖子。

壺王怪叫怪嚷，右手幻化出紅爪子，往嘯天犬抓去——爪子還沒抓著，竟無端端不見了。

「喝！」壺王啊了一聲，原來是二郎已飛到他面前，一戟將他爪子給斬斷了。

嘎吱一聲，嘯天犬咬斷了壺王咽喉，又在壺王身上扒了兩扒，抓出幾道口子。原來嘯天犬先前被斬落的前爪，此時裝上了鐵爪子，雖然無法像眞爪子行動自如，但仍有殺傷力。

壺王發出「咕嚕咕嚕」的聲音，一手摀著脖子，身邊妖兵們全散了開來，向四處逃竄。

二郎離紘揚起，刺進這魔王心窩。

「這些妖兵瘋了似的，若流入凡人城鎮，必定大生禍事。大家快追，一隻也別放過。」斗姆見壺王也死，在後頭發號施令。

妖兵們見到主子被殺，全發狂嚎叫著、逃著。正神們爲了不讓四散的妖兵跑進市鎮作亂，也展開全力追殺逃竄的妖兵，殺了好一會兒，才將大部分的妖兵消滅殆盡，只有少許的妖兵趁亂逃進了山林，躲了起來。

「我們勝了！」「勝了！」「妖魔全滾回老家了！」白石寶塔裡精怪此次雖沒上場，但仍然爆出雷動歡聲。

41 福地

穿過了大片山林，地勢開始陡峭，霧氣也大了起來。更往上，雪山主營閃耀著層層金光，像極光一般。

紫微精心布下的結界，還沒派得上用場，這三路魔軍便已瓦解退敗。二郎、斗姆、雷祖，以及林珊等歲星部將，在準備趕去支援鎮星之際，便收到鎮星傳來的得勝號令。

原來窮野紅妹在山林中布下了七十二層以奇異術法結成的陷阱奇計，全讓鎮星藏睦和其麾下部將破解，兩軍在一處小坡前短兵交接，窮野紅妹這支魔軍擅長法術，卻不擅長近戰。藏睦提著偃月大刀，當先衝進敵陣，一舉便殺落一堆魔將腦袋。

兩軍交戰片刻，窮野紅妹即被鎮星擊敗，手下魔將妖兵戰死八成，只得棄了大軍，在特異法術的掩護下狼狽逃逸。好不容易逃了出去，帶著兩、三名負傷魔將和少許妖兵，逃得不見蹤影。

鎮星則仍領著部將，持續搜索著窮野紅妹的下落，想逮著這魔王。

雪山山腰，主營裡的文官已經出來迎接，二郎、雷祖、斗姆和歲星部將們一一落下，接受文官們夾道鼓掌歡迎。

鍾馗則早領著鬼卒離開了寶塔，返回自個兒長住的山林。

阿關和阿泰也從白石寶塔裡跳出，所有精怪、虎爺、石獅，乃至於阿泰、六婆，也全蹦了出來，排成好長一列，浩浩蕩蕩地進入主營。

這夜，主營裡開了盛大晚宴，慶祝大戰得勝。席間大夥兒互相敬酒挾菜，吃得好不熱鬧。

阿關和林珊成了主角，雖然大家都知道這次大勝全靠林珊計謀成功，但阿關總是林珊的直屬上司，也算沾了不少光芒。

「秋草小仙，這次妳計策成功，替我方加成兩成助力，讓咱們勝得更好看，老身可敬妳一杯。」斗姆舉杯，向林珊一敬。

「兩成？我可不覺得！」雷祖摟著電母，兩人你儂我儂地互相挾菜餵對方吃，你一言我一語地說：「若不是歲星大將使這計謀，引開了魔軍之中最難纏的壺王，又使得兩魔王互相殘殺，我看這仗還有得打呢！」

二郎也點點頭說：「別忘了，歲星一路也成功殲滅了後方兩路魔軍，這麼說來，這次大勝五路魔軍，大半以上的功勞可要歸於歲星全軍，咱們這些千年大神可得好好檢討檢討了！」

「二郎將軍說得是。」斗姆微笑說：「可惜讓那雪媚娘和窮野紅妹給跑了，只怕他們伺機而動，又另掀波瀾。」

雪媚娘在二郎等發動攻擊前，便擺脫了壺王魔將追擊，趁亂逃入底下山林之間，不知去向。阿關等大都心照不宣，知道她逃回魔界了。

精怪們被分在另一長桌，也高高興興地大吃大喝。

「我挾給你吃。」癩蝦蟆抓了一塊魚肉，往一條魚精碗裡一丟。

那魚精哼了幾聲，將魚肉扔回癩蝦蟆碗裡，氣罵著：「你這臭蝦蟆找碴是不是？明明知道我不吃魚！」

癩蝦蟆嘿嘿笑著，又將一條雞腿，遞給一隻鳥精，惹得鳥精打了他一巴掌。

魚精哼著說：「好端端地幹嘛吃這些雞鴨魚肉呢，吃些花花草草、蘿蔔青菜不是很好？吃了這些活物，牠們便無法修煉成精了呢！」

老樹精反駁：「你們都吃花花草草、蘿蔔青菜，那我們這些植物精怎麼辦？豈不都讓你們吃了？半年前我才和幾個蘿蔔精一同上山看雲，蘿蔔便不能成精吶？」

一隻鳥精則說：「魚肉不錯啊，魚肉挺好吃的。」

另一隻魚精立時反駁：「雞比魚好吃許多，應該多吃飛禽。」

精怪們嘻笑打鬧了一會兒，才將目光放在阿泰身上，起鬨說：「吃他好了。」「對啊，吃人好了，人也挺好吃啊……」「人吃最多動物植物了……」

阿泰菸癮犯了，正坐立難安，聽了精怪這麼講，馬上以髒話還擊：「吃你老母！」

虎爺則圍成一圈，啃著肥雞、肥肉。石獅們沒有進食的習慣，只好在旁乾瞪眼。鐵頭嫌無聊，學著虎爺也咬了隻雞，啃了兩口覺得食之無味，索性玩了起來，將那烤雞踩了個稀爛。

一隻鳥精見了鐵頭糟蹋雞腿，搖了搖頭說：「畜牲吶……」

癩蝦蟆呱呱應著：「你不也是畜牲？」

鳥精罵：「我是山精，你才是畜牲。」

阿關坐在一堆大神身旁，氣氛拘謹難熬，索性找了個藉口，說是要與阿泰討論符術問題，跑來了精怪席間，在阿泰身旁坐下，這才覺得輕鬆了些。

精怪們見阿關也來，玩鬧得更暢快；虎爺在四周蹦著、搶雞腿；石獅則互相頭撞頭，發出一陣陣碰碰巨響。

精怪們吵鬧不休，眾神看在阿關面子上，也不好意思出聲制止。

一直到了深夜，阿關才被分入一間寢室，在裡頭休息。

這夜，阿關沒作夢，卻輾轉難眠，翻來覆去，一會兒想著那義民爺李強不知如何，一會兒想著鍾馗現在如何，又想著那雪媚娘不知上哪去了。

想著想著，只覺得胸口那鬱悶之氣又回來了。他坐起身來，唸了幾句召喚歲月燭的咒語，卻沒有反應，這才想起早在據點一時，歲月燭便已還給翩翩。

他趴在床上發愣，一會兒玩玩胸前那清寧項鍊，只覺得奇怪，爲何戴著這項鍊卻沒有以往那寧靜心神的神奇效果。

他下了床，本想進去白石寶塔，和阿泰一夥兒再鬧一鬧，但轉念又想想，接連幾日大戰，大夥兒都累了，自己有太歲力護身，恢復得快，但六婆、葉元、阿泰卻沒這樣能力。

阿關推開房門，四處逛著，只見到會議室裡還燈火通明，紫微、玉帝等都神情疲憊，繼續與神仙們討論戰情，林珊也在其中。他向林珊點了點頭，示意自己要四處逛逛。

出了主營，就見到福生正在外頭啃飯糰，阿關忍不住笑了出來：「晚宴上還吃得不夠？」

「不夠、不夠！雷祖將軍將好吃的全吃了，我只能揀他的剩菜，餓死我了！」福生拍拍肚子說。

「我一直想問你，你那麼多飯糰到底從哪來的？」阿關笑得更大聲了。

「材料都是我向秋草妹子借了凡人貨幣去買的，青蜂兒替我做的，有些藏在寶塔裡。最近那凡人婆婆還替我做了許多粽子，我都藏在寶塔裡，嘿嘿。」福生笑著說。

阿關再往前走，見到前頭山崖站著飛蜓、青蜂兒，右邊山崖則是翩翩和若雨，大夥兒看著月亮，時而細語。

「怎麼不去休息？」阿關輕拍了拍翩翩肩膀，笑嘻嘻地問。

翩翩才要回頭，阿關像讓雷劈了一記，往後一彈，坐倒在地上，冒著冷汗。

翩翩和若雨也讓阿關這動作嚇了一跳，有些愕然。若雨隨即表示不滿：「阿關大人……你這什麼意思？」

翩翩則回過頭去，看著遠方，不發一語。

「我……我……」阿關自己也不知道是怎麼回事，又看了看翩翩。此時翩翩並無異樣，裹著的紗布也更少了，阿關卻不知道自己為什麼會有這種反應，只覺得方才翩翩轉頭的剎那，有些似曾相識、不知在哪兒見過的一股恐懼夾雜著噁心，在腦中炸了開來。

「我腳滑了一下……」阿關尷尬笑著，又爬了起來，想了半晌，扯開話題說：「這場戰爭，不知道要打到什麼時候……」

「你累了嗎？還是厭戰了？」若雨說：「這場戰還有得打呢，天上那勾陳、南方那西王母，可不像魔軍那樣是烏合之眾。」

阿關點點頭，天上月亮看來極大、極圓，裡頭的兔子像是會跳一樣。

「嗯？今天月亮怎麼這麼大一顆？」阿關揉了揉眼睛說：「是我看錯了嗎？」

「山上看月亮本來就比較清楚，不過……」若雨哼哼地說。

「不過？」阿關好奇地問。

「要是天上那勾陳發難，太陽、太陰兩星有所動作，別說月亮變大，變紅色都行！」若雨嘿嘿笑著答。

「紅月亮？」阿關才要發問，後頭已經傳來了林珊的聲音。

「夜深了，外頭風冷，進來吧，我把剛才和大神們討論的結果說給你聽。」林珊站在主營入口外，一手扶在主營入口那光亮門旁，周身上下全是鵝黃螢光，伴著月色，看來極美。

「好……」阿關呃呃兩聲，正要轉身走。

「等等……」翩翩仍背著阿關，聲音極細，還有些顫：「太歲大人，我知道自己模樣難看，要是你害怕，以後我離你遠些，再也不會把你嚇得腳滑了。」

「不……不是……」阿關連忙轉身，翩翩已經飛上了天，若雨也跟著飛了起來。阿關伸手去抓，卻抓不到。

「別理那傻瓜，我們去雲上……」若雨拉著翩翩飛得更高了，頭也不回一下。

阿關瞪大了眼，有股莫名的悔恨在心中衝撞，想解釋些什麼，卻不知如何開口。正發愣時，林珊已將外套披上了阿關的肩。

□

「啊？」阿關望著林珊，愣愣地問：「要我一個人去守小島？」

寢室裡還燃著燭火，林珊在桌前倒了杯茶，阿關接過喝了兩口。

「不是你一個人，白石寶塔由你帶著。」林珊笑盈盈說著，將方才與玉帝、紫微討論的結果告訴了阿關。

「有洞天，就有福地。」

「福地」位於中部外海一群島嶼上，是正神陣營經營許久的一處機密據點。那兒靈氣強盛，是天然屏障，由兩島主神領了兩支神兵隊鎮守。

福地是置放完工後的新太歲鼎的地點。

此時打造中的新太歲鼎雖藏於南部，卻日漸受到西王母兵力威脅。西王母除了有一批邪神將領，還有另一幫手酆都大帝。酆都大帝手下有十殿閻王，個個身負奇術，又有十路地獄鬼卒軍。

南部兩星兵力只能勉力抵擋西王母攻勢，戰情一日比一日艱苦。然而，福地卻不像洞天那樣與世隔絕，也不像主營有著強力結界護衛，隨著新太歲鼎即將完工，這福地的防禦措施也必須盡快升等，好迎接新太歲鼎的遷移。

「你帶著白石寶塔前往福地鎮守，聽說那邊海上有邪化了的惡龍，也有些邪神盯上了那地方，你得小心些。」林珊這麼說：「我們一干歲星部將，則要再下南部支援，西王母攻勢猛烈，隨時有可能找著新太歲鼎的施工處。」

阿關點了點頭，又聊了些瑣事，才上床去睡。

林珊在他額上按了按，注了幾道清澈靈氣，他胸中那鬱悶感覺才又減輕了許多。

□

翌日，天上吹起大風，下起大雨。

大夥兒回到了中三據點，歲星部將們隨即動身南下。

途中阿關總想找機會和翩翩說些話，但有時才要接近，翩翩便已走遠；好不容易開了口，翩翩也只是點點頭，沒有回答什麼。

阿關像是口裡給人塞了一罐苦酸梅，難過卻不知能向誰傾吐。

大夥兒花了一個上午，終於收拾好了。

六婆站在住了許久的三合院前，有些不捨地說：「唉呀……才剛住得慣，又要走了……」

正聊著，上午才剛在中三據點和大家告別的葉元又回來了。

葉元和大傻身上都揹了包袱，葉元說：「我剛剛回山上和強爺打了聲招呼，又回來陪著你們。我這些天想仔細了，我這把年紀了，離開山上，也不知該上哪兒去，我只盼有生之年，能爲蒼生百姓做些事……」

本來葉元擬妥的說詞還有一大半，等著出發的天將卻聽得不耐煩，順手將他抓進了寶塔。六婆招呼著精怪、虎爺全進了寶塔，阿關也進了寶塔。水琝公領了六名天將，帶著這白石寶塔緩緩飛天，往福地前進。

奇烈公和木止公則領著其餘天將，繼續坐守據點，一邊與城隍協力，掃蕩這兩天來因爲落敗而四處逃竄的妖兵們。

寶塔裡大夥兒驚呼連連，聽著葉元上午返回山間探望義民爺李強時，聽到的最新消息，是關於雪媚娘的事。

原來雪媚娘遁入了山林，連夜逃往已成廢墟的眞仙宮，卻讓埋伏已久的義民爺們給逮個正著。先前李強沒和鍾馗一同前往中三據點幫忙，卻自個兒領著義民們守在眞仙宮四周，繼續追擊流竄的妖兵。

雪媚娘昨日天上一戰，讓壺王魔將圍攻，受了重傷；加上前一日大敗於中三據點，又經過正神拷問羞辱，早已身心俱疲。回到眞仙宮見到一片廢墟，即知那九天和妖兵已經全滅，霎時心灰意冷。

義民們突然攻出，無力再戰的雪媚娘不一會兒便落敗，又給綁了起來。

本來李強要一刀斬了這魔王，卻是鍾馗阻攔，才收起了刀。

「關鍾馗什麼事？他什麼時候也去湊熱鬧了？」「他好像無所不在？」精怪們起著鬨，葉元繼續講著。

昨日鍾馗與正神分道揚鑣，自然是返回自家地盤，也與義民們又聯繫上了。一得知義民們抓了雪媚娘，急急忙忙甩著舌頭，領了全軍要去搶那戰俘。

李強當然無意與鍾馗爭這女魔王，索性讓鍾馗將雪媚娘給扛在肩上，讓他帶走了。

「那女魔王怎麼這麼倒楣。」「後來呢？」「鍾馗吃了她嗎？」

葉元搖頭說：「後來的事我就不知道了，這些都是我去和強爺打招呼時，他說給我聽的。」

由於水琝公領著天將在天上飛，很快便出了海，飛向那離島。離島挺大，上頭也有幾處市鎮，住著許多鄉民百姓。

離島外圍有幾處群島，或大或小，上頭都有些老屋。

阿關從塔裡望去，果然見到那群島嶼上，有兩處島嶼泛著靈光，像個大鐘罩著一般。福地就是這兩處小島，兩島一大一小，泛起的光一橙一黃。

「咦？」阿關從塔頂遠遠看下，隱約感到有些異樣。

水琝公領著天將飛下，選了兩島中較小的島，在一處沙丘上落下。阿關、阿泰、六婆、葉元也出了寶塔，看著四周景色。

從這片沙灘看去，可以看到遠處種了許多樹，有些老屋。福地兩島上的老屋和中三據點一般，都是空著的矮房，卻沒那麼破舊，似乎都經過整修。

「昨日主營已經傳來號令，這兒兩島主神怎麼沒來迎接？」水琝公領了天將，正想往民居中去，阿關一把拉住了他：「等一下！」

「不太對勁……」阿關不安地四處張望，他感到四周雖瀰漫陣陣靈氣，同時卻也夾雜了陣陣熟悉而細微的惡念。

水琝公知道阿關能感應惡念，立時對天將發出號令：「大家提神，小心應變！」天將分為兩邊，三個在左、三個在右，將阿關一行護在中間，大夥兒就這樣往民居前進。走了一會兒，眼前有幾處老屋，一間老屋門前立了個大石板，有兩公尺高、一公尺寬、五十公分厚，上頭是兩個大字——**泰山**。

「這啥？福地主神知道我泰爺要來，特地立碑歡迎我是吧。」阿泰嘿嘿笑著，伸手去摸那大石板。

「哇幹——」阿泰一聲驚呼，那大石板突然一震，左右兩邊竄出兩隻石頭手臂，一把掐住阿泰的脖子將他拎了起來。

「放肆！還不撤手！」水琝公大喝一聲，一把去抓那石板，卻讓大石板一拳打退老遠。天將一擁而上，一斧砍在那石頭巨手上，將它斬斷，又聯手將那大石板推倒，壓在地上。

「你這石兵做什麼？」水琝公讓葉元扶起，勃然大怒罵著：「鎮守這兒的『塔婆』上哪去了？」

六婆看那石板，這才會過意來，囔囔地說：「啊呀！這不是『石敢當』嗎？」石敢當在民間信仰中，是能夠辟邪制煞的靈物，是這外海離島大鎮上特有的神兵，太歲鼎崩壞後，正神將離島上大大小小共四十二面石敢當，全召集到福地兩島上，一同鎮守福地。

水琝公還囔囔著，卻不見他口中的塔婆出來。塔公、塔婆是鎮守福地兩島的主神，一同領了兩支神兵坐守福地。

那大石板給壓在地上，突然顫抖著，石板上裂出兩道口子，口子抖了抖，睜了開來，竟是兩隻眼睛。

阿泰怪叫著，從地上爬起，恨恨地踹了這石敢當一腳，卻忘了對方是面堅硬的大石板，一下子又抱著腳滾倒，痛得哇哇大叫。

「你這石兵！」天將怒喝著，用大斧柄敲了敲石敢當身子，只見到石敢那隻給斬斷的手，又重新長了出來，和原先的巨手一模一樣，而落在地上的那斷手，則化成了灰。

「這石頭邪化了！」阿關搶上前去，一把按在石敢當身上，閉眼凝神，一下子吸出一團惡念。惡念不多，只是小小一團，阿關趕緊召出鬼哭劍，將這惡念吃了。

這面石敢當癱在地上，眼睛又閉上了，兩隻手也縮了回去，又成了面大石板，卻還不時顫抖著，任憑天將如何叫喚，都沒有反應。

「這可奇怪了！」水琝公有些愕然，領著大夥兒繼續往民居深處前進。

只見到這些老巷間，許多民居的大門上方都貼上了石雕的獸牌，牆壁上也貼著許多刻上符文的紅磚，這些磚全是新的。

「這是『磚符』！」葉元摸著那些磚符，自言自語著：「這全是辟邪法物，我卻沒見過這麼多、這麼密集！」

水琝公點點頭說：「這福地的防禦工事，全是這幾個月來新建的。」

只見到老屋牆壁上，還嵌入了小尊神獸像；或是在巷角豎立幾根旗竿，上頭懸著符旗。出了這條小巷，又是幾條小巷，巷弄交叉間，也有好幾面石板倒著，應當都是石敢當。

天將不解地交頭接耳：「這些石兵是怎麼回事？」「全倒在地上做啥？」

「啊！」阿關想了想說：「這些石敢當身上都有惡念，但都十分輕微，應該是最近才邪化的。或許是這福地有著強力靈氣，讓這些邪化的石敢當覺得痛苦難受？」

「應當是如此……」水琝公點點頭。「咱們可得趕緊將兩島主神找出才行！」

阿關想了想說：「兵分兩路好了，你帶天將去找主神，我則負責將這些石頭的惡念驅散。」

「我怕太歲大人您……」水琝公有些擔心。

「你放心，我拿著白石寶塔，裡頭精怪、虎爺都隨時待命，如果有事，我隨時打符令給你就行了。」阿關這麼說。

水琝公仍不放心，留下了兩名天將，自個兒領了四名天將升天，去找這兩島的主神——塔公、塔婆。

為了方便行動，阿泰等又回到白石寶塔裡，代替出來幫忙的，則是力大的大傻和多謀的綠眼狐狸。

大傻還扛了石火輪出來。阿關騎上石火輪，兩天將在前頭開路，大傻和綠眼狐狸則在後頭護衛，阿關開始挨家挨戶地去找那散落各地的石敢當，一一將他們身上的惡念驅出。

偶爾遇上一些石敢當會反抗，但這些石兵們力量本來便較天將來得低，根本不是對手；同時也因為受到福地靈氣鎮壓而力不從心，全被阿關輕易驅出了體內惡念。

阿關在巷弄裡繞著，足足找著了三十幾面石敢當，大都是一至兩公尺的大石板，也有些模樣奇特些。

在三叉巷子裡有面深灰色、看來骯髒的石敢當，長寬高都是一公尺多、倒像個大方塊，上頭刻著密密麻麻的符籙。

也有面石敢當倚在一間屋子旁，身上下是墨黑色，約高一公尺半、寬五十公分、厚三十公分上下，背後由上而下刻了「魑魅魍魎」四個大字。

又有幾尊石敢當不是石板模樣，而是不規則形狀的長形大石，從一到兩公尺都有，散落在民居四周。

這些讓阿關驅盡惡念的石敢當，全都倒臥地上，似乎十分疲累。

正繞著路時，後頭上方已經傳來了水琝公的呼喚：「大人！找著塔婆了！」

阿關回頭一看，只見到水琝公身後四名天將，押著一個老太婆神仙，正是鎮守福地主神之一的「塔婆」。

塔婆也渾身打顫、口吐白沫。天將將她押到阿關面前，阿關將手放在塔婆額上，卻覺得渾身無力、兩手痠軟。他接連吸出幾十面石敢當身上惡念，此時有些力竭，一時竟吸不出塔婆身上惡念。

「讓我休息一下……」阿關苦笑了笑，呼了口氣，手才要放下，那塔婆突然發狂，怪叫掙扎著，還咬了阿關右手一口。

「大膽！」水琝公一聲怒斥，兩指在塔婆額上一點，幾道銀光打在塔婆眉心，這才將塔婆鎮住。

塔婆身子一軟，讓天將左右托著，才不至於倒下，口裡還喃喃唸著：「天色晚了……死老鬼要打過來了……死老鬼要打過來了……死老鬼要打過來了……」

「什麼死老鬼？」水琝公不解地問。

塔婆也不理水琝公問話，喃喃自語著。

水琝公又問了句：「什麼死老鬼？」

「就是那沒良心的死老鬼。」塔婆猛然抬起頭來，朝水琝公吐了口口水，大吼大叫著：「死沒良心啊——」

水琝公一臉愕然，伸手抹了抹口水，才問：「塔公呢？塔公在哪？」

塔婆聽了，又發起狂來，拚命掙扎罵著：「不許你提那死老鬼，你這可惡的糟老頭！」

「胡鬧！發什麼瘋？」水琝公又指出兩道銀光，將塔婆鎮住。

阿關還坐在一旁喘氣，不時反覆握拳、鬆手，只盼趕緊回過力氣來，將這塔婆給治了。

這段期間，不論水琝公問什麼，塔婆都只是吐著口水，亂踢亂踹。

阿關站了起來，繞了個圈跳到塔婆身後，一把按在塔婆後腦袋上，猛力一拖，拖出一團惡念，趕緊讓鬼哭劍給吃了。只見鬼哭劍上頭的鬼臉「嗯嗯啊啊」張著口，似乎挺撐得難受。

塔婆便全身一顫，昏了過去。大夥兒隨手推開了一間老屋大門，裡頭有桌有床，天將便將塔婆給拎了進去，放在床上。

水琝公則在塔婆額上又注了幾道銀光，才見到塔婆呼吸順了些，也不再滿頭大汗，但卻始終沒睜開眼。

大夥兒在老屋裡討論著，正猶豫不知該不該將這情形通報主營。

突然阿關手裡白石寶塔一震，癩蝦蟆伸出頭來，呱呱兩聲說：「報告阿關大人，老太婆裝死，她在偷看！」

大夥兒朝床鋪看去，果然見到塔婆正瞇了一隻眼睛，往這兒偷看，見到大夥兒都盯著自己，趕緊又閉起了眼睛。

「塔婆，妳搞什麼鬼？」水琝公脾氣再好，此時也按捺不住吼了起來。

塔婆這才連滾帶爬落下了床，跪在水琝公面前，苦著臉說：「大人息怒啊……小神我……小神我……我……」

原來塔婆讓阿關驅出了惡念，又讓水琝公注了治傷靈氣，躺在床上雖已恢復力氣，卻也記起了自己職責。一想到自己朝水琝公吐口水，知道闖了大禍，不知該當如何，只能裝睡躺在床上，還不時瞇眼偷看，卻讓白石寶塔裡一干精怪瞧了個正著。

「好了、好了！」阿關苦笑地說：「別道歉了，快起來吧……」

塔婆白了阿關一眼，說：「你算哪根蔥？大人說了才算！」

「……妳……大膽，這是新上任的太歲大人！」水琝公氣呼呼地罵：「昨日不是已經傳了符令嗎！」

「太、太、太、太、太……歲大人！」塔婆嚇得往後一彈，撞在床沿上，又磕起了頭：「小神有眼無珠……請大人息怒！」

「好了……」阿關哭笑不得地說：「快起來吧。」

塔婆這才起身，將這些日子以來發生的事，源源本本地說了清楚。

原來水琝公便是鎮守福地的前任主神，塔公、塔婆本為其手下。直到中南部戰事越加激烈，水琝公接到指示領著天將全回主營支援，剩下這塔公、塔婆。

福地兩島分為大島、二島，塔婆領著四十二面石敢當，負責鎮守這較小的二島；塔公則領了三十五隻風獅爺，鎮守大島。

塔婆哭喪著臉說：「我也不知怎麼搞的，脾氣越來越暴躁，時常發怒。那死老鬼也是，動不動就罵我，我就罵回去……三天兩頭便吵嘴，越吵越凶喲！」

大夥兒靜靜聽著，知道塔公和塔婆自然是受了惡念侵襲，才會情緒暴躁。

塔婆繼續說著：「前幾天，我見那死老鬼跟一個海邊精怪勾搭在一塊，我一時怒極，和他大打一架。他退到大島上，還說要領風獅爺來將二島上下全殺盡！」

阿關和水琝公一聽，只覺得又好氣又好笑，這對塔公塔婆，受了惡念影響，百年夫妻反目成仇，還要將對方殺盡。

「嗯？妳說塔公是什麼時候說要來攻打二島的？」阿關問著塔婆。

「就前幾天，大概三、五天前吧……」塔婆答。

「這些天來都沒動靜？」阿關問。

「沒什麼動靜……」塔婆答。

「這就對了，想來塔公應該也讓島上靈氣鎮得受不了，我們得趕快去那大島，把塔公也救了！」阿關啊呀一聲說。

塔婆一聽，也跟著說：「我……我也去！」

水琝公搖搖頭說：「妳身子還未復元，這事我們處理就行了！」

塔婆有些遲疑，水琝公又說：「這裡邪化的石兵應該還沒清盡，妳去將那些驅盡惡念的石兵們全部召集起來，更要將那些邪化的石兵抓回來。」

「是！」

「我不知道哪些是邪化的……」塔婆茫然地說。

「總之，全召回來便是，屆時太歲大人自然會分辨。」

出了這老屋，阿關一行與塔婆暫別，到了沙灘邊，遠遠便見到那大島。

一旁沙岸上還停了幾艘小木船，水琝公問：「大人是要乘船過去，還是進寶塔讓我帶你去？」

「我自己騎著去就行了。」阿關笑了笑，踏板一踩，騎上了海。

水琝公將綠眼狐狸和大傻召回寶塔，領著天將跟在阿關後頭。

才剛上海，塔婆便傳來符令：「大人！剛剛忘了和你們說，這些日子海上不平靜，有些海精會作亂，海裡似乎還有大蛇。大人可得當心！」

「大蛇？」阿關唔了一聲，有些不好的預感。

抬頭看看，本來陰沉的天氣又飄起了雨。

42 塔公塔婆

海上大浪一個接著一個，石火輪也隨著波浪高低擺盪，阿關放慢勢子，安穩向大島騎去。

「大人小心！」水琝公領著天將居高臨下觀望，突然大聲一喝。

阿關低頭往底下看，只見石火輪周圍下方的海面，色澤明顯深了一大圈，那是一團大黑影。

「媽呀！」阿關怪叫一聲，想起許久之前，和翩翩在那黑水潭招兵時碰上的大蛇怪。他趕緊猛踩踏板，加速往前飆去。

天上的水琝公本來正驚慌著，但見阿關轉眼便已竄上大島沙灘，這才放下心來。

阿關回頭看去，只見到背後海面高高隆起，一條巨蟒竄起老高，露出水面外的身子竟有四、五層樓高，一身墨綠夾雜著五色斑紋，眼睛一紅一紫。

「啊！根本就是那一隻嘛——」阿關訝異叫著。

水琝公趕緊領著眾天將降下大島沙灘，在阿關前後左右護衛著。

原來這大蟒那天被翩翩打進水潭裡，身上負了傷，便順著溪流緩緩游下。這大蟒已修煉成厲害精怪，能變幻身型大小，游入了小溪身子便縮小；經過了許多日子，游入大海，吃食海中大魚，體型也比先前在潭裡時更大了一倍有餘。

寶塔裡精怪見了這蟒精，全都驚駭莫名，騷動起來。「好可怕啊！」「太大隻了吧！」「沒見過這麼大的蛇精！」

「阿嬤，妳看——」阿泰指著另一邊海面，又是興奮、又是恐懼地跳著怪叫：「那邊也有怪獸！」

大夥兒更加騷動，遠遠又見到海的另一頭邊也掀起大浪，一條更大的怪蟒竄出水面，直撲這邊的墨綠大蟒。

阿關連同水琝公和天將，以及寶塔裡的大大小小，全都看傻了眼。

「那不是蟒蛇……是……是龍啊！」老樹精扯開喉嚨，怪叫著。

只見那頭龐然大物一身紅鱗，頭上長有雙角，背上有銳利背鰭，兩眼閃動紅光，嘴端飄動長鬚，的的確確是條巨龍。

「哇——」阿關訝異地張大了口，只見到那巨龍、大蟒各自盤據一邊，忽上忽下地竄動，時而擺動身子，掀起滔天大浪。

大蟒身下的海水漸漸泛黑，巨龍周邊海水則緩緩變紅，一龍一蛇將這本來平靜的大海攪動得地覆天翻、詭異駭人。這頭大蟒吐著蛇信，那頭巨龍甩動長鬚，緊繃情勢一觸即發。

突然巨龍狂嘯一聲，直衝向大蟒；大蟒不甘示弱，吐著蛇信也纏了上去。巨龍、大蟒捲纏成一塊，倒像是個巨大麻花甜點，這麻花捲上的龍和蛇，驚天動地纏著、繞著、抓著、咬著，接著，往海面轟然倒下。

一龍一蛇砸進海面，轟隆巨浪捲上了天，紅黑色海水暴雨似地落了下來，同時也捲起一圈巨浪往兩島沙灘上打來。

水琝公呼喝一聲，兩名天將托著阿關肩膀往上疾飛，這才躲過了這海嘯般的大浪。從天上往下望去，海面上仍清楚見到巨龍和大蟒在海下纏鬥的身影。只見那龍蛇在海裡糾纏，四周海面沸騰了般，轟隆隆響著，巨龍和大蟒的身子不時捲出海面，又捲回去。一張張窗戶大小的鱗片，連著血肉濺出了海面，全都是從巨龍、大蟒身上打下來的。

過了一會，大蟒似乎不敵巨龍，鬆開了身子，上身竄出水面，蟒身上多了許多咬痕，紫血流了滿身，將附近海水都染成一片紫。

大蟒又是一沉，沉入了海裡，身影急速往後離去。

同時見到那巨龍也竄出水面，身上也有些洞，是大蟒的牙痕，洞中還冒出紫色的煙，顯然大蟒牙上有毒。

巨龍狂嘯幾聲，也潛入海裡，朝那大蟒脫逃方向追了上去。

不知過了多久，海面才平靜下來，紅色、黑色漸漸褪去。

阿關還呆著，水琝公這才擦了擦汗，領著天將降下沙灘。

寶塔裡自然也是騷動掀天，大夥兒七嘴八舌嚷嚷，有的說那大蟒厲害，有的說是巨龍勇猛，也有些還讓方才詭異激烈的大戰給震懾住，只能嘶啞喊著：「好大、好大……」

「太厲害了……」阿關深深吸了口氣，大夥兒降下沙灘，轉頭看那身後的老屋群，準備去找那塔公了。

走進了這幾條老巷，水琝公撫摸著巷弄中老屋，有些遲疑地說：「不妙……」

阿關也覺得有些異樣，四周房舍有些毀損得嚴重，許多老屋上的辟邪法物都給砸了個粉碎，一塊塊磚符碎落滿地。

幾聲怪吼，舊屋中跳出幾頭野獸。只見那些野獸個個獅頭大眼，背上都披著殘破披風，有些大隻的，背上還披著五、六件披風。

「風獅爺！」阿關驚呼一聲，石火輪一踩就要往前竄去，他想去抓那些風獅爺，替他們驅逐身上惡念。

眼前那兩隻風獅爺卻突然扯開喉嚨喊叫幾聲，全躍起老高。

「跳這麼高！」阿關正訝異時，那躍上半空的風獅爺已經落了下來，兩隻風獅爺一前一後，其中一隻剛落地便往阿關身上撲，將他撲倒在地。

「哇！」阿關經歷不少大戰，臨戰反應可比以前快上許多。他手一伸，擋住了那風獅爺張口咬來的嘴，一手掐住他脖子，將那風獅爺摔在地上。他同時心念急轉，以心意控制石火輪，撞開另一隻襲來的風獅爺。

第三隻風獅爺本來還伏在屋簷上，此時也撲了下來，阿關閃躲不及，又被那風獅爺撲上，一口咬住肩頭。這隻風獅爺一身灰白，雙眼炯炯有神，背上披了十二件披風。

「哇啊！」阿關吃痛喊著，伏靈布袋已從外套口袋竄出。阿關擔心那些鬼手不分輕重，將風獅爺打死，連忙喊著：「下手輕些，拉開他就行了！」

蒼白鬼手和剩三隻手指的新娘鬼手受了令，果然抓著風獅爺扯開。那風獅爺牙齒崁入了阿關肩頭肉裡，這麼一扯，痛得阿關哇哇大叫。

水琝公領著天將，打退了幾隻風獅爺，要來援救阿關，四周房舍卻擁出更多風獅爺，將天將們團團圍住。

阿關猛吸著氣，一掌貼在那咬住他不放的風獅爺頭上，猛力抓出一把惡念，隨手扔在地上。

這風獅爺讓阿關吸了惡念，身子有些麻痺發軟，口一鬆，便翻了下地。

阿關摀著肩頭，又踹開一隻撲上來的風獅爺，卻不願召出鬼哭劍應戰。他是奉命前來帶領兩島將士鎮守福地的，一時之間，要他以鬼哭劍刺殺這些本來應當是自己手下的風獅爺，他實在下不了手。阿關只好咬著牙打肉搏戰，他抱住了一隻風獅爺，雙手同時從風獅爺身上抓出兩把惡念。

水琝公拋出白石寶塔，寶塔一震，霎時獅吼、虎吼震透了天，裡頭的虎爺、石獅全跳了出來，和這些風獅爺展開大戰。

虎爺們撲倒一隻隻風獅爺，威猛毫不遜色，只見這些獅子、老虎或捉對廝殺，或三五隻群鬥，纏鬥成一團。

寶塔又是一震，狼怪大傻領了一小隊精怪跳出來參戰，拿著繩索要去圍捕那些風獅爺。

風獅爺們讓天將和石獅虎爺給衝得四散，有些逃進了老屋中，有些在巷弄間竄逃吼叫。

「給我捆仙咒！」阿關摀著肩頭，衝到了水琝公旁，對著白石寶塔大喊。過了半晌，塔裡才伸出阿泰一隻手，握了一把捆仙符，只有二十來張。

「就這麼幾張？」阿關對著白石寶塔喊著，阿泰頭也冒了出來：「這陣子都對上魔界妖魔，你們叫我只寫白焰就行了的，這幾張還是我上次寫了放在寶塔裡備用的，幹！」

阿關接過了符，胡亂唸了咒語，試了兩次都不行，他許久沒用捆仙咒，有些忘了。又試了幾次，這才打出一張金網子，卻沒打中風獅爺。

「好會跳！」阿關怪叫著，領著幾隻虎爺追進一條巷子，去抓那些四處亂蹦的風獅爺。

水琝公則指揮天將，將被打倒在地的風獅爺全抓進寶塔裡，塔裡精怪們一擁而上，將風獅爺一隻隻關進寶塔的牢房中。

「哈哈，怎麼也有一隻小隻的？」塔裡六婆指著外頭一角大笑。大夥兒看去，見到老屋門旁，牙仔和鐵頭正追著另一隻小風獅爺繞著圈。那小風獅爺身型也是極小，比牙仔、鐵頭還小了些，背上只有一件灰色破爛披風。

只見那小風獅爺身子雖小，速度卻是飛快，且高高一跳，還能在空中飄浮一段時間，原來風獅爺能御風而行。牙仔、鐵頭追他不著，氣得嘎嘎叫。

「小狂別胡鬧！」水琝公幾道銀光射去，打在這叫作「小狂」的風獅爺腳上。小狂哀叫了兩聲，落下地來，又要亂逃。

牙仔快如迅雷，一蹬腳飛撲上去，和小狂扭成一塊；鐵頭上去助陣，咬住了小狂尾巴往後拖拉。

小狂尾巴讓鐵頭咬得生疼，一邊怪叫，一邊狂揮著小爪，去打前頭的牙仔，牙仔也亂揮虎爪還擊，兩對小小的獅爪、虎爪，你一爪來、我一爪去，像是打拳擊一樣。

水琝公連忙趕來，一把拎起小狂，扔進白石寶塔。

塔內精怪見了小狂被扔進來，全都爭相去搶，有的捏他小耳朵，有的扯他尾巴：「好好玩啊！」「好個小獅子！」

六婆三步併兩步地跑了過去，伸手打那些頑皮精怪，氣呼呼地罵：「你們幹什麼，別欺負小隻的！」

葉元突然嚷嚷叫了起來：「大隻的來了！」大夥兒朝葉元指的方向看去，見到另一頭巷口，走出幾隻體型較大的風獅爺。

其中一隻模樣看來像是獅王，背上披了超過二十件披風，體型極大，一身白毛飄逸，威風凜凜，仰頭張口一吼，霎時飛沙走石，狂風大作。

「免驚、免驚，我們這邊也有大隻的！」六婆喊著，大夥兒一聲歡呼，都朝阿火看去。

只見阿火停下了動作，也望著那獅王，嘴角冒出了絲絲火光。

一旁一道黑影竄來，攔在那大白獅王前頭，是黑黝黝的大邪——大邪搶先一步，撲了上去，和獅王纏鬥起來。大邪體型和獅王差不多大，一掌掌打在獅王身上，獅王怪喝一聲，推開了大邪，背上披風揚起，鼓起嘴巴，朝大邪吹出一陣巨風。

大邪給那風吹得受不了，身上給巨風吹出好幾道割痕，往後一跳，跳了開來。

後頭的阿火大吼一聲，撲躍上來，接力和獅王鬥上；阿火吼出一團紅焰，馬上就讓獅王嘯出狂風吹散。

那大邪可不甘心，也撲了上去，二打一。獅王難以招架，腦袋吃了大邪好幾掌，倒在地上滾了兩圈。

大邪凶猛狂吼幾聲，壓在獅王身上，巨口一張，就要咬下。

「慢著、慢著！」水琝公一面大喊，急急飛來，拉住了大邪尾巴，叫著：「你這虎將軍口下留情吶，這些風將軍可都是咱們的夥伴吶！」

水琝公攔在獅王和大邪之間，原來先前水琝公領著塔公、塔婆鎮守福地，這麼多風獅爺中，自然也有幾隻較疼愛的。

這隻大風獅爺叫作風吹，是三十五隻風獅爺中的頭頭，也是水琝公最寵愛的一隻。

水琝公拍了拍風吹，風吹兩隻眼睛閃動異光，靜了半晌，還伸舌舔了舔水琝公的手。水琝公有些欣慰，心想這風吹還認得自己，不料風吹猛然躍起，一口風將水琝公吹倒，領著幾隻風獅爺往巷子裡逃去。

這頭阿關使著捆仙咒，發出一張張金網，將一隻隻風獅爺捆倒在地，再替其驅出惡念。搞了好一會兒，這才累倒在地上喘氣，喘沒兩下又站了起來，繼續領著虎爺去追其他風獅爺。天將們七手八腳，將風獅爺一隻隻扔進白石寶塔，幾盞茶時間下來，已經捕了二十來隻，全讓精怪們關進了塔裡牢房。

阿關繞了三條巷子，正追著一隻跳得極快的風獅爺。

「是那臭婆娘攻過來了嗎？」蒼老聲音從巷尾響起，一個糟老頭模樣的神仙，正坐在一頂破爛轎子上，由幾名奇異精怪扛著，轉進這巷子。

那老頭一見阿關，跳了起來，站在那破爛小轎上，惡狠狠地喊著：「你是臭婆娘的新手下對不對？」

阿關呆了呆，答：「你是塔公？」

塔公威風凜凜地喝斥：「塔你狗屁！我是福地之主，福公是也！」

「啊？」阿關啞然失笑，腳下踏板用力一踩，衝向塔公。

塔公嚇了一跳，那些抬著轎子的精怪也沒反應過來，石火輪飛快一衝，撞上那破爛小轎子，將塔公撞得翻下了地。

石獅、虎爺們急急跟上，將那些精怪一個個撲倒在地。

阿關將那塔公架起，塔公雖然掙扎，卻和塔婆一樣，早讓這福地靈氣鎮得難受，肚子吃了阿關兩拳後，只能軟綿綿地癱在阿關肩上，任他抬著走。

突然一陣狂風吹來，將阿關吹倒在地，一聲嬌斥從天上往下喊：「是誰欺負我郎君？」

阿關眼睛裡給吹進了沙子，正難受著，見到一群人影降下。好不容易才看了清楚，那是一群妖精，妖精當中領頭的是名漂亮女子。那女子一身淡青衣服，膚色也是淡淡的青色，臉蛋卻十分漂亮。

女子後頭跟著的則是一群長鰭的精怪。女子一聲令下，身後精怪立時上前將塔公救了起來，只見到塔公搖搖晃晃地給扶到女子身旁。

女子扶著塔公，替他揉揉腦袋，柔聲問著：「郎君，您沒事吧？」

塔公比那漂亮女子矮了半個頭，此時卻裝模作樣，哼哼兩聲，頭仰得老高，豪氣萬千地說：「我一點事兒也沒有，臭小子打了我兩拳，現在他的手可能已碎了！」

「放肆，你說什麼來著！」水琝公領了天將趕來支援，有些天將手裡還提著被捆住的風獅爺。本來四散去追捕風獅爺的虎爺、石獅們，也紛紛往這兒來，在阿關身後聚集。

同時，更多的魚蝦精怪從塔公身後三條巷弄竄出，也都往青衣女子和塔公身後聚集。

青衣女子見了水琝公那頭兵勢越來越大，竟然還有多名天將，不免有些擔憂，左右盼了盼，自己這兒也聚了百來隻精怪。

水琝公揚了揚手杖，喝斥著：「你們這些海中精怪為何迷惑福地主神，有何企圖？」

青衣女子正要回答，塔公搶了個先，怪吼怪叫：「你這傢伙又打哪兒來的？啊呀，我知道了，你是那臭婆娘的老姦夫對不對？好你個王八！」

「你這傢伙竟口無遮攔到如此程度！」水琝公一聽，怒不可遏，白石寶塔一舉，裡頭待命的精怪也跳了出來。水琝公性情本來溫吞和藹，但這次來福地，先讓塔婆吐了一身口水，又被塔公說成是「老姦夫」，不論他脾氣再好，此時也不禁大動肝火。

兩邊情勢一觸即發。阿關有些奇怪，問那女子：「妳身上並沒什麼惡念，妳不是邪化的精怪，為什麼……」

「你們不是邪神？」女子身後的精怪個個摩拳擦掌，一副要拚要打的模樣，女子卻揮了揮手，示意大家別輕舉妄動。

「什麼邪神，妳身旁那個老傢伙，才就要邪化了！」水琝公瞪著眼睛喝斥。

女子看看身旁塔公，沒說什麼，神情顯得有些猶豫。

「什麼邪化？你這老王八才邪化！上呀，大家還不上！」塔公大叫，有三分之一的海精聽了塔公下令，都往前頭衝，個個揮動著身上大鰭和利爪，一副凶狠模樣。

「你們這些山上來的傢伙，膽敢來找我們大海精怪的麻煩，通通將你們打回山上去！」帶頭高喊的是一隻螃蟹大精，揮動著兩隻大螯。他身旁一隻章魚精則是人身章魚頭，兩肩生出八隻觸手，各自抓了柄木棍，上下揮動著。

「啊呀！海裡的傢伙們好囂張，小看咱們山上的是吧！」阿關這方的山精們聽了螃蟹精這麼說，紛紛鼓譟起來，不等水琝公下令，都搶上前迎戰。

「等等……」阿關正要出聲阻止，但山精、海精早已打成一團。

綠眼狐狸身子輕盈，領著一票大小狐狸精，揮著紫霧開路，那些嗅到了紫霧的海精，登時一個個翻倒睡著。

螃蟹精大螯威猛，將好幾隻山精都敲得頭破血流。

這頭那小猴兒揮動鐵棒，大戰章魚精。小猴兒將一支鐵棒舞得密不透風，卻抵不住章魚精八棍齊下，不一會兒便敗下陣來。癩蝦蟆和老樹精見著了，便上前接戰，齊力圍攻章魚精。

「別打了！」阿關感覺到這些海精沒有明顯惡念和敵對理由，見他們越打越凶，便抽出幾張白焰符打在地上，炸出一片白光，不少海精們嚇得往後退去。

六名天將受了水琝公號令，也突入戰圈，阿關不忘在後頭提醒：「別下手太重，別打死他們……」

天將殺進戰圈，海精們立時落了下風，一個個讓天將用斧柄或是斧背打倒在地，又有些讓虎爺、石獅與山精們擊退。

「你們不是對手，退下！」塔公身旁的女子大喝一聲，將那些衝上去的海精們全喝了回來，自個兒卻往前躍了一大步，從背後抽出了一柄長劍，那劍身極窄，泛著青藍色光芒。

女子躍了極高，竄向阿關和水琝公。阿關背後的大傻狂吼一聲，上前迎戰。

大傻凶猛揮動兩柄石斧，都讓女子靈巧閃過，且回擊許多劍。

六名天將也圍攻上來，那女子以一敵七，立刻落了下風。然而由於有阿關吩咐在先，因此天將們下手也特意留情。

那女子雖先以長劍逼開了三名天將，但左肩立時重重挨了天將一記拳頭，長劍又讓另一名天將擊飛。

「小水藍兒！」塔公見了這叫作水藍兒的海精武器脫手，激動得大吼，拿了拐杖就往前衝，後頭的蝦兵蟹將又全衝了上來。

水藍兒後背又挨了天將一記斧柄敲擊，給打得跪下地去，接著幾支大斧全架上她頸子。

「再過來就斬了她！」一名天將大喝一聲，海精們全停下動作。

塔公又叫又跳，氣憤地在原地打轉，喝罵著：「你們以多打少，你們這些小人！」

阿關見那塔公兩眼慢慢泛紅，知道他比起塔婆邪化得更深。

水琝公一聲令下，石獅、虎爺和精怪們擁了上去，花了好多工夫，將海精們一一捆綁，經由阿關施咒蓋印，全給抓進了寶塔。

海精們見頭頭受縛，大都無心還擊，有些性子較烈想要反抗的，都讓天將打倒在地，押進寶塔。

塔公還傻愣愣地蹲在一邊，身子發著抖，頭髮鬍子開始漸漸泛出紅色。天將已到塔公身後，見到塔公成了這副德行，都不知該如何是好。

阿關也來到塔公身後，一手按在塔公頭上。塔公這才回神，怪吼一聲就要竄起反抗，卻讓左右天將一把抓住臂膀。

阿關見了塔公模樣，知道要是再遲，或許救不回了，便也不管手臂已受了傷、身子十分疲累，使出全力吸取惡念。

阿關兩眼隱隱綻放出白光，張開了口卻沒叫出聲。先前他從未一次吸取這麼多惡念，此時，只覺得塔公身子裡的惡念充實飽滿，自己的手掌緊緊黏在塔公頭上，全身力氣都聚集到了手掌上，與塔公身上的惡念對峙著。

塔公也不好過，怪嚎怪叫，全身激烈顫抖起來。

精怪們見了阿關這般模樣，都騷動起來。水琝公也急得大喊：「太歲大人量力而為呀——」

阿泰、六婆也從寶塔裡跳了出來，阿泰見阿關模樣古怪，急急喊著：「阿關怎麼了？」

又過了一會兒，阿關身子一軟，向後仰倒，跌坐在地；塔公也兩眼翻白，昏死過去。

大夥兒一擁而上，阿關卻掙扎站起，急急地說：「別過來！」

阿關兩手托著一大團惡念，他看了看雙手舉著的惡念，足足有一台小貨車那麼大。精怪們知道阿關要去扔惡念，連忙扔出石火輪。阿關臉色發白、滿頭大汗，跨上了石火輪，單手托著好大團惡念，搖搖晃晃往海邊騎去。

在恍惚中，阿關只覺得這惡念觸摸起來，比起以前更紮實，也更容易掌握了。到了海邊，阿關用盡最後力氣，將惡念往海上一拋，巨大的惡念像顆小棒球般，輕易讓阿關拋出，飛得極遠，直到看不見。

阿關回頭對著跟在後頭的水琝公和天將們打了聲招呼，終於不支倒下。

□

阿關醒來時已是隔天，他自一張舊床上坐起，看看肩頭，已經包覆了紗布，也不痛了。一旁的綠眼狐狸見阿關醒了，立刻過來攙扶。

「現在是什麼時候？這裡是？」阿關動了動身子，覺得全身都已經恢復。

「阿關大人，你昏睡一天了，這兒是二島。海精們還關在塔裡，那塔公仍然昏睡不醒，水琝公大人昨天已領著天將們將大島上的風獅爺全捉了，足足三十五隻，一隻不少，全給關進了白石寶塔裡。」綠眼狐狸回答。

阿關點了點頭，發出符令告知水琝公自己已醒。

水琝公正在大島探視島上防禦工事損毀的情形，越看越是憂心，許多老屋上的磚符全給砸碎，許多驅魔法物也讓塔公領著風獅爺破壞得十分嚴重。

阿關也因此被安置在防禦工事大致完好的二島上。

水璵公收到了綠眼狐狸傳來的符令，急急忙忙領著天將前往二島與阿關會合。

「那海精頭頭有事要稟告，咱們進寶塔再說吧。」水璵公一見阿關，說明了大島上頭的情形，跟著便帶阿關進了寶塔。

水藍兒並沒有被繩索捆綁，而是在一張石桌前坐著，由大傻和精怪們看守。她見阿關進來，連忙站起，神情十分惶恐地說：「大人，小精不知你是太歲，有所得罪，乞請見諒。」

阿關尷尬笑著說：「沒有關係，我只是想知道你們這些沒有邪化的精怪，爲什麼要去……迷惑塔公？」

「詳情我已經告訴水璵公大人了，我並非去迷惑塔公，是他……」水藍兒嘆著氣答，將事情原委一五一十地說來——

「我本是隻百年魚精，與一群海精夥伴們在外海生活了許久。」

「兩個月前，不知怎地，這海中許多老朋友，或不相識的精怪，一個個變得凶悍暴躁，動輒互相打殺。我想老家是不能住了，便帶著夥伴離開了原本長居的深海，四處尋覓新家。途中，我們遇上了惡龍、怪蟒。而在一個月前，我在這群島附近，碰上了一支神仙兵馬。」

「那神仙頭頭擒了我和夥伴們，想納我爲妾。我雖不願意，但見那惡神勢大，手下還有許多鬼卒和精怪，我自知絕不是對手，只好虛與委蛇。說是要去招納我其他夥伴，一起投入那惡神陣營，供其驅使。那惡神囂張，也不怕我逃，說是不論我逃到任何地方，他都能找著我。」

「我知道這兩島是神仙地盤，心想，到了這島上來，可要找著其他神仙，告那海上惡神一狀。我上了島，也確實找著了個老神仙，但他自稱『福公』，說自己掌管百萬神兵、能呼風喚雨。福公要我別怕，只要我做他小妾，他便擒下那惡神，還我個公道。」

「我當然也不願意，但見他終究沒海上惡神那麼凶悍，心想能避一時是一時、走一步是一步，只好暫且妥協。昨晚水琝公大人向我說明，我才知道福公原來叫塔公，只是這兒的小神……」水藍兒緩緩說來，大夥兒陪著阿關靜靜地聽，這才明白了事情經過。

阿關攤攤手，苦笑說：「那是塔公邪化了，所以說話瘋瘋癲癲。先前妳那說的那海上神仙，肯定也是邪化的神仙。」

水琝公搖頭嘆氣地說：「太歲鼎崩壞後，隨正神下凡的神仙們有許多失聯已久、沒了音訊，散落四處，卻沒想到海上也有邪神……」

阿關點點頭，又說：「既然是誤會，那我們也沒理由關著他們，放他們走吧。」

水琝公點點頭說：「昨晚我也這麼提議，但這精怪卻有事要求……」

水藍兒懇切地說：「大人，我就是受那海上惡神欺負，才逃來這神仙地盤，只盼找著大神告狀，只求太歲大人收伏了那惡神，否則，有家也歸不得啊……」

水琝公皺了皺眉，遲疑地說：「這可難啦……這次咱們來福地兩島，是為了迎接太歲鼎做準備，任務只是加強福地防禦工事，若要出兵去打邪神，這兵力恐怕不足呀……」

水藍兒又說：「我們這些海中精怪本都過著與世無爭的生活，我們將大地讓與了凡人，只盼能圖個清靜，神仙怎能只顧凡人，不顧精怪？」

水藍兒此話一出，癩蝦蟆等山中精怪們倒紛紛鼓掌起鬨：「就是說嘛！」「神仙一向都很偏心呱。」「不公平吶！」

水藍兒再說：「況且迫害咱們的可不是什麼妖魔鬼怪，正是神仙吶！凡人受惡鬼欺負，便有神仙替凡人出頭；咱們精怪受神仙欺負，你們神仙卻不理不睬，這公道嗎？」

「就是啊！」「我們精怪加入義勇軍，本來就是爲了討伐邪神，之前順德、千壽向凡人搗亂，神仙們都急匆匆去救，但是邪神欺負精怪，神仙們卻怕事不敢打，那咱們精怪又何必與你們同站一線？大夥兒各自避難不就得了？」「對啊、對啊！神仙應該去找凡人當義勇軍，凡人比妖兵還多，死都死不完，很好用呀呱。」精怪們騷動著，個個忿忿不平。

阿闕也附和：「我覺得水藍兒說的有道理。不論如何，精怪們跟著我們打了好多場戰爭，總不能要用兵時就要精怪們出力，危難時又要精怪自生自滅，說不過去啊。」

水琝公想了想，苦笑著說：「小精怪們、太歲大人吶，你們說的都有道理，我又豈非不知。但現實情況未必能如你我所願，想怎樣就怎樣；不是你說聲『打』，就一定打得贏。要是莽撞出兵，死傷慘重，而導致全盤皆敗，使凡間陷入更大浩劫，別說這些海精了，更多無辜精怪、無辜百姓生靈，全都要受苦落淚囉。」

水琝公說到這裡，見到阿闕低下頭，知道他想起了眞仙宮時闖下的禍；又見水藍兒苦著一張臉，顯然當眞無家可歸。心一軟，便說：「這樣好了，海精們若沒地方去，不如暫居福地，耐心等待這場劫難過去。福地本便易守難攻，若是那海上邪神眞的攻來，大家齊心協力，應該撐得到主營援兵來救。但若要出海攻打邪神，那確實是萬萬不能。」

「謝大人。」水藍兒朝水琝公恭恭敬敬鞠了個躬。

阿關想到了什麼，對水藍兒說：「現在到處都是邪神，打倒了這個邪神，還有更多邪神，惡念一天天落下，精怪們也有邪化的一天。但是我知道有個地方不受惡念侵襲，也沒有邪神搗亂……」

「啊，阿關大人想要收買人心！」「大人變奸詐了呱！」癩蝦蟆領著精怪們起鬨，卻也跟著遊說起來：「那個地方叫作洞天！」「說眞的，洞天的確不錯。」「那是好地方啊。」「那邊的大湖好美，適合水藍兒這樣漂亮姑娘在裡頭游泳。」

「洞天？」水藍兒呆了呆，不曉得那是什麼。

「先將妳的精怪夥伴們放了出來，再慢慢說吧。」水琝公說。

山精們聽了，歡欣鼓舞地前往牢房，將那干海精放了出來，領著海精們全上了塔頂，將洞天的美好，講給海精們聽。

海精當中也有幾個年歲大的、見多識廣的，知道有洞天這個地方，不時應和著山精。

□

塔公躺在木床上半閉著眼，塔婆在一旁緩緩餵藥。塔公身子漸漸好轉，不再那麼虛弱了，塔公、塔婆一日無語，塔婆不是餵藥、輕輕拍拍塔公手背，就是看著地上發愣。

木門輕輕推開，水琝公與阿關、水藍兒走了進來。

塔婆一見水藍兒，氣得站了起來，哼哼一聲就想罵人。阿關連忙開口：「之前的誤會都已經說清了，水藍兒現在也加入了寶塔義勇軍，也是我們的夥伴了！」

塔婆聽阿關開口，便又坐下，卻瞧也不瞧水藍兒一眼。

塔公斜眼看了看水藍兒，似乎有些惆悵，坐起身來，朝阿關深深鞠了個躬：「太歲大人，昨日小神無禮至極，罪該萬死……」

「不關你的事，全是惡念……再忍一些日子，等太歲鼎完工，再也不會發生這種情形了。」阿關苦笑了笑，回想昨天塔公那囂張神態，不免覺得好笑，知道他心中尷尬羞惱，便好聲好氣地安撫著塔公。

「過去的便過去了，這兩日你兩老靜靜休養，等身子復元之後再說。」水琝公交代塔公、塔婆一些事情，便和阿關、水藍兒出了這老屋。

水琝公領著天將和葉元、六婆、阿泰，以及水藍兒等海精們，一同前往大島，修補那些破損的防禦措施。

天將打開大島上幾間老屋裡的儲藏室，將裡頭庫存的磚符一箱箱搬出，海精們各自分配了工作，在磚符上抹上泥漿，貼上老屋牆壁。

大傻力大，在大島一處林子裡用石斧劈樹，將樹扛回，再由海精們削成箭。

六婆、阿泰在幾間屋子裡，帶著部分手巧的山精們一齊畫符、繪製紙人；葉元則神祕兮兮地窩在一角不知道做啥。

阿關則領著一批精怪，在白石寶塔牢房裡替那些風獅爺驅除身上惡念，足足花了一天，才將所有風獅爺身上惡念全抓了出來，卻還不及昨天塔公身上惡念來得多。

這晚，大夥兒聚在二島老屋群外圍，在接近海灘的大空地上，擺開一張張木桌，吃起了晚餐，食物大都是從福地二島東邊那大離島上的市鎮買來的，也有許多是海精們直接下海捉來，說要獻給太歲大人的。

大夥兒有說有笑，塔公、塔婆並坐，尷尬地吃著飯菜。

水藍兒故意坐離塔公極遠，只吃了少許，便獨自離座走開。

阿泰見水藍兒孤伶伶地坐在一塊礁岩上看海，哼了兩聲，甩甩脖子，拍拍阿關說：「嘿，學著點，讓我教你兩招。」

「嗯？」阿關還沒會過意來，就已見到阿泰托起桌上一杯葡萄酒，撥了撥頭髮，一手插在褲袋裡，踏著沙，一步步往水藍兒走去。

「嗨，冷嗎？」阿泰微笑，伸出手來拍了拍水藍兒後背。

水藍兒突然快速站起，阿泰嚇了一跳，酒灑了一身。

只見那海上隱約飄動火點，火點越來越亮，幾艘大船駛了過來。遠遠看去，大船上都插著旗子，上頭寫著「代天巡狩」四個大字。

水藍兒站起後才發現身後的阿泰，回頭看了看他，問：「你做什麼？」

阿泰摸摸鼻子說：「沒有……我到處晃晃……」

阿關這桌見到阿泰那副窘樣，早已笑得東倒西歪。

癩蝦蟆呱呱大叫：「猴孫泰說要教阿關大人幾招，這招是什麼名堂，呱呱？」

「是猴子獻酒？」葉元說。

「爲何獻在自己身上？爲何獻在自己身上？」小猴兒跳著問：「爲何獻在自己身上呀？」

「因爲猴子畫一整天符，手軟了呱。」「我猜天氣太熱，猴孫想消消暑。」「不，他想逗海精姑娘笑，但是海精姑娘沒笑。」精怪們起鬨取笑。

阿泰瞪著眼，看身後精怪們七嘴八舌地嘲笑自己，氣得「幹」聲連連，也不回去了，撥著身上的酒，望著那遠方船隊。

水藍兒則早跳下了大石，急急忙忙往大夥兒跑去。

「大人，那惡神來了！代天巡狩，五府千歲！」水藍兒喊著，大夥兒全站了起來。水琝公眼張得老大，望著那船隊慢慢駛近兩島。

五府千歲，又號代天巡狩，民間信仰中，是接了玉帝敕令，代玉帝巡察天下四方，驅趕妖魔鬼怪的神仙。五位王爺分別爲李府大王爺「大亮」、池府二王爺「夢彪」、吳府三王爺「孝寬」、朱府四王爺「叔裕」、范府五王爺「承業」。

「沒想到竟是他們！」水琝公大驚失色。「原來這干王爺乘著王船，在海上稱王啦！」

「大夥兒警備——」水琝公一喊，全軍列成了陣。塔公領著風獅爺在左翼，塔婆領了石敢當在右翼，石獅、虎爺在前，山精、海精們擁著阿關一行居中。

水藍兒憤怒說著：「就是這些惡神逼迫我當他們大哥的小妾！」

只見那王船隊慢慢靠近，中央一艘大王船將近兩百公尺長，大王船前頭還有四艘王船開路，後頭也有四艘王船殿後。這八艘護衛船，大小則從五十公尺到百公尺不等。

仔細一看，這些王船吃水極淺，幾乎是飄浮在海面上的，慢慢駛近了二島岸邊。

水琝公手心生汗，正猶豫著不知該如何應對。大王船上已飛下了幾名神仙，後頭還跟著百來隻鬼卒。

「這兒是天界據點福地——」水琝公高聲大喝：「哪裡來的邪神惡鬼，報上名來！」

邪神們停下，居中那大神正是李府大王爺，大王爺手一揮，後頭鬼卒也停了下來。

大王爺出聲吶喊：「你哪位？我五位王爺乃代天巡狩！」

「果然是這些傢伙，這可麻煩……」水琝公低聲自語兩句，又高聲喊著：「五府王爺，你們失聯已久，何故不與天界正神聯繫？」

那老三吳府王爺喊著：「與你何干？你又是哪個傢伙，哪路兵馬？那小魚精呢？快叫她出來！」

「大膽！」水琝公大喝：「我乃福地主神，鎮守天界在人間的重要據點，你們若是邪化的惡神，快速速退去，別來搗蛋！」

朱府四王爺突然開口喝喊：「我就說那娘們不可信，你們看，那群傢伙裡頭有一堆海精，那小姑娘一定躲在裡頭！」

范府五王爺大吼：「快將小魚精交出來，讓咱五兄弟帶回去，不然管你正神、歪神，全都殺盡！」

水琝公厲聲怒斥：「福地有正神兵馬駐守，豈容你們這些邪神惡鬼作亂，進來一隻殺一隻、來兩隻殺一雙！」

山精們聽水琝公這麼說，都大力鼓掌助威：「哇，原來水琝公也有這麼強悍的一面。」

「水琝公好威猛呱。」

「哼——」李府大王爺雙眼圓瞪，一聲怒吼，後頭幾艘王船再度駛動，緩緩接近沙灘。

王船上飄起大片鬼卒，海裡也竄起大批邪化的海精，個個持著尖銳武器，往二島沙灘逼來。

43 五府千歲

「可不行和他們在岸上硬碰硬……」水琝公舉手一揮，喊著：「大夥兒退入老巷裡。」塔公、塔婆聽了水琝公號令，立時領著風獅爺、石敢當轉往巷裡退，阿關一行也快速後退，全退入了二島老屋巷弄裡。

「武器、道具、機關全沒準備好，這可怎麼辦吶？」葉元一邊退，還不時問著。

大夥兒好不容易全退進老巷，塔公、塔婆便依以前便安排好的陣形，指揮石敢當和風獅爺們在巷裡布陣。

塔公領著風獅爺守在西北面，塔婆則領著石敢當守東北面。

水琝公偕同阿關一行、水藍兒等精怪，往二島中央退，退進了一處由幾排老屋護龍圍成的大宅院裡。

這大宅院是二島的指揮中心，宅院左後方有一片空曠大地，便是預定作爲擺放太歲鼎的地方。

精怪們都慌慌張張的，大夥兒才上來二島不久，本來水琝公已經擬定了一套守禦計畫，但根本還來不及分派操演，五府王爺便打過來了，精怪們只得你看看我、我看看你，全都不知自己該守哪兒。

「別亂……別亂！」水琝公嚷著，指派了一批精怪去守大宅庭院圍牆，又指派了一批精怪去守大宅左右護龍。

水琝公自個兒則和阿關、天將等，退到了大宅院子中央。

「我的媽呀！」阿泰指著天空怪吼一聲：「這些邪神也會天障嗎？」

大夥兒抬頭看去，只見到天上那一輪明月竟變得血紅，像是會滴下血來一般。

「這不是天障！」水琝公駭然大驚，差點站不穩，急急喊著：「不好、不好！不只五府千歲，這是太陰攻下來啦！」

大夥兒聽了，全驚駭莫名。

阿關愣了愣，想起在主營雪山邊時，若雨曾對他講過，說要是天上那勾陳帶著七曜中的太陽和太陰攻下凡間，太陰若使異術，月亮都能變成紅的。

前線塔公傳來了符令：「水琝公大人，那五王爺沒有攻來，全都在岸邊徘徊！都望著天上發愣，鬼卒們騷動著，天上那紅月亮嚇壞了他們！」

「鬼卒們會怕，五王爺不敢輕舉妄動，表示太陰和這些邪神不是一夥！」阿關這麼說。

「……應當是如此，但即便太陰和五府千歲不是一夥，若是天上勾陳揮兵攻下，那也十分麻煩、十分麻煩！」水琝公驚慌失措。

這勾陳可是和玉帝、紫微平起平坐的四御大神，太陽和太陰，則是與太歲澄瀾、太白星、辰星等並列的七曜星君，若是勾陳這時發動大軍降臨人間，可是極為嚴重的事件。

阿關也感覺得出嚴重性，喃喃地說：「要是勾陳打下來了，主營那邊恐怕顧不了我們福地了……」

「正是……正是！」水琝公連連點頭，額上的汗不停滴落。

才說到這裡，主營符令便傳了過來，是紫微的聲音：「福地水琝、歲星家佑，天上那勾陳派了太陰下凡，急急攻打中三據點，主營已出兵接戰。你們福地可也得當心留意！」

水琝公接了符令，憂心地說：「那天上勾陳一直按兵不動，一定早已窺視人間許久，等待時機。現在見那五路魔軍剛敗，便馬上發難，想撿個現成便宜！」

「大船上五個邪神好不好對付？」阿關問。

「福地守禦力量極強，對付西王母和勾陳這等大邪神或許不足，但這五府千歲若無其他幫手，只憑他們五個，即便加上大批鬼卒，一時之間倒是難以攻下這福地。」

「既然如此，我們試著守守看，先別驚動主營，要是害他們分心，讓勾陳從中得利就糟了。」阿關這麼提議。

「嗯，先靜觀其變。」水琝公點點頭。

此時，塔公傳來了符令：「有鬼卒偷摸上岸，但在老屋前慢下了動作，想必是受了福地靈氣鎮壓，身子不適。」

塔婆也傳來符令：「兩王爺領著海精從東面殺來，我領石敢當去對付！」

「別急躁，咱們立刻去支援。」水琝公傳回符令，立時吩咐天將：「速速前往東面幾條巷子支援塔婆。」

六名天將受了令，立刻飛去。

阿關召出鬼哭劍，喚來石火輪：「天將去支援塔婆，我帶虎爺去幫塔公，怎樣？」

水琝公猶豫半晌，終於同意：「可以，但須聽我號令行事，不可輕易攻出老屋範圍。」

阿關點點頭，跨上石火輪，帶著石獅、虎爺們往塔公方向前進。

守在右護龍的水藍兒也開口說：「讓我帶夥伴去突襲後方，攻他們王船！」

水琝公聽了連連搖手說：「不行、不行，這太冒險。」

「我跟精怪去幫阿關！」阿泰也嚷著要打。

水琝公猶豫不決，歪著頭想了想，說：「等等……等等再說，先看看情況，看哪邊需要幫手……」

癩蝦蟆等精怪本來守在圍牆邊，回頭見水琝公神情猶豫，知道他不若林珊擅於用兵，不禁有些擔憂。

阿關領著石獅、虎爺穿過幾條巷子，已經見到鬼卒們三隻、五隻地繞進巷中，正與風獅爺們打著游擊。

塔公拄著手杖，在幾條老巷交接處，吃力地指揮風獅爺作戰。

阿關知道塔公身子尚未復元，連忙上前拉了拉塔公：「你往後頭退些，我來幫忙……」

阿關一聲令下，石獅、虎爺們衝上前助戰，鬼卒們四處亂跑，有些衝進老屋群中，又讓靈氣鎮得頭疼，吱吱呀呀地又退了出去。阿關這邊神獅、神虎們也在塔公命令下不隨意追趕，只是來回游擊驅趕鬼卒。

風獅爺中的小狂比較不聽號令，奔得性起，好幾次都要跑出老屋群，牙仔和鐵頭趕緊追了上去，想將他叼回來。小狂脾氣拗，雖然身上惡念已讓阿關驅盡，但還記得先前牙仔和鐵頭聯手欺負他，此時對他們不理不睬，甩著背上那件破破爛爛的小披風，四處亂竄。

遠遠望去，三名王爺們還待在岸邊，似乎也對這福地二島上的靈氣感到十分厭惡。

那李府大王爺身型胖壯，兩手扠著腰，臉上氣呼呼的；池府二王爺則身型消瘦，神色陰晴不定；吳府三王爺雙手交叉胸前，來回踱步，突然跳了起來，大吼著：「媽了個巴子，我可忍不住啦——」

吳府三王爺吼叫著，捲動黑風，領著海精鬼卒凶猛殺了過來。

阿關遠遠見了，連忙大聲提醒：「大家小心，邪神來了！」

三王爺領著兩百來隻鬼卒、三十多隻邪海精，殺到了老屋巷口。幾隻風獅爺上前迎敵，接著後退；又幾隻風獅爺上前接應，再後退，爲的是將敵兵引進巷子深處。風獅爺三五成群，輪番誘敵，將鬼卒們誘進一條不起眼的巷子。

讓福地靈氣鎮得頭昏眼花的鬼卒們，暴躁地擁入那巷子。霎時，兩邊屋子牆上一枚枚磚符紛紛亮了起來，閃耀出陣陣金光。

已經深入巷子的鬼卒全怪叫起來，摀著眼睛往後退，沒進巷子的鬼卒卻還死推硬擠，一陣混亂。

一聲雄猛獅嘯，風獅爺當中的領頭、白毛大風獅爺風吹，領著幾隻風獅爺從老屋裡衝出，將那批鬼卒殺得四處逃竄。

阿關騎著石火輪七彎八拐，轉到了三王爺背後那巷子口，朝他偷射白焰。三王爺聽得唸咒聲音，轉頭便見到火光射來，連忙閃避。他見著了阿關，一個縱身落在阿關眼前。

「你這凡人小子，竟會奇異法術，你是何方神聖？」三王爺有些驚訝，卻也沒給阿關機會回答，舉起手上大刀照頭就劈。

阿關石火輪飛快，閃開這刀，以鬼哭劍回擊。

幾隻跟上來的虎爺一擁而上，和三王爺戰成一團，阿火、大邪、二邪全都凶猛善戰，或撲、或抓、或是張口大咬。

伏靈布袋飛旋在三王爺頂上，鬼手竄出亂抓。

阿關騎著石火輪繞圈亂晃，鬼哭劍東刺一劍、西撇一劍，還會凌空打轉，偶爾偷放白焰。這一輪猛攻下來，打得那三王爺手忙腳亂、遮攔不及，手上腿上都讓虎爺抓咬出傷痕，更覺得陣陣金光刺眼難受，頭疼不止。

阿關想起自己先前一感應到惡念就會頭疼反胃，如今見這邪神這副難受模樣，不禁哈哈大笑：「眞是風水輪流轉啊！」

三王爺狼狽退開，腿上更讓大邪咬去一大口肉，黑血湧出。

李府大王爺和池府二王爺遠遠見了老三受挫，手一招，全軍出動，大片海精、鬼卒全往巷子裡殺來。

「他們大軍來了，我們快退！」阿關見狀，揮手大喊，將一干獅虎將軍們往後驅趕。

兩王爺領著海精、鬼卒像是海浪拍打進老屋群般地淹進了巷子，淹入各處大巷小巷裡。

阿關領著虎爺、石獅們向後退著，不時放咒阻礙鬼卒們的攻勢。四周幾條巷子吵鬧喧囂不休，那些鬼卒們衝進老屋巷內，立刻便感到莫名頭疼眼花。小猴兒持著鐵棒從屋頂跳下，一陣亂打，後頭幾條巷子殺聲大作，水藍兒、老樹精、綠眼狐狸、癩蝦蟆等，紛紛領了精怪前來支援。兩軍在十來條巷子裡短兵相接，展開一場場巷戰。

王爺那方鬼卒雖多，但打起巷戰，大批鬼卒擠在長長老巷中，後頭的鬼卒不停推擠，只有前頭的鬼卒有對象打，他們完全發揮不了數量優勢。

街邊插著的符籙旗幟、老屋牆上的磚符，都發出陣陣刺眼金光，福地靈氣強盛，鎮得那些鬼卒全無戰意，全身發軟。十幾條老巷中的鬼卒連連敗退，都想轉身往外逃。

兩軍主將在幾條岔巷交口相會，那交口處稍微寬闊空曠些，四邊插了許多符籙旗幟。

水藍兒一見李府大王爺，記恨他蠻橫無禮要強娶一事，叱喝一聲搶先殺出，舞著劍去打那大王爺。「你這惡神！今天看你往哪兒逃？」

大王爺拿的是一柄月牙鏟，狂揮起來迎戰水藍兒。「可惡的小魚精！竟敢和其他神仙勾結來對付本王爺！」

水藍兒打了一陣，不敵李府大王爺，轉身往後退去。大傻揮動石斧上來接戰，打了一會兒，胳臂大腿接連挨了幾記月牙鏟，鮮血四濺。

水琝公趕緊領著虎爺殺上圍攻大王爺，水藍兒也縱身夾擊，這才擋下大王爺的攻勢。

二王爺則盯緊著阿關。阿關使出鬼哭飛劍，遠遠擲出、飛射那二王爺，幾次都讓二王爺躲開。後頭幾聲「嘎嘎」，二王爺才轉身，只見鐵頭迎面炸來，這是先前中三據點大戰時，鐵頭和牙仔的協力攻擊。

二王爺畢竟比那時魔將敏捷，連忙撇頭閃過，跟在後頭的牙仔一見前面鐵頭竟沒砸中二王爺，嚇得在空中打了個轉，往下落去。

二王爺舉刀就要砍，卻發現牙仔後頭還緊跟了隻小傢伙，牙仔剛落下，那後頭的小傢伙才露了出來。

原來是小狂，二王爺急忙舉刀砍去，風獅爺能御風飛行，在空中比虎爺、石獅都來得靈巧，立時轉了個彎，躲過這刀。

二王爺還要砍，只覺得腿上一痛，落下來的牙仔已經咬上他的腿。接著，背後又是一疼，鐵頭撞上了他的背。

「什麼鬼玩意！」二王爺大怒，小狂已飄至他臉前狠狠抓了幾把，在二王爺臉上抓出好幾道血痕。

阿泰遠遠見了，拍手叫好：「好一個三小貓聯擊！」

二王爺怒極，大喝一聲，猛轉一圈，身子發出一圈旋風，將三隻小獅、小虎往外吹去，撞在牆上。小狂不怕風，沒讓旋風吹遠，卻讓二王爺一腳踢落，踩在地上。

「你身上沒惡念？」阿關讓那二王爺捲起的風拂過了臉，才覺得怪異，雖然四周鬼卒身上都帶著惡念，但這二王爺身上惡念，硬是少了許多。

二王爺聽阿關一嚷，瞪大了眼，看著阿關，手上大刀舉在空中，卻沒朝小狂劈去。

「你是備位太歲！」二王爺愣了愣，一時分神。阿關騎著石火輪閃電般竄來，二王爺連忙回神，狼狽避開，手臂讓鬼哭劍劃了一道小口。

傷口沒有冒出黑煙。

「你為什麼……」阿關只說了半句，見到二王爺聳聳肩、一臉無奈，隨即會意，城隍、義民爺李強等，都是手下邪化了，頭頭卻還沒完全邪化。這五府千歲裡池府二王爺，卻是頭頭邪化了，剩自己還好好的。

「閃一邊說去。」池府二王爺使了個眼色，往旁邊一間老屋木門撞去，撞進了老屋裡。

阿關遲疑了些，但想這二王爺既然身上沒有惡念，想必也不會壞到哪裡去，他便騎著石火輪也跟進老屋去。

塔公見阿關隨二王爺進屋，霎時大驚失色，深怕阿關遭遇不測，「嗚嗚啊啊」地衝進了屋裡。卻見到二王爺將大刀放在地上，單膝跪地，對阿關說：「小神無禮，請備位大人原諒！」

阿關苦笑，這五府千歲在海上稱王，訊息不靈通，並不知道自己已經被除上任。

塔公見狀，還不明白發生了什麼事。

阿關回頭對他說：「塔公爺爺，幫我擋住門，別讓其他人看見這神沒邪化！」

塔公點點頭，轉身擋在門前。

阿關轉頭問那二王爺：「你既然……不是邪神，為什麼還跟其他邪神同流合污？」

二王爺像是早知道阿關會這麼問，嘆了口氣說：「他們終究是我義兄弟，我雖沒邪化，卻也希望能拉他們一把。這些月來我從旁獻策，多次阻止我那干義兄弟們上岸作亂，這次要抓這魚精來給我大哥做妾，也是我出的計策。為的是要分散我那些義兄弟的注意力，讓他們別老想上岸去稱大王，去與其他邪神正神爭鬥，擾亂凡間。這是兩害相權取其輕的做法……」

阿關點點頭，又說：「跟之前幾個邪神比起來，你們兵力並不太強，這裡又是福地，再這樣打下去，你們很快就全軍覆滅了……」

「大人……」二王爺連連點頭說：「我本來還苦無法子，現在知道能吸取天下惡念的備位大人在這兒，我就有打算了！你等我，我會再回來，助你收我那些兄弟，咱們先想辦法讓我大哥退兵，再做打算。」

阿關一聽能收五府王爺，喜出望外，趕緊問：「要怎麼讓他們退兵？」

二王爺低聲對阿關講了幾句，阿關點點頭，勒住了二王爺脖子，鬼哭劍架在他頸上，跟著塔公出了門。

外頭依然殺得呼天搶地。

二王爺出聲大喊：「大哥，大哥！」

李府大王爺見了二王爺被阿關拿短劍架住脖子，霎時亂了手腳，臂膀讓水藍兒劃了一劍，連忙躍上空中，喝那二王爺：「你這傻子，怎麼讓一個凡人給擒了？」

「快收兵，收兵我就放了他！」阿關大喊著，一邊將鬼哭劍抵在二王爺頸子上：「不然我就一劍刺死他！」

三王爺在半空摀著頭喊疼，見二王爺受擒，破口大罵：「老二你這蠢豬，竟然會被凡人制伏，你專扯咱們後腿是不是？大家別管他，衝啊、殺啊——」

「閉口！他是你二哥！」大王爺怒吼一聲：「大夥兒後退——」

本便已經怯戰的鬼卒們，聽了王爺下令，一下子你推我擠地都往巷子外逃，只想趕快逃離這泛著陣陣刺眼金光的小島。

塔婆這邊，以石敢當爲主力，將進犯的鬼卒打得東倒西歪。石敢當堅硬無比，又不怕刀砍，四王爺和五王爺被六名天將牽制，無法助鬼卒攻打老巷裡的石敢當。

兩王爺聽了李府大王爺吆喝，見己方已呈敗象，只得跟著退去。五王爺還恨恨喊著：「牽海獸過來，牽海獸來剷平此地！」

王爺們退到了岸邊，岸邊靈氣弱些，海精、鬼卒們紛紛跳進海裡，再也不想上來了。

阿關則架著二王爺站在老屋群前，水琝公領著天將、塔公、塔婆，召集了所有兵力站在兩旁，伴著福地四射靈氣，陣仗看來十分嚇人。

四名王爺在岸邊起了爭執，除了李府大王爺外，另三名王爺口徑一致，全說要扔下二王爺直接上船走了。

二王爺低聲說：「今晚深夜，或是明日清晨，我會捎來消息，助大人一臂之力。」

阿關點點頭，跟著清了清喉嚨，對著岸邊的王爺們喊：「好，你們既然退兵，那我也說話算話，這次放你回去，下次別再來啦！」他說完便放開了手。

二王爺狼狽飛起，往己方陣營飛去。

三王爺見了二王爺給放回，又大叫起來：「好了、好了，二哥又回來了，咱們再去打過，這次必殺光他們！」

四王爺則說：「不好、不好，咱們兵沒帶齊，回去帶齊了再來打！」

五王爺附和：「對！回去帶齊了兵馬再來打過，去牽海獸，讓海獸踩平此地！」

大王爺手一招，領著四位弟弟全退上了船。

「為什麼放過他們？」阿泰不解問著：「這些傢伙比起魔王差多了，怎麼不一次殲滅？」

「二王爺沒邪化，要做我們的內應。要是能一舉收下這五府王爺，那我們兵力就大大增強不少了。」阿關將剛剛和二王爺在老屋裡的協議說出，讓大家知道。

「那五王爺剛剛說什麼來著？說要去牽海獸……牽什麼海獸？」塔婆歪著頭呢喃自語。

大家交頭接耳，頻頻談論著，卻沒什麼結論，好好一頓海灘晚宴，卻給這五府王爺搗亂，精怪們紛紛抱怨了起來。夜色昏紅，天上那大紅月亮像是活的一樣，不時還泛起幾陣血色霧光，景觀詭異嚇人。

為了集中兵力以備安全，水琝公令全軍集結於二島，大夥兒仍像上次一樣，聚在二島中央大宅院空地上，盯著天上那輪紅月。

直到深夜，阿關還沒睡，只覺得心頭那煩悶之氣又升了起來。

阿泰雖抽著菸，但已經忍不住睡意，看了看阿關，問：「喂！你不睡覺喔？」

阿關搖搖頭說：「我還不睏，一睡著就會作噩夢。不如在這邊陪大家看月亮……」

阿泰嘿嘿笑著說：「幹，月亮變這麼噁心你也看得下去，我受不了了，冷死了，我要進屋子睡了……」

廣場上的山精和海精已經打成一片，海精們不時問著洞天中的種種，山精們也不厭其煩地向海精們敘述他們在洞天那幾天見過的種種，說的精怪和聽的精怪都如癡如醉，彷彿眞到了洞天一般。

角落，癩蝦蟆正對著一隻小海蛙精吹噓自己是如何英勇，保護備位太歲逃離順德大帝魔掌的那段經過，把小海蛙精唬得一愣一愣。

終於到了清晨，阿關也忍不住打起哈欠，頻頻點頭瞌睡，手裡還捏著清寧項鍊，深怕又作了恐怖噩夢。

前頭塔公、塔婆傳來了號令，阿關恍惚中聽見了聲音，趕緊站起，和水琝公對望一眼。出了這中央廣場，往岸邊前進，果然見到一艘王船往這兒前進，站在王船頭前的，正是池府二王爺。

王船前後都瀰漫大霧，船上本來插著的旗幟都已取下。

水琝公不敢大意，吩咐天將警戒。

王船慢慢開到沙灘岸上，二王爺縱身落下，大步走來。

老屋中，塔婆倒了杯茶，二王爺接過喝了半口，頓了頓才說：「我已想出一計，必定能助備位大人順利救我那幾個義兄弟……」

大夥兒聽著，二王爺繼續講：「昨晚我提議我那些兄弟們分頭籌備兵馬，好一舉攻下你們這小島——」

「我這建議，爲的是使我能抽身前來與你們會合密商。我們五兄弟四處尋覓幫手，約在外海某地會合。在我安排的計畫裡，我大哥會先抵達那片海域，接著是四位弟弟。我卻提早去與我大哥會合，以求避開其他三位弟弟。」

「到時備位大人領著這地兵馬隨我同去，趁著其他三兄弟還未回來，一舉擒下我大哥，只要備位大人能驅出我大哥身上的邪念，我和大哥同聲一氣，不論吩咐什麼，其他三位弟弟自然不敢不從，屆時備位大人就可以一個個將他們全收伏了。」

二王爺說到這裡，掩不住心中喜悅，似乎已經救了四位兄弟一般。

水琝公想了想，不禁有些遲疑地說：「池府王爺兄，不瞞你說，我們此行，是受命坐守福地，加強兩島防備，並非與邪神交戰。我們這兒的兵力大都不諳水性，雖說神仙精怪也不那麼容易淹死，但在大海上總是不好發揮，這一趟要是出了差錯，咱們這新上任的太歲大人有什麼萬一，這凡間可就萬劫不復了……」

二王爺一聽，有些詫異，水琝公不疾不徐地將太歲澄瀾邪化的傳聞，和阿關眞除上任的經過，簡單說明了一遍。

二王爺愣了愣說：「我與太歲爺不熟，但我卻不信他會邪化……這中間是否出了什麼亂子，是耳語謠言？」

「是鎭星藏睦爺親口說的。」水琝公搖頭苦笑。

二王爺訝異愣然，接不上話，只好將話題轉回自個兒兄弟上頭。「水琝老兄，我可以跟你保證，此行絕不會傷了備位……不，新任太歲大人一根寒毛……」

「這兒的兵力不用全派，只要你與天將同行，便也夠了。咱們出其不意、攻其不備。我大哥他正邪化中，有時迷迷糊糊，不似我那三個義弟邪化得深，早已成了惡棍，沒心沒肺。」

水琝公雖仍然猶豫，但這王爺們終究還是昔日同袍，能救卻不救，怎麼說得過去。想了一會兒，才勉爲其難地點了點頭，又說：「能救五位王爺，我當然樂觀其成，但出發前我一定得先向主營報備，絕不可以擅自行動。」

「這是當然！」二王爺連連點頭。

水琝公出了老屋，以符令向主營傳訊。

外頭大夥兒仍然忙碌，寫符的寫符、削箭的削箭、貼磚的貼磚，虎爺、石獅、風獅爺等沒事好做，只能在附近蹓躂玩鬧。

小狂性子孤僻，在風獅爺中也是獨來獨往，沒什麼朋友，昨夜一戰和牙仔、鐵頭一齊圍攻二王爺，配合得天衣無縫，倒是打出些許交情。此時跟在牙仔、鐵頭屁股後頭跑，繞著癲蝦蟆打轉玩耍。

只見癲蝦蟆拿了顆石子，往遠處一扔，三隻小的便往前衝，去啣那石子回來，有時搶成一團，癲蝦蟆便呱呱大笑。

石子扔了幾次，癲蝦蟆呱呱一吐，吐出個黏團，當作石子一扔。三隻小的不疑有他，照樣衝了過去。牙仔速度最快，搶在前頭，一咬到那惡臭黏團嚇了一大跳，嘎嘎叫著，打了好幾個滾撞在老屋牆上，吐了起來。

癩蝦蟆見自己惡作劇得逞，哈哈笑地拍手叫好。

一旁六婆見了，大聲怒斥：「你這蝦蟆精！為什麼欺負我家小牙仔？」

癩蝦蟆朝六婆做了個鬼臉，吐吐舌頭，一副愛理不理。小海蛙拿了幾枚貝殼走來，這小海蛙雖是蛙臉，但身子已煉出人形，有五歲小孩那麼高，穿著淡青衣裳，像個小女娃。

小海蛙用童音說：「是呀，婆婆說得沒錯，為什麼你要捉弄小虎將軍呢？」

癩蝦蟆一見是小海蛙，立時變了個表情，一臉憂鬱莊嚴肅穆，悠悠望著天上流雲：「蛙妹妹，別把我想簡單了，當前時局紛亂，這些小獅、小虎也沒長輩教導。我其實是在教導這些小傢伙，什麼可以咬、什麼不可以咬，這樣他們長大了，才不會亂咬路邊野花、毒草，吃壞肚子呱！」

「原來你想得這麼遠……」小海蛙愣愣地答。

「正是。」癩蝦蟆用兩隻後足站著，其餘六隻腳交叉搭成三對，神情肅穆中還夾雜著三分憂鬱。

小海蛙咯咯笑著說：「我在岸邊找了幾個海貝，咱們一起吃去。」

癩蝦蟆微微一笑，六隻手一起攤了攤，瀟灑地說：「真拿妳沒辦法。」

阿關和阿泰佇在一旁，看著癩蝦蟆的一舉一動、一言一語。阿泰臉上僵硬呆滯，叼在嘴上的菸都快要掉了下來。阿關嘻嘻笑著，用手肘頂了頂阿泰的腰，說：「看到沒有，人家癩蝦蟆才是真功夫，哪像你只會吹牛……」

阿泰「咿咿唔唔」地想反駁些什麼，癲蝦蟆伴著小海蛙正好走過兩人身邊，癲蝦蟆還朝阿關點了點頭。

「還是阿關大人有眼光，說話也公道。這猴孫呀……呸！」癲蝦蟆瞄了阿泰一眼，朝地上吐出一口黏團，表示不屑。

「他媽的……」阿泰氣得將香菸都捏了個粉碎，卻也只能恨恨地望著那癲蝦蟆和小海蛙相依相偎、漸漸走遠的身影。

水琝公與主營互傳完符令，朝阿關揮了揮手，表示有消息。

阿泰還纏著阿關，不甘辯解著：「老子我專長是對付人類正妹，把精怪本來就不是我的強項……」

水琝公將大夥兒召集到了廣場一角，說明剛才與主營聯繫的經過。

原來昨日太陰領兵下凡，是爲了追擊天上逃跑的戰俘。數月前南天門一戰，勾陳擊敗了玉帝後，爲了搶奪南天門主控地位，轉而與天界其他邪化惡神交戰。經過長期征戰，大多邪神已經降伏，包括太陽、太陰、碧霞奶奶、風伯、雨師、八仙、龍王等等，都成了勾陳手下。

然而，三清中的老子卻未邪化，被困在天界，領著四靈二十八宿死守住天庭一角，抵抗勾陳大軍。

一個月前，勾陳全軍突擊，終於擊潰老子兵馬，將老子囚進大牢。老子麾下四靈二十八宿中，青龍部、白虎部幾近全滅，兩部將軍青龍、白虎也戰死於南天門，玄武部、朱雀部則全數被收進大牢看管。

數日前，那朱雀麾下兩名星宿——鬼宿和柳宿偷出了大牢，逃往凡間求援。

太陰領兵追擊，意在阻止兩星宿將南天門情勢傳給人間正神，讓人間正神得了利。

然而，兩星宿還是順利逃往中三據點，與奇烈公、木止公會合，太陰於是攻打中三據點，主營也立時派兵去援，雙方正對峙著，情勢一觸即發。

水琝公深深吐了口氣說：「或許不久之後，天上那勾陳就要大軍壓境，如此一來，戰局對我們便極爲不利。」

二王爺聽著，起初靜默不語，後來連連嘆氣說：「想不到天界、人間竟遭遇如此浩劫……」

水琝公跟著又說：「我也將福地情勢稟報主營，紫微允許咱們行動，但吩咐一切小心。行動之前得再通報一次，主營會視情況增援幫手。」

「這次多虧你了，水琝老哥。」二王爺拱手稱謝：「我得先回海上啦，免得讓其他海精發現，走漏了風聲。我和四位兄弟的集結時間訂在明日清晨，而按照我的計畫，我們今夜就要動身去逮我大哥。」

「行動前我會親自乘船前來迎接，你們可得準備妥當。」二王爺說完，又朝水琝公拱了拱手；水琝公回了個禮，目送二王爺離去。二王爺上了王船，王船再度啓航，伴著大霧，快速駛離了福地兩島。

水琝公隨即召集大夥兒點兵，考慮著此行該帶誰前去。他吩咐：「我必須與太歲大人同行，塔公、塔婆，這兒就交給你倆了，石兵隨塔婆守二島，下壇將軍、石獅子連同山精、一干凡人等，聽塔公號令，守大島。」

「風獅子能御風行，海戰不至於吃虧太多，隨我同去；水藍兒等海精自然也隨我一同去。」水琝公點兵完畢，便將塔公等一干守大島的兵馬都召進了白石寶塔，又領了兩名天將隨行飛至大島，將塔公一行喚出寶塔。

水琝公臨走前還不忘對塔公吩咐：「這兩天你等都在這兒待命，有事便以符令通報我們，同時別忘了繼續修補大島上的防禦工事。你這塔公，大島上那一地破碎磚符，都是讓你給敲壞的，你可得負責修好……」

「是。」塔公摸摸頭，有些不好意思。

水琝公走了兩步，又回過頭說：「你身子還沒復元，遇事別逞強，太累的話便先歇歇。」

塔公深深打了兩揖，表示感激。

熟識的大夥兒都給分配到了大島，阿關一人對著一干海精和天將，只覺得有些無聊；看那水藍兒總是落寞一人站在偏僻地方瞧著大海，似乎心中掛念著誰。

阿關想起翩翩似乎也時常一人發愣，頂多只有若雨在一旁陪著。

水琝公回了二島，不時在天上巡視，有時又落在屋頂上低頭想著，顯然對這次行動非常慎重，深怕有了個萬一，讓太歲大人陷入困境可就糟了。

阿關見水琝公這模樣，也不免有些慚愧，神仙們一邊與邪神鬼怪大戰，又得費心照料著自己。他召出鬼哭劍，揮了兩劍，見海精都瞧著自己，十分尷尬，只好找來兩個天將，問：「能不能陪我練練？」

兩名天將對看一眼，不知做何回應，阿關又說：「陪我練練劍。」天將只好提起大斧，卻又不知該怎麼和這太歲大人對劍。

阿關對著斧頭砍了幾劍，只見天將動作緩慢，像機器人般地傻愣。阿關偷瞧那些海精，只見到有些已經忍不住偷笑起來。

阿關知道這樣練劍，比自個兒空揮更蠢，只好摸摸鼻子埋怨：「……好啊！你們這些神仙，一天到晚提醒要我上進，又不派半個人來教我，又怪我進步緩慢幫不了忙，最好是胡亂揮揮劍就能成爲高手……」

「太歲大人，沒人怪你幫不上忙呀。」兩名天將相視苦笑。

「誰說的……」阿關皺著眉說：「我知道斗姆就看不起我，很多神仙也一樣……」

天將聽阿關這麼說，也只能哈哈笑著，用笑聲掩蓋尷尬。

「大人想練劍，找我們這些海精吧，同是神仙，別爲難他們了。」水藍兒對身後一隻章魚精喚了幾聲：「章魚兄，大人想練劍，陪他過過招吧。」

「沒問題！」那章魚兄點點頭，從一旁拾起一堆樹枝，有些還挺粗。

只見章魚兄也穿著衣服，頭還是章魚模樣，身子卻和人一般，穿著麻布衣褲，卻有八隻觸手從衣服破口伸出，上頭還有吸盤。

章魚兒一手一支木棒，揮舞著慢慢接近阿關。

「咱們所有夥伴要過招都是找章魚兒，大人你和他試試，就知道其中好處了。」水藍兒笑著說。

「好啊。」阿關摸摸鼻子。

「大人，用這短木棒吧，和你的劍也像。」章魚兒用棍子挑起一支木棒，朝阿關拋去。

阿關接了那短木棒一看，果然和鬼哭劍一樣長短，便收去鬼哭劍，以這木棒應戰。

「小心點，別打傷了……」水琝公在上頭見了，連忙出聲提醒。

「哼，別太小看我，木棒打不死我！」阿關哼哼地說，衝了上去。想起翩翩當初的訓練方式，是將自己扔進鬼怪堆裡，讓鬼怪痛毆，比起眼前章魚兒嚴苛太多。

章魚兒只用兩手，一攻一守，和阿關過著招。阿關也盡力接著，覺得打來十分輕鬆。章魚兒嘿嘿一笑，又加了兩手，共是四手，四支長短木棒三攻一守。

「嗯嗯……」阿關開始覺得有些難以應付，短木棒並不是鬼哭劍，無法產生嚇阻效用，也無法一擊必殺，更無法飛天突刺，三支木棒劈里啪啦打來，阿關只能來回格擋，已騰不出空回擊。

章魚兒又加了兩手，也不必守了，六支木棒齊揮，阿關無法招架，擋了一記同時也吃了一記。章魚兒打得不重，但終究也是打在肉上，阿關不好意思喊疼，只得硬撐。想起在北部據點一那天黃昏，自個兒也是和翩翩這樣對招，咬著牙硬挨。想著想著，阿關不免覺得有些好笑。

海精們交頭接耳地說：「這新任太歲大人果然是條漢子，被章魚兄打成這樣還笑嘻嘻的。」「我看是章魚兄沒用全力吧，不然早打死他了。」

螃蟹精搖搖頭說：「想當初我和章魚兄過招，也沒拿武器，任憑章魚兄八手齊下，用木棒敲我打我，我看這太歲不行吶……比我還不濟事……」

躲在一旁的癩蝦蟆不服，跳出來說：「你少吹牛了呱！咱們阿關大人是少年孩子、凡人肉身，哪像你一身硬殼，當然不痛！有種把殼脫了去跟章魚打呀呱！」

螃蟹精瞪著眼睛說：「殼長在我身上，我幹嘛脫？」

癩蝦蟆呱呱地說：「所以啦！阿關大人凡人肉身，不拿神劍、不用法寶，怎麼跟你們這些精怪邪神打？要是他用飛劍刺你，包準刺得你哭著在地上打滾呱！」

「你這蝦蟆不是山精嗎，怎麼還在這兒？」「你沒隨塔公去大島嗎？」「你躲在我們這兒幹嘛？」海精們齊聲問。

小海蛙出來解圍說：「是我不好，我找了蝦蟆大哥去岸邊玩，回來時塔公已經走了……」

阿關和章魚兄仍對練著，章魚兄見阿關吃了自己很多下棒子，有些不好意思，關心地問：「大人，要不要歇歇？」

「不用，再來！」阿關仍然一副興致勃勃的模樣。

章魚知道阿關怕丟臉，便繼續陪他練下去，卻也暗暗地手下留情，兩隻手虛張聲勢，實際上只以四手應戰。

這天過得極慢，阿關吃飯之外，就與那章魚對招，全身被打出一塊塊黑青。

阿關有太歲力護體，現在光是持木棒對打，已不至於太耗力氣，一直打到了黃昏，章魚兄反而顯得力竭，終於以八手應戰。

一直到了日落，水藍兒指揮著海精們張羅晚餐，回來見阿關還在打，這才喊著：「大人別打了，晚上還要出戰呢！」

章魚兄這才往後一跳，累得癱在地上，搖著頭說：「太歲大人……我不行了……改天再打吧……」

阿關摸摸鼻子，也往後一倒，坐在地上喘氣，這種打法雖然有些耍賴，卻總算也沒認輸求饒，面子上不至於太難看。

水琝公從老屋出來，準備和塔公聯繫，看看有沒有事情發生，一見阿關兩手臂滿是黑青，愣了愣，斥責那章魚兄：「是你打的？」

「全是小傷！」阿關連忙緩頰：「是我拉著他練劍的……木棒打出的瘀青，治傷咒一下就治好了……」

水琝公瞪了章魚兄一眼，伸手在阿關身上比劃了劃，發出陣陣銀光替阿關治傷。水琝公雖不是醫官，但畢竟章魚兄手下留情，阿關又有太歲力護體，和邪神鬼怪的攻擊比起來，這木棒打出來的瘀傷實在算不了什麼，經過治傷咒治療，一下子便好了七、八成。

入夜之後，塔婆領著石敢當，在老屋群外圍守著。水琝公則將準備出動的海精和風獅爺們全召進寶塔待命，阿關也進了寶塔。等著、等著，等了許久，終於見到遠遠有些動靜，伴著鮮紅月光看去，果然是二王爺乘著王船來了。

水琝公立即打出符令，通知主營，通報自己這邊即將行動。

二王爺站在船頭招了招手，水琝公隨即領了天將飛昇上天，飛向那王船。

這艘王船有一百多公尺長，上頭竟還備了十幾挺銅炮，看來十分威武。甲板上除了二王爺，還有數十名海精。

水琝公落在甲板上，不禁有些訝異地問：「你帶著下屬……他們……」

「放心，這些傢伙都是我心腹，聽我的話，不會走漏風聲。」二王爺這麼說，突然一愣，問：「怎麼就你們這些？太歲大人呢？」

「在這白石寶塔裡頭，這寶塔可是神妙法寶。」水琝公揚了揚手上寶塔。

「好！事不宜遲，咱們出發！」二王爺點點頭，一聲令下，海精們掌舵的掌舵、揚帆的揚帆，王船掉了頭，往海的那方駛去。

寶塔裡，阿關領著海精和風獅爺全跳了出來，在大王船上蹦蹦跳跳。大夥兒第一次上這王船，都興奮莫名，水藍兒卻有些不悅，她不久前才被擒上那更大的主船，吃了不少苦頭。

水琝公連忙喊著：「你們出來幹嘛？快進去！穿幫了可不好！」

二王爺苦笑說：「精怪們可以留著，風獅子還是進去吧，讓我大哥見了，不就露出馬腳了嗎？」

「風獅子們還不進去！」水琝公一喝，這些風獅爺才一隻隻又跳進了寶塔。

二王爺接著說：「就快到了，水琝老哥，你得先和天將護著太歲大人躲在隱密處，可別還沒接近，就讓我大哥見著了。」

水藍兒也幫忙挑了一批模樣較平庸的海精，分散在王船前方，自己則躲在後方，以免被大王爺瞧見。

王船不斷前進，由於是浮在水面上，所以引起的浪花也小，從船尾看去，幾乎沒什麼浪花。

天上那紅月映得海面一片紅，情景十分詭異。過了好一會兒，前方漸漸有了光點，幾艘王船後頭，正是李府大王爺那巨大王船。

44 惡海大戰

黑夜紅月惡海，氣氛詭譎魔幻。

阿關從暗處偷瞧，更覺得前方那巨王船是如此巨大，和凡人最大的船艦都有得比。

但那巨王船上頭自然不是現代設施，而是一支支大旗，一挺挺銅炮，船身閃耀青黃色光芒，更顯得神祕威嚴。

李府大王爺就在站巨大王船船頭尖，雙手交叉在胸前。

二王爺朝大哥揮了揮手，喊著：「大哥，我有事和你說，所以先到了！」

只見李府大王爺沒什麼反應，愣愣看著天上紅月亮。王船駛得更近了，二王爺哈哈大笑：「大哥，你知道這月亮爲什麼這樣血紅？我聽了消息……是……」

二王爺笑容有些僵，他見到那巨大王船後頭，還有王船。

本來四位弟弟各乘一艘王船去尋幫手，理應只剩四艘小王船在大王船周邊，但此時大王船周邊的小王船卻不只四艘。

左邊兩艘王船逼了過來，船頭站著的，赫然就是朱府四王爺和范府五王爺。右邊一艘王船駛來，船頭站著的，則是吳府三王爺。

「三弟、四弟……還有五弟，你們怎麼來得這麼快？咱們不是約在清晨？」二王爺神色僵硬，強作鎮定。

「那你呢？你怎麼也這時便來了？」五王爺高聲回應。

「我有急事要和大哥說，所以提前回來。」二王爺答。

「什麼事那麼急？」三王爺小腿上還綁著繃帶，那是昨夜一戰讓大邪咬的，他嘿嘿笑著說：「是說咱們的壞話嗎？哈哈……哈哈……」

三王爺這麼一說，四王爺和五王爺也跟著笑了起來。

「三弟愛說笑了。」二王爺臉色難看，卻還是陪著笑臉。「我是眞的有要事來報給大哥，是關於人間情勢的要事。你們又爲了什麼事來得如此快？」

四王爺哼哼一聲說：「我們也是有要事來和大哥商量。」

二王爺愣了愣，問：「什麼要事？」

五王爺冷冷地說：「關於二哥你的事。」

二王爺陡然一震，問：「關於我什麼事？」

三王爺聲音尖銳剽悍：「關於一個叛徒的事。」

二王爺身子又是一震，答不上話來。

水琝公和天將、阿關、水藍兒躲在王船後頭隱密處，聽了王爺們對話，知道情勢生變、計畫破局，都不知該如何是好。

水琝公臉色發白，低聲罵著：「這二王爺在搞什麼？」

二王爺靜默許久，才開口問：「什麼叛徒？」

「你還裝蒜——」四王爺勃然變色，一聲怒吼。這吼聲尖銳刺耳，二王爺船上幾名海精一個個往海裡跳，攔都攔不住。

二王爺陡然一驚，這才知道原來三位弟弟收買了幾隻自個兒心腹部下，自然是這些被收買的部下，出賣了自己。

水藍兒埋怨地說：「還說是心腹，不會走漏風聲，這蠢傢伙……」

五王爺也吼：「我們早就懷疑你了，成天怪裡怪氣，動不動就和我們唱反調。還不惹人起疑？上凡間爭地多好玩，這一片大海什麼也沒有，無趣極了！」

李府大王爺緩緩開口：「二弟弟，我真想不到……真看不出來啊……你這奸巧傢伙……」

「混帳——」二王爺一聽大哥這麼說自己，霎時怒火攻心，握緊拳頭怒喝：「大哥、弟弟們！我這麼做全是為了你們！」

「四弟、五弟，你們有沒有發覺自己脾氣越來越暴躁？」二王爺用盡力氣吼著：「三弟，你有沒有發覺自己越來越自私、越沒良心啦？大哥！你有沒有發現，你越來越昏庸啦？」

「這是什麼？這正是受了惡念的影響——」二王爺繼續吼著：「惡念降世，你們沒察覺嗎？你們沒察覺嗎？」

「閉口！」四位王爺齊聲怒吼：「你這叛徒！教你船上躲著的神仙，一同出來受死！」

「大哥——」二王爺還想說些什麼，對面幾艘王船已經凶猛朝這兒駛來，周邊大海也突然波濤洶湧，好幾處海面都隆起了龐然大物。

「哇！哇！那是什麼啊！」阿關身邊的海精們怪叫嚷嚷著，指著右前方數百公尺處，一隻好大的烏賊竄出海面，露出水面的部分超過三層樓高，有百隻觸手不斷揮舞，上下起落。

「那邊也有——」精怪騷動著，左前方也竄起一條巨大黑鯨，雙眼外凸，樣子極其可怕，身上全是一道道血紅疤痕，身上還有許多莫名隆起物。大魚嘴一張，吐出的竟是一隻隻冤靈，全朝二王爺這艘王船飄來。

「看後頭！」大夥兒聽了船尾幾隻精怪尖喊，回頭一看，一條巨蟒破浪而出，正是前兩天在福地兩島間與大龍追逐的怪蟒。怪蟒吐著蛇信，身上多出許多傷痕，似乎是讓大龍咬的。

「掉頭、掉頭！」二王爺拔出腰間長刀，站在船頭指揮。「兩邊巨炮準備，全軍備戰——」正說著，前頭攻來的幾艘王船已經打橫了船身，側面架著的幾挺巨炮一齊開火，射來的全是一團團青紫色火焰。

二王爺這王船也掉了頭，船身打橫，準備撤退，但被那大蟒擋住了去路，只能盡量找空隙脫逃。

敵對王船射來的幾團青火打在附近海上，炸出一團團焰光，在海面上燃燒許久，才漸漸滅去。

「快找掩護，小心別讓火燒著了！」水琝公扶著船上木桿，竭力指揮。

海精們不分彼此，互相幫忙，一挺挺巨炮炮管揚起，精怪們全就定位。阿關則跑到高處，發出幾道白焰，打落一些對方射來的火團。

「你以為就只你們有炮？」二王爺站在船頭，舉刀吼著：「轟回去——」

二王爺一聲令下，王船右側五門巨炮齊開，朝追來的幾艘王船回擊。二王爺地位僅次於李府大王爺，自己這艘王船也是八艘小王船中最強的一艘，上頭備的巨炮威力可不弱，射出去的火團又強又猛，打在三王爺那艘王船上，將船尾炸出好幾個洞。

「水鬼隊——」三王爺尖吼著，雙手一揮，指揮全軍加速攻來。

阿關這邊聽了三王爺大喊，起先還不知道「水鬼隊」是什麼意思，但隨即明白了。

隨著三王爺叫喚，二王爺這王船四周海面突然滾動沸騰一般，浮出一顆顆人頭，全是水鬼，自然是先前便埋伏好的。

水鬼們攀上了船，擁向甲板。

「別讓他們上船！」二王爺一面指揮著船上海精部卒，一面揮動長刀，斬落那些想爬上船頭的水鬼們。

船上水藍兒抽出長劍，阿關召出鬼哭劍，天將也舉起大斧，四面砍殺那些爬上船的水鬼。

兩邊王船持續開火，突然二王爺這兒船身一震，是那大蟒竄來，撞了王船一下。二王爺唸了咒語，大喝一聲，手指射出幾道綠光，射在那大蟒眼睛上，大蟒往後頭一沉，退了下去。

「別退，起來！」四王爺暴怒，朝海裡又打了幾道光去，大蟒才又重新浮出水面，攻擊王船。

原來這幾位王爺數月以來，在海中收服了許多異變精怪。這些精怪大都邪化，窮凶極惡，王爺們施展本身所會的術法，指揮著這些巨獸，聽其號令。

這怪蟒是王爺們這兩天才收來的，也是所有巨獸中，最大、最凶悍的一隻。

二王爺自然也懂得操獸之道，此時便與其他王爺比試著術法，試圖引開那些巨獸。

那邊五王爺唸唸有詞，揮出幾道紫光，巨大烏賊見了紫光，立時變得狂暴，揮動百隻觸手，瘋了般地往二王爺的王船狂衝追來。另一邊的大鯨聽了三王爺號令，也追著王船跑。烏賊和大鯨幾乎同時襲來，二王爺狂嘯兩聲，兩手發著光芒，化成兩道光束，去牽引烏賊與大鯨。

轟隆一聲巨響，烏賊與大鯨撞在一塊，濺起數十公尺高的浪花，像水雷爆炸一樣。

二王爺仍唸著咒，發狂了的烏賊與狂暴凶鯨打成一團。烏賊一條條觸手打在大鯨身上，大鯨眼睛發紅，氣孔一張，噴出一團黑氣，黑氣中全是凶靈，凶靈落在烏賊身上啃咬著。

大烏賊不甘示弱，百隻觸手一記記打在惡鯨身上，觸手上的吸盤還帶著利齒，在惡鯨身上凶猛啃噬，觸手一抽，將大鯨身上血肉一塊塊吸起，高高甩上天空。

霎時只見到一塊又一塊的肉塊給拋上天、又落下，接著又是新一批肉塊給拋上天，再落下。那四周海域上空，猶如下起了血肉暴雨，映和著天上那輪紅月，更顯得瘋暴恐怖。

大鯨身上那堆突起物，有些讓烏賊吸盤吸破，露出了裡頭的東西，大都是些死屍。有些死屍還動了起來，面露凶光加入戰局，抓著烏賊觸手就是一陣猛咬。

王船上大夥兒讓這恐怖惡戰嚇傻了眼，一邊將搶上船的水鬼打落下海，一邊不時轉頭去看那大烏賊戰惡鯨魚。

只見到烏賊巨大身子突然一震，噴出幾道黑水，接著身子極速顫抖起來。原來是惡鯨狠狠咬了烏賊一口，將烏賊身子咬出了一個三公尺寬的大洞，噴上天的黑液像暴雨一樣往下落著，打在波濤激湧的海上。

幾艘王船仍追逐著，讓那群海獸這麼一攪和，幾艘護衛船得以追上二王爺那艘王船。右邊兩艘王船夾來，左邊兩艘王船也夾來，將二王爺的王船夾在中間。兩邊王船上的巨炮紛紛挺起，二王爺也不甘示弱地大吼下令：「開炮！開炮！」

三方炮火同時轟擊，炸得地覆天翻。

就在兩邊敵方王船夾得更近時，水鬼和敵方海精甩來了一條條繩索，勾上二王爺王船緣。瞬間，兩邊敵方王船上的海精、水鬼，像蟻一般地爬了過來。

「殺退這些惡鬼！」水琝公指揮天將在船頭禦敵，水藍兒領著自個兒的海精在船尾大戰。章魚兄八隻觸手都捲著尖刀，但白天被阿關死纏著打了整整一天，此時手軟無力；螃蟹精則揮動雙螯力戰水鬼；水藍兒身形靈巧，來回掩護手下海精，刺死一隻隻水鬼和敵方海精。

阿關揮著鬼哭劍猛砍，但砍死一隻又來三隻，他摸摸口袋，白焰符只剩二十來張。伏靈布袋竄在空中盤旋，大黑巨手握著拳頭，一拳一拳將襲來的水鬼全轟飛出船，落在遠遠海上，蒼白鬼手和新娘鬼手則俐落抓著，抓碎一隻隻敵方海精鬼卒。

「風獅子們，全都出來！」水琝公將白石寶塔一舉。

一陣獅吼聲竄上雲霄，獅王風吹帶頭殺出，白口一張，呼出狂風捲走一片水鬼；小狂翻了個筋斗，背上披著六婆做給他的嶄新披風，覆在破爛小披風外頭，一共是兩件披風。

有了新披風的小狂顯然興奮狂傲，吱嘎吼著，踩踏著海上狂風來回飛衝。

一隻隻風獅爺接連跳出，和兩面夾攻而來的水鬼、海精們殺成一片。

兩艘敵方王船將二王爺王船夾著往前進，後頭三王爺乘的王船追來，指揮鬼卒們扔出鎖鍊，去套二王爺王船的船尾。

二王爺聽了後頭叫喚，趕緊飛去船尾支援。這時三王爺飛竄而來，舉刀就和二王爺一陣亂戰，緊跟著四王爺、五王爺也左右飛來，聯手夾攻二王爺。

水琝公一聲令下，六名天將也立時上去幫忙，三名王爺和六名天將在船尾殺得地暗天昏。

怪蟒在王船邊起起伏伏，越靠越近，突然竄起老高，卻不是要攻擊王船，而是望向遠處大海。

怪蟒嘶嚎一聲，兩眼發出異光。

只見那海遠處漸漸掀起波瀾，隆了起來，一聲尖銳龍嘯，竄出水面的正是之前那條巨龍。

「是大龍啊！」「那天讓牠跑了，沒和大蟒一起抓著！」四王爺和五王爺看見那大龍在遠方出現，都覺得莫名奇妙。

不知是什麼原因，大龍一直追著這怪蟒跑，已有好多天，王爺們擒了怪蟒，卻逃了大龍。此時在這激戰時刻，怪蟒卻又將這大龍給引了過來。

怪蟒發出嘶嘶聲，吐出團團紅煙，巨龍來得極快，掀起狂波巨浪，這邊怪蟒也不甘示弱，擺好了架勢，在四周亂竄，一龍一蛇在這戰場中央，又打了起來。

「搞什麼！」四王爺怒罵著，轉頭看看自己的王船給巨龍撞了個坑，不禁勃然大怒，斥罵著：「你這怪龍此時來湊什麼熱鬧？」

阿關這邊也驚駭莫名，王船上上下下震盪著，四周狂風大浪一波波打來，兩方海精水鬼們幾乎無法作戰，全都停下動作，努力抓著船上任何可以抓的地方，好讓自己不讓波浪捲走。

風獅爺不怕風，在空中乘風飄行，到處幫忙助己方精怪不至於落海。海精們雖然不怕水淹，但此時王船下全是密密麻麻的水鬼，誰要是落了下去，必定瞬間讓水鬼們分屍。

「船要沉啦！」「這兩隻大傢伙反客為主啦！」海精們大喊著，只見怪龍、巨蟒打得難分難解，時而互相追逐，時而扭打纏繞，還分別吐出黑煙、紅煙，熏得連王爺們都受不了。

二王爺氣憤吼叫著：「弟弟們，別打了，先躲開這兩條巨獸再說！」

三王爺怒斥：「放你個屁！今天不殺了你，我們怎嚥得下這口氣！」

上頭一陣紅光蓋下，李府大王爺舉著月牙鏟來助戰，水琝公也趕緊聚集風獅爺，去船尾幫忙二王爺。

突然後頭又是一陣大浪襲來，方才那惡鯨殺敗烏賊後，便一直跟在船隊後頭，此時卻激烈擺動，似乎十分痛苦。原來惡鯨身下竄起一條條觸手，竟是烏賊精沒死，又纏上了這惡鯨。

烏賊精兩隻大眼放出詭異綠光，觸手變得紅森森的，一條一條插進了惡鯨身子。這激烈打鬥，也波及到了二王爺這邊王船。

烏賊與惡鯨的打鬥，離王船越來越近，一陣陣大浪打來，轟隆一聲，一條觸手砸甩在王船上，將那「代天巡狩」大旗打成兩截，倒了下來。

「哇……」阿關怪叫一聲，拉了水琝公的手跳進白石寶塔。水琝公愣了愣，點點頭說：「太歲大人躲進寶塔也好……」還沒說完，阿關已騎著石火輪蹦了出來，「還是在石火輪上安全……」

「大人！」水琝公還來不及呼喊，大風大浪前後左右砸來，根本看不清楚前頭那個是敵是友。

「別打了，咱們飛昇上天，避開這些巨獸啊！」水琝公大喊著，將一隻隻精怪召回白石寶塔。阿關則騎著石火輪亂竄，去幫那些二王爺率領的精怪下印，好讓他們也得以進寶塔。有時抓得急了，下了印才發現是隻水鬼，只好再踹下船去。

「哇哇哇——」「你看看！」「那烏賊精發瘋了！」海精們驚叫著，巨大烏賊精觸手激烈暴竄，只聽那巨鯨發出嘶嘶狂聲，身子竟硬生生地讓那上百觸條手給漸漸撕裂，斷成好幾截，沉下海去。

那巨大烏賊似乎滿腔怒氣還無法消退，轉移了目標，幾十條觸手全打上二王爺王船，霎時間王船忽上忽下地震盪，猶如天翻地覆。

「我的媽啊——」「快走呀！」兩方海精鬼卒全抱頭亂竄，王爺們在船尾首當其衝，終於停戰，要避過這漫天觸手。

四王爺動作緩了些，讓一條觸手刺進背部，從肚子竄出。

「老弟！」二王爺本與幾個王爺激烈酣戰，此時見四王爺肚子給穿了個大洞，連忙伸手拉住四王爺，同時舉刀猛砍那觸手。

「這瘋烏賊精不受控制呀！」五王爺拿著大刀施展操獸法術，設法避開不停揮來的觸手。

二王爺猛力劈砍著一條條觸手，突然背上一陣痛，轉頭一看，竟是三王爺一刀砍在他背上。

「你做什麼？」二王爺吼著，三王爺又砍來幾刀，逼得二王爺持刀回擊。

二王爺一手拉著搖搖欲墜的四王爺，一手舉刀抵擋著三王爺。

大王爺正拿著月牙鏟，將亂撞的觸手一一擋開，回頭見了這情形，竟一時不知所措，敵對的二弟要救己方四弟，己方三弟卻出刀阻撓。

「大哥，你看到沒，惡念吶——」二王爺怒極，反而仰頭狂笑：「六親不認吶！大哥，你見著了吧！」

三王爺憤怒回罵：「大哥你別聽他瞎說，這叛徒害死了四弟，我替四弟報仇！」

水琝公與阿關已將多數己方精怪收進寶塔，此時聚集了風獅爺和天將，正要準備飛昇上天，回頭見二王爺還受困船尾，烏賊又舉起另一批觸手襲來，那一群王爺就要躲不過，可急得大叫：「王爺！當心！」

二王爺讓大觸手捲著了下半身，又讓三王爺砍了幾刀，幾乎力竭。

一邊又有十來條巨大烏賊觸手捲著狂風劈來。

但下一刻，那些烏賊觸手紛紛炸斷迸裂，碎落下海。

「啊……」水琝公和白石寶塔裡的海精們、王船上的阿關，全張大了口，仰著頭，望著高掛紅月的漆黑夜空——

他們見到了流星雨——

一道道銀色流星，迅雷般地射下，將幾個王爺周邊的觸手一一擊碎。

王爺們也紛紛停下動作，仰起頭來，只聽見幾聲雄猛犬吠，一條大狗從天而降，轟地落在阿關腳邊。

「嘯天犬！」阿關興奮地抬起頭來，望著漆黑夜空，高聲大喊起來。

「二郎大哥——」

但天上什麼也沒有，阿關轉頭四顧，只見船下轟隆隆地又打出許多條大觸手，有些往船上打去，有些往王爺打去，有些則往水琝公打去。

只見一道銀光四處飛梭，銀光到哪兒，哪兒的觸手便碎裂爆破。

阿關腦袋轉得沒有那銀光快，把頭搖得像是波浪鼓，也沒辦法跟上那往來衝突的銀光。

他再猛一回頭，連銀光的尾巴也沒跟上，卻感到船身猛地騰高，又落下，石火輪給彈了起來。

同時，一條巨大的觸手就在阿關正前方高高豎起，驚天動地劈下。

「！」阿關猛踩踏板，但石火輪在這瞬間是高高騰在空中的，無論輪子轉動多快，也無法前進。

阿關駭然之餘，只見到眼前突然一片赤紅飄逸，那以萬鈞之勢劈下的巨大觸手，登時唰地炸散，變成了無數碎塊，夾雜著濃濁汁液，嘩啦啦地落下。

「哇——」阿關瞪大了眼睛，石火輪又落在船上。

巨大觸手不見了，二郎威風凜凜地橫著離絃，在那本來應當是大觸手的位置上。

「二郎大哥！」阿關大叫，只見銀光一閃，又見不到二郎了。他連忙回頭，王船另一邊，那大烏賊已經冒出了頭，凶猛舉起了剩餘的觸手，像是要施展憤怒的一擊。

二郎早已竄到那烏賊正前方，沒有多餘的動作或架勢，離絃如怒雷一閃，炸現出閃耀銀光，倏地刺進烏賊身子裡。

離絃抽出，又刺去；再抽出，再刺去。瞬間不知刺擊了多少次。在極短暫的瞬間，那大烏賊的周邊彷彿下了一場橫向流星雨，流星全打進大烏賊體內。

銀光熄滅，二郎終於停下動作，身子緩緩往上飄升。

只見大烏賊的巨大身軀上，攔腰多了一道裂口，從左至右，全是一個個窟窿接成的，像是被機關槍橫掃過一般。

裂口淌出了大片黑液，啪哧一聲，大烏賊攔腰斷成兩截，上頭那截滑動了幾下，轟隆隆地落入水裡，下頭那截也慢慢沉了下去。

「是二郎將軍啊——」水琝公及眾天將見了，全都士氣大振，興奮地大喊。

後頭又有六名天將飛下，是二郎帶來助陣的。

「船快沉了，你們進塔，這兒交給我！」二郎大喊，身子一閃，到了怪蟒和大龍交戰處。

水琝公舉著寶塔，最後幾隻己方精怪跳了進去，阿關也跳了進去，水琝公這才高高飛起，風獅爺和天將在四周護衛。

王船呼嚕嚕往下沉，水琝公領著天將，趕去救援二王爺。此時情勢已經逆轉，海精和水鬼們不會飛天，全隨著王船下沉，反倒是飛在空中的王爺們顯得勢單。

天將們一擁而上，圍著大王爺、三王爺、五王爺攻打，水琝公攔腰抱住了二王爺。昏沉沉的二王爺，手還緊抓著四王爺不放，卻不知四王爺身子破了個大洞已經死去多時。

阿關從寶塔探出頭來，替二王爺下了個印，將他拉進寶塔。

二郎在怪蟒、大龍間穿梭，飛到了怪蟒頭前。那怪蟒兩隻眼睛不停閃爍異光，蛇信一吐一吐。

二郎也不遲疑，大戟一揮，斬落了那長長蛇信。

怪蟒發了狂，轉移目標去攻擊二郎。二郎靈巧閃避，閃到了大龍頭邊，離絃一閃，將大龍頭上一支角斬落。這大龍也給激怒了，龍口一張一合，想要去咬二郎。

二郎一面閃避，一邊或刺或劈，一記記攻擊著那怪蟒和大龍。只見銀光越漸閃耀，幾記重擊，怪蟒頭部整個被擊裂，身子一軟，砸進了水裡，動也不動地沉下海。

大龍則是瞎了一眼，龍鬚盡落，往後逃開。二郎挺起離絃，連人帶戟化作一道極亮銀光，朝大龍射去。

巨龍像是讓雷劈中一般，腦袋整個炸了開來。二郎穿過大龍腦袋，在巨龍前方停下，白銀甲冑猶自閃閃發亮，沒沾上一點血跡。

沒了頭的巨龍像斷樹一樣倒下，砸起好大一片浪。

後頭的王爺們見了二郎來援，早已失去戰意。三王爺還想反抗，與四名天將激戰了一會兒，當頭中了一斧，腦袋給砍去一半，墜入海中。

五王爺也讓多名天將圍攻，見到三王爺的慘沉，只得投降受縛；大王爺本想逃回大王船，帶著鬼卒撤退，但水琝公已經搶先一步領著風獅爺將他團團圍住，再加上天將圍攻，完全無法抵抗，也只得束手就擒。

海上漂浮的水鬼、海精們全都驚慌四散，沉進海裡，再也不出來了。

只過了一會兒，本來波濤激湧的大海又漸漸平靜了下來，只剩天上那一輪紅月亮。

□

塔婆早收到了符令，領著石敢當們在海灘上迎接，水琝公與二郎領著天將回到了二島。塔裡的海精七手八腳地替同伴包紮，塔婆也受命進了寶塔，替二王爺治傷。

這一戰水藍兒手下海精戰死了三分之一，剩下七十來隻，章魚兄、螃蟹精、小海蛙等都只受了輕傷。

由於中三據點和太陰仍對峙中，二郎也只是簡單地與水琝公交換了些情報，拍了拍阿關肩膀，便領著帶來的天將，押著兩位受伏王爺返回主營。

水琝公安排了間三合院，讓傷重的二王爺在裡頭療傷；二王爺自個兒的海精部卒剩下四十來隻，全都在那三合院四周守著。

阿關探視了那些受傷海精，說了些安慰他們的話，又與水藍兒聊了兩句，才疲累地回到自個兒房間休息。

接下來的日子，大夥兒除了操演，就是幫忙加強福地兩島的防禦工事。

上午，阿關騎著石火輪，水琝公跟在一旁，在兩島間來回視察著兩邊防禦工事的進度。

六婆不斷累積著紙人，一疊疊紙人全收進房中櫃子裡；阿泰也持續畫符，畫得好的就留給阿關，畫得差的就另外分類，讓精怪們製成符箭。

每隔幾天，阿關就會拿著白石寶塔，帶六婆、阿泰、葉元等人，上大離島的市鎮吃頓飯，順便購買大批工事所需材料或食材，再藉白石寶塔運送回福地兩島。

六婆也總會用這些食材做些肉粽、點心等，慰勞兩島上的精怪們。

到了下午，阿關就拉著章魚兄練劍，爲了增加練習效果，章魚兄拿著阿關從離島市鎮上買來的長鐵尺，阿關則用鬼哭劍，逼眞對練。

偶爾，水藍兒和螃蟹精也會在一旁陪練。水藍兒有時打得過火，總會將阿關打翻在地，才陪著笑臉道歉。

這天，阿關和章魚兄練得難分難解，章魚兄八手齊下，鐵尺一記記打在阿關身上。阿關咬著牙硬撐，揮動鬼哭劍擋下一記記攻擊，想找機會去刺章魚兄腰間掛著的那兩顆蘋果。

螃蟹精打了個哈欠說：「每天看這太歲被這樣打，有點膩，也替他難過。」

一隻海馬精卻說：「雖說如此，太歲大人身上所受的傷卻一天比一天少，這表示大人每日都有進步。」

原來海馬精擅醫術，這些日子都幫阿關治療身上讓鐵尺打出來的傷。

章魚兄接連三記鐵尺打在阿關腰間，痛得阿關吐出了舌頭，亂掄鬼哭劍，只聽章魚兄哎了一聲，一根鐵尺脫手飛出，飛了老遠。

「大人你……」章魚兄有些詫異，阿關攻勢卻沒停。這些天來阿關的練習方針，便是將章魚兄手裡的鐵尺打落，或是去刺那蘋果。

「嗯？」阿關見章魚兄有些異樣，卻也沒放在心上，這些天下來，他也總能打落幾把鐵尺。

他們繼續過著招，章魚兄又是一聲哎，這下大夥兒都看見了，阿關鬼哭劍與章魚兄鐵尺交會時，竟閃現淡淡光芒。

章魚兄向後一跳，揉著那觸手嚷嚷：「大人你使詐！」

「啊？」阿關愣了愣，不解地問：「我使什麼詐？」

「說好比劍，你怎能用法術電我？」章魚兄埋怨。

「電你？」阿關有些愕然：「我怎麼電你？」

「不打了、不打了，我最怕電了！」章魚兄吁著氣，鼓著嘴巴搖手。

「我沒用法術啊，何況我也不會放電……」阿關搔搔頭，揮了揮鬼哭劍說：「繼續嘛，好不容易今天我正覺得打得更順手了。」

章魚兄還猶豫著，水藍兒喊了一聲：「大人要你上，你就上啊，還愣著不動幹嘛？」

章魚兄哼哼兩聲，又舉著鐵尺殺上，阿關全力應戰，越打越是激烈。章魚兄給電了兩下，心中有些不爽快，此時也忘了手下留情，一記記鐵尺呼嘯打去，越打越來勁。

阿關擋開了好多記鐵尺，腰間大腿也接連吃了幾記，痛得忍不住叫了出來。

章魚兄先是朝阿關左腿攻了好多記抽擊，隨即六隻觸手同時拿著鐵尺往阿關身上不同地方打去。

阿關想也沒想，本能地舉劍格擋章魚兄往自己腦袋打來的一記攻擊，劍尺交撞時，突然炸出一陣靛藍炫光，光中包覆著幾道黑雷。

「喝！」章魚兒只來得及喊了半聲，身子便彈飛老遠，昏死過去。

阿關驚愕莫名，連忙奔跑上去，蹲在章魚兒身旁搖著他喊：「怎麼會這樣？」

水藍兒、海馬精、螃蟹精也連忙趕來。海馬精檢視了章魚兒半晌，這才呼了口氣說：「老章沒事，他是嚇暈了……」

阿關托起章魚兒與鬼哭劍相交的那隻觸手，見到觸手前端還有些焦黑，心下又是歉然，又是奇怪，喃喃地說：「我怎麼不知道自己會放電？」

「啊！」阿關這才突然想起，在北部據點一時，那天黃昏太歲爺與他對打練習，便放黑雷電自己。太歲爺說過，這鬼哭劍也能夠放電，卻一直沒有教他放電的訣竅，此時卻自個兒使了出來。

幫著大夥兒將章魚兒抬進房間後，阿關自個兒又跑了出來，躲到角落狂揮鬼哭劍，卻再也無法使出雷術。

他想起自己兒時曾看過的武俠電影，便有樣學樣拾了幾把鐵尺和幾捆繩子，跑到樹林裡，將鐵尺掛在樹上垂下，擊打那些鐵尺；鐵尺被打出後，會回彈，阿關便像是武俠電影中練功一般，去打那些盪來盪去的鐵尺。

打了許久，手臂越來越麻，只覺得有股力量在手掌無法宣洩。

「大人、大人！」幾隻海精跑了過來，對著阿關叫喚：「太歲大人，水琝公大人找你！」

阿關跟著海精往二島中央廣場走去，走著走著，聽到廣場中央十分熱鬧。

「啊啊！」阿關才剛經過那老舊大宅院幾條護龍，到了廣場，就見到許多鬼卒聚在一起，後頭那紅袍大漢，正是鬼王鍾馗。

「是鍾馗大王啊，你怎麼來了？」阿關有些驚喜，先前與鍾馗合作兩次，見這鬼王豪邁粗魯之餘也不失圓滑，對他挺有好感。

「沒什麼！帶點功課給你做。」鍾馗嘿嘿兩聲，提起一隻鬼卒這麼說。

阿關遠遠看著，就見到那鬼卒雙眼冒紅光，渾身是惡念。阿關走了過去，見到鍾馗身邊還有幾隻這種模樣的鬼卒，都給綁了起來，由那些身上沒帶惡念的鬼卒押著。

鍾馗摸摸鼻子說：「老子不像歲星能夠捉拿惡念，卻還有些過人之處，我能嗅得出來，那些沾染上惡念的鬼怪、妖精身上氣味不同。」

鍾馗接著說：「這幾隻傢伙最近脾氣可不小，老是惹事，我嗅出他們身上那惡念的味道，和先前義民李強一個樣子。我四處打聽，知道你跑到了這兒，便自個兒渡海過來找你了，你不會不幫我這個忙吧？」

「小事一樁啊！」阿關召出鬼哭劍，走近那鬼卒。見那鬼卒身子打著顫，五官猙獰扭曲，知道這鬼卒讓福地靈氣鎮得難受。於是他按著那鬼卒腦袋，施力一抓，抓出一把惡念，全讓鬼哭劍吃了。

「幸虧你來得早，他身上惡念不怎麼多……」阿關抓了三次，將這鬼卒身上惡念全部抓出。又花了點時間，將其他鬼卒身上的惡念也一一抓出。

阿關一邊抓著惡念，一邊與鍾馗閒聊：「那些義民爺現在過得如何？」

「還不是老樣子，李強那傢伙和以前一樣，雖然還帶著邪氣，卻也沒再惡化了。其他許多義民倒是持續邪化，但他們紀律挺好，即便邪化，卻始終很聽頭頭李強的號令。我看那干義民這幾個月間，應當不會出什麼岔子。」鍾馗答。

「那個雪媚娘呢？聽說你把她抓走了？」阿關想起了雪媚娘，便隨口問。

鍾馗哼了幾聲，有些不悅地說：「本來是抓了，又讓她逃了……」

「逃了？」阿關訝異地說：「本來我們都以為你會吃了她……」

「去他奶奶的！」鍾馗竟反手對自己的大黑臉打了個耳光，氣憤地說：「早知道老子便吃了她！我是見她生得漂亮，吃了總有些可惜，想替自己娶個壓寨夫人也不錯。那賤婆娘可狡猾了，先是答應老子求愛，等傷養好了，竟然又反悔，偷偷跑了！」

阿關哭笑不得。鍾馗猶自恨恨地說：「這種騙婚的賤婆娘，最是可惡！」

阿關見到一旁的水藍兒臉色一沉，想到水藍兒也是這樣逃過大王爺魔掌，不禁替雪媚娘說話：「你綁著她，威脅要吃她，她不答應也不行。她傷好後，以她魔王身手，本來可以輕易殺了你，卻只是跑走，也算是報答你的不殺之恩啦……」

鍾馗臉色難看，嘴裡嘟嘟囔囔：「哼！你以為她不殺我？那天老子率著鬼卒出去打獵，她將我寨裡留守的鬼卒殺得一乾二淨，要是我當時在，必定也被她殺了……」

水琝公插口說：「讓這厲害魔王逃了，必定引起大禍……魔界妖魔豈有善心。太歲大人，你一時心軟，放了那妖魔回山，妖魔未必懂得知恩圖報，她隨手便能殺死許多凡人，那些無辜凡人可也是人生父母養的……」

阿關愣了愣，水琝公說的有道理，要是饒了一個妖魔一命，卻因此害死凡人，即便只是一個，也是大大的過失。

水瑆公跟著說：「許多時候事難兩全，咱們只求兩害相權時，去取其輕的那方、去走那危害最小的路子。當時在寶塔殺那妖魔或許是咱們出爾反爾，但若是因爲放走她而造成了禍害，那些因她而死的生靈，又要由誰來償？」

阿關由衷地點點頭說：「水瑆公，你說的有道理。」

「好了、好了，我的小兵們又恢復健康了，我走啦，你們慢慢討論。」鍾馗揮了揮手，拎著鬼卒們就要走。

鍾馗說走就走，水瑆公和阿關反而有些愣然，都問：「怎麼不留下來吃個晚飯？」「你不是最喜歡吃吃喝喝嗎？」

鍾馗呸了一口：「要吃也不是在這兒吃，老子一上這鬼地方就渾身不對勁，口乾舌燥肚子疼，再待得久些，非拉一褲子臭屎啦！」

阿關與水瑆公啞然失笑，原來鍾馗身上雖無惡念，卻終究是鬼王，手下一干惡鬼早已讓福地靈氣鎮得七葷八素。鍾馗自個兒也熬得難受，卻礙於面子死撐，此時終於也受不了了。

□

鍾馗離去後，福地兩島上依然持續著同樣的步調，每天不斷加強防禦工事，以及士卒們的操演。

阿關也依然每日耍弄鬼哭劍。章魚兄那日遭了電擊，現在只願意與拿著木棒的阿關對練。阿關每日與章魚兄對打練反應、練劍招，下午再自個兒去樹林子裡打鐵尺練放電，一天總有兩、三次能使鬼哭劍發出些許電光，卻仍無法掌握訣竅。

這種日子持續了許多天，這天陰雨綿綿，距離王船海上一戰，足足過了一個月。此時天氣也漸漸發暖，不怎麼冷了。

水琝公正在屋頂上看著海，突然收到符令，慌慌張張地聚集了大夥兒商量要事。原來就在這日清晨，西王母發動了大軍進攻兩星，兩星接連敗退，幾乎要退到新太歲鼎的所在處。主營爲了在天上勾陳大舉攻下凡時，還保有能與之抗衡的兵力，無法派大軍增援南部，便下了命令，要阿關這路操演許久的兵力前往支援兩星。

「新太歲鼎日夜趕工打造，再過一週就能完工。」水琝公對阿關說：「太歲大人，主營要你南下支援，一方面自然是南部戰情膠著，需要幫手；一方面也得以讓你早點接觸太歲鼎，好學習如何操作太歲鼎，以求順利驅除人間惡念。」

「好，立刻出發吧。」阿關點了點頭，這些日子閒得發慌，早想快點做些什麼了。一方面卻又有些擔心，太歲爺現在情況不明，沒有人能夠教他如何使用太歲鼎，光是摸索鬼哭劍上的雷術，就已經讓他一個頭兩個大了。

水琝公又說：「由於太歲鼎即將遷移至此，福地可不能完全撤守，我仍須坐守兩島，此行大人必須自己領兵前往南部。」

「沒問題，只是我到了那兒，該找誰會合？」阿關摸摸鼻子，不安地問。

水琝公笑笑答：「大人你放心，待會兒會有神仙隨你同去。」

阿泰揹了個大背包，準備與阿關同行。

六婆則提了一串粽子，遞給阿關，說：「阿關吶，這些你們路上吃……吃飽了才能打妖魔鬼怪啊。」

葉元招了招手，把大傻牽了過來：「太歲大人吶，我這些符術道法也沒能教給你，我派大傻兒陪在你身邊保護你，願你此行順順利利……」

葉元又拍了拍大傻說：「你要好好保護太歲大人，知道嗎？」大傻點點頭，一張大手摸著葉元稀疏蒼白的頭髮，似乎十分不捨。

阿關十分感動，又不免有些好笑地說：「我又不是不回來了，下禮拜新太歲鼎完工，我還得親自扛回來啊！」

水琝公點著兵：「下壇將軍、石獅子、風獅子，全與太歲大人同行，負責作戰。山精之中老樹、綠眼、癩蝦蟆，海精之中的章魚、螃蟹、海馬，與太歲大人同行，負責照料輔佐阿關。大傻就照葉老道的意思，做太歲大人貼身護衛。凡人阿泰，負責提供足夠符咒給太歲大人。其餘山精、海精則與我同守福地。」

「好了，進來吧。」水琝公舉起寶塔，風獅爺、虎爺、石獅們一一跳入寶塔，大傻和精怪們也一一跳入。

「蛙蛙兒，我會回來的呱……」癩蝦蟆哭哭啼啼地將幾個海貝放在小海蛙手上。

「蟆蟆，你一定要回來啊！」小海蛙也紅了眼眶。

癩蝦蟆用六隻手握住了小海蛙兩隻手，深情款款地說：「呱……我一定會回來的，蛙蛙兒……」「蟆蟆……」「蛙蛙兒……」「蟆蟆……」

「幹！蛙蛙蟆蟆個頭，老子看得很火，聽得更火，不是說了只去幾天嗎？」阿泰怪叫著，勒著癩蝦蟆脖子，將他拉進了寶塔。

最後，阿關自個兒也進了寶塔。水琝公拿著寶塔，在天將護衛下飛上了天，往中部大岸飛去。

45 南下

港邊，一處無人巷子裡，水琝公搖搖白石寶塔，放出了阿關、阿泰。

「咱們就在這兒等著，等那來帶路的神仙到了，我就要趕回福地去啦。」水琝公這麼說。

等著等著，阿泰剝起粽子來吃，阿關也吃了一顆。兩人一顆接一顆，將這串粽子全部吃完，還是不見來迎接的神仙。

「幹！來接風還遲到，耍大牌啊？」阿泰不耐煩地罵著。

「出了什麼事嗎？」阿關倒有些憂心。

水琝公不停踱步，正要發出符令，大夥兒眼前地上突然捲起了一陣黃煙。

黃煙中的那矮胖身影，看來手舞足蹈，大聲喊著：「阿關大人啊，俺好久沒見著你了！」

「老土豆！」「幹！是你啊！」阿關和阿泰見了黃煙中現身的竟是老土豆，都不由得又驚又喜。「你不是在北部嗎？」「神仙裡會遲到的，也就只有你這老不死了！」

老土豆嘻嘻笑著說：「中南部人手不足，主營將俺叫來，要俺替阿關大人帶路呀。前些日子阿關大人眞除上任，俺都沒能恭喜大人，恭喜恭喜吶！說到近來北部吶……可詭異了！俺怎麼也不相信太歲爺會邪化，這點俺可是想不透啊，眞是想不透啊……」

「好了！你路上慢慢想，快帶太歲大人去與秋草他們會合吧，我得趕回福地了。」水琝公打斷了老土豆的廢話。

阿關等和水琝公告了別，隨即動身前往南部據點。

南部只有兩大據點，分別由太白星與熒惑星各自鎮守一處，林珊則領著歲星部將四處游擊，一邊阻撓西王母的攻勢，也不時去偷襲西王母的各處據點。

「老土豆，你在北部有聽到太歲爺的消息嗎？」阿關將阿泰收進了白石寶塔，騎著石火輪，讓老土豆坐在後座。阿關一面照著老土豆的指示騎車，一面說：「我也不相信太歲爺會邪化，我和林珊、翩翩，還有大家，都在等著太歲爺回來……」

「是啊！」老土豆話匣子一開就停不下來，將他在北部聽來的傳聞全說了出來，大都是些無關緊要的情報。

「俺聽一些野鬼說，有時在山間谷裡，會見到太歲爺與辰星在天上看著夜空。俺也聽過有些山精說，有時山上有些精怪邪化得厲害，會四處傷人。辰星部將還會潛入山裡，將這些精怪殺死。若是眞的，俺看辰星也算是個不太邪的邪神呢！」

阿關嗯了一聲說：「或許是太歲爺被辰星抓去後，反而逮著機會，將辰星及身邊諸將的惡念都驅了出來？」

老土豆接著說：「這也是極有可能，大夥兒也都這麼想過，但是太歲爺與辰星幾次跟鎮星作戰，將鎮星整得灰頭土臉，卻也是事實。現在戰情膠著，若他們沒邪化，卻不來幫忙，也是十分奇怪……俺覺得這個啊……可眞是想不透……怎麼也想不透喲……」

聊著聊著，石火輪騎進市區，此時已是傍晚。市區十分熱鬧，車水馬龍，與北部大城差不多繁華。

阿關依著老土豆指示，騎進了一處暗巷，暗巷深處傳來了聲音。

「死土豆，怎麼這麼慢！」三個面貌一模一樣的矮小老頭，開口叫嚷著。

「咦！」阿關揉了揉眼睛，眼前三個小老頭的確長得一模一樣，連身上衣服都一模一樣。

老土豆跳下了車，笑嘻嘻地紹：「阿關大人！他們是冬瓜、南瓜、小黃瓜！是三胞胎兄弟，連說話都一模一樣。」

「太歲大人好——」三瓜一齊向阿關行了個禮。

阿關哭笑不得地問：「爲什麼連衣服都穿一樣，這樣大家不會分不清誰是誰嗎？」

最左邊那冬瓜開了口：「不、不、不，咱們衣服並沒有一樣。咱們背上都繡了字吶！」冬瓜邊說，邊轉了身子，指著自己背上那大大的「冬」。

南瓜和小黃瓜也叫著跳著，背上分別繡著「南」和「小黃」等字。

「哈哈，小黃……」阿關給逗得笑了出來。

老土豆補充說：「冬瓜又稱『傻瓜』，南瓜又稱『笨瓜』，小黃瓜則是『呆瓜』……這是他們的別名！」

三瓜聽了，一齊吹著鬍子瞪著眼睛罵：「什麼別名！」「你自個兒亂編亂吹！」「大人你別聽他瞎扯！」

這干土地神在太歲鼎崩壞之前，雖也是鎮守各地，但總會時常聚會，感情十分深厚，此時在漫長戰役下久久難見一面，不免都十分興奮。

嬉鬧了好一陣，阿關才騎出了這暗巷，由三個瓜字輩土地神帶路，不久便騎出了這鬧市，騎往一處接近山郊的社區。

這社區環境宜人，公寓大樓都十分整潔，附近有些商家，交通也算方便。南瓜開了口：「太歲大人吶，以前這兒也有一處據點，由太白星德標大人守的，但後來戰況激烈，正神們擔心據點設在社區裡，若遭到邪神攻打，恐怕會連累附近百姓，便將這處據點撤了。」

阿關點點頭，左顧右盼著，眼前一個老人牽著一個小女孩十分眼熟，仔細一看，竟是老人院梁院長，那小女孩自然就是雯雯了。

「啊！」阿關跳下了車，指著梁院長和雯雯，「咿咿唔唔」竟說不上話。

「這不是阿關嗎？你好慢才來。大家都在等著你啊。」梁院長也驚訝笑著，卻早知道阿關會來。

阿關想起，雯雯和這些老爺爺們隨著正神下了南部，遷入一所育幼院，老爺爺們在正神安排下擔任育幼院的義工，就近照料雯雯。原來和雯雯離別時聽說的育幼院，就在這社區裡。

「阿關哥哥，你來啦。」雯雯笑嘻嘻地望著阿關。

阿關難掩興奮，摸著雯雯的頭，對著梁院長喊：「王爺爺呢？陳伯呢？他們都還好吧？」

梁院長朗聲笑著：「好！都健朗得很！神仙們對咱們這些一腳踏進棺材裡的老傢伙，可照顧得很，他們有時送來一些補品藥湯，可把咱們身上一些陳年宿疾都給治好了，我的風濕好久沒犯了啊，哈哈！」

「帶我去看看他們吧……」阿關興奮說著。

梁院長還沒回答，三瓜就齊聲開口：「等等……等等！」「太歲大人啊，太白星德標爺正等著你呢……」

「對喔！」阿關抱歉地笑說：「梁爺爺，我晚點再來看你們。」

梁院長笑著說：「不要緊，咱們早知道你今天要來，當然要先去見神仙啦，咱們那干老頭，燉了雞湯等你啊。」

阿關與梁院長告了別，拍拍雯雯的頭，隨著三瓜往郊區去了。來到一處向上的山路口，兩名天將持著大斧分立左右，朝阿關點了點頭。阿關和天將打了招呼，繼續騎著，山路十分崎嶇，彎彎曲曲。

眼前是一處岔路，一邊往上，一邊卻是下坡。那下坡山路長滿了雜草，像是很少有人經過；上坡那條山路附近，卻可明顯見到幾棟破舊公寓。

公寓雖破舊，但四周閃耀著金光結界，四方天際都有天將把守。

阿關想也不想，就往那上坡騎去，卻讓三瓜攔了下來。「大人、大人，不是這邊，是另一邊！」

「咦？」阿關愣了愣，看著三瓜都指著另一條長滿雜草的下坡路，正覺得奇怪：「那……那些布有結界的公寓是？」

「那是陷阱。」小黃瓜嘻嘻笑著。

三瓜領著阿關，轉往下坡雜草小路往據點前進，一面說明著上坡路那幾棟公寓。

「這是秋草仙子想出的計策。她說按照當前情勢，西王母隨時可能突擊咱們據點。那處高地舊大樓只是個幌子，爲的是掩飾咱們的眞正據點。公寓裡布下了結界和各式陷阱。」三瓜一齊解釋。

「要是西王母大軍發動突襲，應當會先攻那顯眼目標。上空許多駐守天將，能夠隨時撤離。等於咱們多了一處並不需耗費兵力防守，卻能使敵方損兵折將的大據點。」

阿關不時回頭看看上邊那舊大樓，天將威風凜凜守著，裝得煞有其事，的確會讓邪神誤認爲正神據點。他點頭說：「這計策眞不錯，一方面掩護眞正據點，一方面又可以當作陷阱來用。」

南瓜補充說：「其實呀，大樓裡也早準備了許多空著的房間大廳，且地勢居於高處，就算西王母不上當，那兒也隨時都能當作正式據點來使用，秋草仙子設想可眞周到。」

這小山路越騎越是荒涼，路也越來越不像路，許多大木、石頭都擋在前頭。阿關左彎右拐，好不容易才能繼續往前騎去。

看著前頭路還挺長，大都是些草木石頭，南瓜卻突然喊停。阿關連忙停下，看看四周平凡無奇的山坡地，正奇怪著：「就在這裡？難道太白星據點跟主營一樣，是在結界裡？」

「正是！」三瓜點了點頭，齊聲開口。

只見三瓜唸了咒，伸手往一處枯木指去，那枯木前現出一扇古門，緩緩打了開來。

阿關騎進古門，裡面是一條長長通道，兩邊牆上懸著火炬，通道裡也有天將把守，通道盡頭則是另一扇門。

「哇……」阿關見這據點排場極大，有些不可思議，邊騎邊說：「跟雪山主營有得比啦！」

三瓜笑而不語，帶著阿關來到通道盡頭，向兩邊天將打過招呼，推開大門。

大門後頭是一處大廳，大廳裡頭四通八達，連接著好幾處通道。

林珊、翩翩、飛蜓、若雨、福生、青蜂兒都在大廳裡，大廳正中站著的白袍老者，一身柔和靈氣，正是太白金星。

「啊，大家都在！」阿關高興地大喊，這才發現大廳裡只有自己騎車，十分奇怪，連忙跳下車來，往大夥兒跑去。

「咦？翩翩！」阿關見到翩翩穿著長裙，上身是無袖白衣，露出的臂膀白如霜雪，竟沒有一點綠毒痕跡。

翩翩臉上還蒙著薄薄白紗，卻隱約見得到後頭的臉，顯然是洞天狐仙的靈藥，將她身上的綠毒一日一日驅出。

「太好了——」阿關難掩心中激動，跑向翩翩，一面嚷嚷著：「妳好多了，快要痊癒了！」

阿關向前跑著，突然胸口一緊，一股鬱悶噁心竄上心頭。只覺眼前的翩翩雖蒙著臉，但似乎有種恐怖的氣息，透過了覆面白紗突竄而來，阿關感到耳中隆隆作響，一下子失去平衡，又摔倒在地。

碰的一聲聲音極大，大廳裡所有神仙都靜了下來，望向阿關。

青蜂兒和林珊連忙上前去攙扶阿關，後頭幾個土地神也趕上幫忙，七手八腳將阿關扶了起來。阿關又是驚愕、又是丟臉，恨不得鑽個洞躲起來。

翩翩沒說什麼，微微顫抖著，往後頭站了站，別過了臉。

若雨表情愕然，不知該笑還是該生氣，福生則讓阿關的模樣逗得呵呵笑了，飛蜓則是皺眉閉眼、搖頭嘆息。

「太歲大人操勞過度，一時失神了……」林珊拍了拍阿關後背，要他別在意，一邊笑吟吟地打圓場。

「嗯……啊啊……」阿關也摸著頭，尷尬地笑著。

「來了就好，來了就好。」太白星朝阿關點了點頭。

阿關注意到太白星神情有些黯然，知道太白星與太歲爺交情深厚，此時見自己眞除上任，而太歲爺卻傳聞邪化，心中鬱悶自然是可想而知。

阿關隨著眾神走進大廳旁一處會議室，見那房間不大不小，卻空蕩蕩的，只有正中擺了一張一公尺見方的小木桌和幾張椅子，四面牆上掛了幾盞燭火而已。

太白星隨意在木桌前坐下，伸手指了指，示意要阿關也坐下。阿關看了看林珊，林珊點點頭，阿關便也不客氣地在太白星面前坐了下來。林珊等一干歲星部將，則站在阿關背後。

而太白星身後站著的那十一名神仙，自然就是太白星部將了，有男、有女、有老、有少。

一名樣貌可愛的小仙持著木壺上來，替阿關倒了杯茶。阿關喝了一口，只覺得茶水芬芳宜人，精神百倍。

太白星轉頭看了看身後部將，說：「向新任歲星介紹一下自己吧。」

「俺是茄苳公。」一名身穿灰白甲冑的老者最先開口，朝阿關點了點頭。

林珊在一旁簡單介紹：「茄苳公是太白星麾下第一勇將，也是追隨德標爺最久的戰士。」

「秋草小仙就是一張嘴甜。」茄苳公呵呵笑了起來。

茄苳公身旁一名青年，神情高傲冷酷，一句話也不說。林珊指了指他，說：「這是花螂，是洞天一千隻螳螂煉成的神仙，也是德標爺麾下數一數二的強將。」

花螂依然無語，隨便點了點頭。

阿關也點頭回禮，還轉頭偷看了飛蜓一眼。

若雨突然舉手，嘻嘻笑著說：「沒錯，阿關大人，花螂和飛蜓個性很像，小時兩人就一天到晚打架，時常都是花螂壓著飛蜓打。」

「紅雪，妳記錯了吧！」飛蜓出聲抗議：「是我壓著他打吧，我曾將他打得哭出來！」

「你哭得比我多次。」花螂冷冷回應。

飛蜓聽了，更不服了，當下便和花螂爭論起小時究竟是誰強些，花螂儘管話不多，卻也不時出聲反駁。

若雨笑著補充：「花螂、飛蜓、鉞鎔、七海，被稱作洞天四惡少。鉞鎔就是金城大樓一戰當中，和飛蜓打得你死我活的辰星大將，是千隻金龜子煉出的頑劣分子；七海你還沒見過，或許之後有機會見著，但恐怕一見面就要生死相搏啦，七海是太陽星君手下大將，是千隻魚兒煉出的頑劣分子。」

眾人聽若雨這麼說，心中都是一凜，知道隨著太歲鼎即將完工，最終大戰就要來臨，天上勾陳也必有所行動，討伐辰星之日也不遠了，洞天小仙互相拚命廝殺的時刻的確即將到來。

「我叫松夫子，她是樟姑。」太白星部將當中一個中年男子開口自我介紹，還指了指身邊一個中年婦女，兩人看來都四、五十來歲，做道人打扮。

松夫子留著一嘴長鬍、仙風道骨；而樟姑則身穿一襲黑道袍，朝阿關點頭微笑，打了聲招呼：「太歲大人。」

「松夫子和樟姑，是德標爺麾下第一策士，許多勝戰都是他們策劃的。」林珊又指著一名綠衣青年說：「長竹是洞天植物仙，擅使各種結界法術。」

「太歲大人，我是長竹。」長竹對阿關點了點頭。阿關還沒點頭回禮，就聽到一陣叫嚷傳來。

「我明明站在樟姑姑旁邊，爲什麼跳過我，直接介紹竹子呢？太歲大人，我是百聲，百聲是我，我是知了精！」樟姑身旁一名黃衣少年大聲開口說：「我乃洞天一千隻知了煉成的神仙，我才是標爺麾下第一猛將！」

若雨又舉手補充：「百聲是德標爺麾下第一多嘴大將，最愛說話，更愛說大話。」

大家聽若雨這麼說，都嘻嘻笑了起來。那百聲年紀看來比青蜂兒還小些，見大家笑他，也不覺得害臊，還向阿關深深鞠了個躬。

「我是梧桐。」百聲身旁還站了個青年，一身白衣：「我最擅治傷，太歲大人，以後有任何創傷不適，都可以來找我。」

林珊補充說：「梧桐能文能武，治傷醫術更勝許多醫官。」

「我們是太白星麾下三花姊妹！」茄苳公的另一邊，則站著三個少女仙子，模樣都活潑可愛。

「三瓜？」阿關愣了愣，回頭看看後頭的小黃瓜，又回過頭問：「妳們也是土地神嗎？」

「新任太歲大人你傻啦！」「我們怎麼會是土地神？」「三瓜跟三花差了十萬八千里遠哩！」三位少女高聲抗議。

「不是三瓜啦。」林珊笑著說：「是三朵花兒，都是洞天煉出的植物仙子。黃衣服的，叫作『九芎』；紫衣服的，叫作『紫萁』；那紅衣服的，叫作『含羞』。」

若雨笑嘻嘻地又舉手說：「三朵花兒加起來，可比百聲還多話。」

青蜂兒卻說：「再加上一個紅雪，四姊妹聊起天來，比十個百聲還囉唆。」

若雨敲了青蜂兒腦袋一下：「我會多話嗎？」

「紅雪，妳明明就很多話。」「妳很多話沒錯呀。」「妳比百聲還多話。」年輕神仙們一陣吵鬧。

百聲倒有不同意見，又插嘴說：「這麼比卻不公平，她們四個聊起天來話當然多，但我還可以自己跟自己說話，未必真的會輸給她們！」百聲最愛說大話，就連較量「囉唆」都要吹噓一番。

林珊指著木桌一旁，剛剛那替阿關倒茶的小仙說：「她是螢子妹，是洞天一千隻螢火蟲煉出來的小仙女。」

「太歲大人好。」螢子年紀看來不過十三、四歲，十分怕羞。

百聲又插嘴：「含羞最不怕羞，螢子妹反而怕羞，是太白星麾下三大奇怪現象之一。」

「另外兩奇是什麼？」阿關好奇地問。

「第二奇是松夫子和樟姑究竟是不是一對，這問題我想了三年，問了幾十個神仙，沒人知道。」百聲朗朗說著：「第三奇是我百聲的身手明明足以比擬二郎將軍，但秋草姊姊卻說茄苳公是太白星麾下第一猛將，而不是我百聲，眞是奇也、怪也。」

「夠了，我們不想聽你廢話啦——」「你這三奇是臨時編的吧，你只是想找話講吧！」「誰來堵上他的嘴。」大夥兒起鬨罵著。

「好了、好了，談談正事吧。」太白星揮了揮手，那些還在爭論誰話比較多、誰比較強的蟲仙、植物仙們，才停了下來。

松夫子、樟姑、林珊等，輪流說起目前南部情勢。

阿關靜靜聽著，知道現在西王母手下酆都大帝領著十殿閻王，統領數萬鬼卒打頭陣，正與熒惑星對峙當中。

西王母自個兒則領著一干大小邪神，在後頭壓陣。

酆都大帝兵力強盛，熒惑星雖然武勇，麾下強將如雲，卻仍然不敵酆都大帝，正一路敗退。

樟姑說：「這個熒惑星大人的據點吶，離這兒只有十來公里，我說西王母的兵力一路往這兒逼近，必定是知道新太歲鼎藏在這兒了。」

阿關一怔，問：「新太歲鼎藏在這裡？」

太白星點點頭說：「沒錯，這兒就是新太歲鼎的藏身處，本來四周都有據點，但是西王母攻勢強盛，將那些守衛據點一一擊潰，我們犧牲了許多天將和四處招募來的精怪。現在只好將兵力集結於一處，避免不必要的犧牲。」

樟姑接著又說：「太歲鼎離完工只剩七天，這七天之內，熒惑星大人的據點絕對不能失守，否則退無可退，西王母大軍必定直攻這兒了。」

林珊跟著說：「離熒惑星大人據點兩公里處，有一片廢棄田地，田地之後有幾座小山，是極好的據點位置，我們若能進佔那處廢田和小山，便能一面協防熒惑星大人據點，一面也能隨時出戰突襲酆都大帝各路閻王。」

太白星點了點頭說：「這樣很好，我們不求大勝，只求安穩度過這七日，再來考慮遷鼎大事。」

「那這幾天，我可以去看看太歲鼎嗎？」阿關問。

「這個自然不成問題。」太白星點頭說：「小歲星吶，兩軍對戰上你大可不用擔心，這些都讓秋草小仙他們去策劃便行了。來、來，我帶你去看看太歲鼎。」

「喔喔……」阿關連連點頭，站了起來。

「我與小歲星去看太歲鼎，你們好好討論戰情吧。」太白星說完，便領著阿關走出了會議室，往大廳走去，轉入另一條通道。

阿關只感到有股熟悉而令他振奮的氣息，緩緩地瀰漫而來，他知道這是通往藏有太歲鼎大室的通道。

太白星幾次欲言又止，終於還是開了口：「小歲星吶，澄瀾邪化的傳聞，你應當也聽說了。」

「我聽過，但我一直不相信。」阿關點了點頭。

「哦？」太白星問：「為何不信？」

「既然太歲爺煉於惡念，又怎麼會讓惡念侵襲？我從太歲爺的血煉出，要是太歲爺邪化了，那麼我也有可能邪化，你們又為何這麼相信我？」阿關這麼說。

太白星點點頭，說：「但倘若澄瀾真的邪化，那可十分嚴重，大神們不可能允許一個邪神具有操縱太歲鼎的力量，這太危險了……」

阿關也是一怔，知道太白星想講的，要是太歲爺真的邪化了，卻依然有著操縱太歲鼎的能力，自然是個大患，而屆時正神必定也會傾全力捉拿太歲爺。

「……」阿關點點頭又說：「我的想法不會改變，我還是認為太歲爺不會邪化，我看得見惡念，摸得到惡念，知道那是怎麼樣的感覺。我和林珊、翩翩、若雨、飛蜓、福生、青蜂兒等等，都一直等著太歲爺回來帶領我們，我願意一直當他的備位……」

太白星捻捻白鬍子，呵呵笑著說：「小歲星吶，你是個善良的孩子。大家也都知道你與澄瀾有著血濃於水的情感。但我們不得不考慮最壞情況，以免真的發生時，無法應變。事實上——我也不相信澄瀾會邪化。這其中一定有什麼誤會，這事我一定會調查個水落石出，要是澄瀾真的沒有邪化，即便大家都不喜歡他，我也絕對會還我這老友一個公道。」

說著說著，已來到那通道盡頭，牆上有一扇好大的石門，石門上刻著密密麻麻的紋路。太白星伸手在那門上一按，只見那石門緩緩打開，裡頭泛出炫目光芒。

「哇！」阿關用手遮在額前，隨著太白星走進門內，一股更加難以言喻的感覺直竄而來，阿關覺得全身脹得難受。

眼前是好大一片廣場。廣場四面都是石牆，石牆極高，上頭十分亮，看不清是否有天花板。

一座寬闊高聳的大鼎立在廣場中央，有十數層樓那麼高，鼎身烏黑發亮，且滿布密紋。一百多名天界工匠正繞著太歲鼎飛，手裡都拿著泛出金銀光芒的木槌和鑽子，在大鼎上一些空白處，補齊那些密密麻麻的紋路。

工匠每下一槌，鑽子便在鼎身上鑿出金黃光火，幾股流光游蛇似地閃耀，在鼎身上增加了更多圖紋，有些是符籙，有些是龍蛇龜麟的圖樣。

「這就是太歲鼎……」阿關忍不住喃喃自語，眼前的太歲鼎壯觀驚人，阿關覺得一股股氣流從五官四肢湧進身體，眼前花花亮亮，耳邊隆隆作響。

他感到身子飄浮了起來，像是游在水中一般。

他緩緩往太歲鼎飄去，越靠越近，手觸到了鼎身，猛然一陣沁涼入心，有些難以言喻的感覺，並不難受，反而有些舒服。

迷迷糊糊間，阿關繞著鼎飛，見到鼎的四周除了工匠外，還有許多神仙拿著各式兵器，都閉著眼睛，盤腿飄坐在空中，像是守護著太歲鼎一般。

「那是六十甲子神。」

阿關隱約聽見太白星的聲音。

「六十甲子神是太歲鼎的護鼎神，也是歲星麾下將士，他們的職責，便是用生命護衛太歲鼎。」

阿關恍惚間點了點頭，繼續飄著。他身子貼在鼎上，覺得雙手有股黏勁，彷彿能吸住鼎身，他像是蜘蛛般地在大鼎身上爬了起來。

爬著爬著，爬到了鼎上，大鼎上方是密封的，猶如蓋著蓋子。

他在頂蓋上轉了一圈，覺得自己像是站在寬闊廣場，中央處有九個直徑約一公尺的圓孔。

阿關站在鼎上，仰頭往上看，上方依然是花花亮亮，看不清楚，只覺得四周有種突然縮小的感覺，廣場上的石牆一下子離自己極近。

阿關搖了搖頭，揉揉眼睛，石牆又變回原本的距離。

阿關猶如陷入了夢境，伸手抓著，只覺得遠處有些東西近在眼前，伸手便能抓到，卻怎麼也抓不著。他不斷試著，每每覺得抓到了東西，張開手一看，卻什麼也沒有。

阿關恍惚中見到太白星還站在石門前，便咧嘴對太白星笑了笑。

太白星苦笑了笑，聲音像是欣慰，又像是不捨：「小歲星吶，你可別急著抓。以後儘管你厭了、倦了，不想抓都不行。一年……十年……百年……千年……無止無盡，直到你生命終結的那一天……」

阿關聽得似懂非懂，一邊仍忍不住四處抓抓，再看著自己空蕩蕩的掌心。他搖搖晃晃走到那圓孔邊，低頭看下，只見到裡頭閃亮亮的，什麼也沒有，是好大、好大一個空鼎。他曉得不久之後，裡頭便會聚滿了黏膩醜陋、由生靈萬物不斷散發出來的惡念。

阿關繼續不停地伸手去抓，直到再也看不見、再也聽不見、再也沒了知覺。

□

四周全是蝴蝶，黑色的蝴蝶。

手背上好痛、腿上好痛，背上、臉上、肚子上，全都是密密麻麻的刺痛感。

黑色蝴蝶一隻隻飛來，噬咬著他赤裸身子上的皮肉，他雙手不停揮動，打落了兩、三隻，又飛來更多隻。

他逃著、跑著，背後密密麻麻的蝴蝶像是惡鬼般緊追在後，前頭也是黑蝶，左邊、右邊全是黑蝶。

地上都是黏液，惡臭難當，散落了一地的紗布，還有些爛肉爛瘡像是活物般不停抖動著。

黑蝶一隻隻圍來，身上越來越痛。他漸漸沒了力氣，跪了下來，黑蝶越來越多，全撲上了身。

四周飄撒下的鱗粉進了眼睛，眼睛刺激疼痛；吸進了鼻子，鼻腔氣管裡像是火在燒一般。

他咳著咳著，淚流不止，此時，和煦、溫暖的黃色光芒灑了下來，驅散了一隻隻黑蝶。

他終於有了力氣，猛地跳起，嘴巴大張，「嗚嗚啊啊」地要叫。

「哇啊啊！」

阿關從床上蹦起，拍打著身子，跳了好久，這才見到自己站在床上，林珊正在床邊，有些訝異地看著自己。

「你怎麼了？」林珊望著阿關。

阿關看看四周，驚恐地說：「剛剛好像……有蟲子咬我？」

「蟲子？」林珊問：「什麼蟲子？」

阿關抓抓頭，狐疑地想了半晌，說：「記不起來了……可能是……作夢吧……」

「別想太多了，去洗洗臉吧，你不是想見見那些爺爺們？」林珊指著房裡一扇門：「這是神仙們特地為你準備的盥洗室。」

「大家對我真好……」阿關抓抓頭，進去梳洗了一番。

阿關梳洗完畢，出了廁所，本來只有林珊的臥房，竟變得十分熱鬧，那三花姊妹就在自己床上跳著嚷嚷：「這是太歲的床鋪耶。」「啊！他出來了！」「你好啊，太歲大人！」

阿關有些愣然，只聽到百聲站在房門口，正大聲與青蜂兒、福生聊著天。

「阿關大人，這是我做的早餐。」青蜂兒將一只青碗遞給阿關。阿關見碗裡是白粥，白粥上頭鋪了各式小菜。

阿關拿起湯匙吃了兩口，只覺得美味至極，忍不住邊吃邊稱讚。

百聲大嚷：「太歲大人，還好你及時醒來，象子吃了十六碗，差點連你這碗也吃了！」

「阿泰！」阿關見到阿泰正倚在門外通道牆角發愣，一副不知所措的模樣。連忙上前拍了拍他說：「你怎麼在這裡？」

阿泰臉色難看地說：「幹……昨天你是中猴喔？在大鼎上爬來爬去，後來又自己睡著。我們一直在寶塔裡，等了好久，也沒人理我們。這裡都是神仙，我也不敢出來……如果不是土地公想起來，跑去通知仙女，仙女叫我出來吃東西，我早就餓死了。我知道，你們都是高高在上的神仙，我跟癲蝦蟆那票一樣，都是跑龍套的小角色，餓死一個也無所謂，對吧。」

「對不起啦！」阿關哭笑不得，拍了拍阿泰肩膀，表示安慰。又見到這通道還有許多房間，原來都是兩星部將的房間，阿關向前走著，看到若雨和翩翩在房裡聊著。

「哈哈！」阿關跳了進去，大力拍著翩翩的床說：「翩翩換新床鋪了，我要弄亂妳的棉被跟枕頭。」

阿關作勢要去抓翩翩的棉被，卻不敢眞的動手，雙手停在空中。

翩翩和若雨的反應卻異常冷淡，只是冷冷看著阿關。

「我是開玩笑的。」阿關有些尷尬，見到翩翩將手上那藥包攤開，張口服下，皺了皺眉頭，顯然藥粉十分苦。

「妳眞的快好了，眞是太好了……」阿關由衷地說。

若雨哼哼笑著說：「是啊，到時候可別見翩翩姊漂亮，又要摔倒了！」

「我不知道爲什麼會那樣……」阿關摸摸鼻子說：「自從太歲爺被辰星綁走之後，我時常會覺得心悶，常會莫名其妙地難受，所以有時會……」

若雨推著阿關出門，說：「好了、好了，翩翩姊要換藥啦，阿關大人快先出去吧，你養的那隻猴子快寂寞死了，去陪陪他。」

「啊……」阿關還想要說些什麼，就讓若雨推出了房間，還依稀聽見翩翩向若雨說：「藥就要吃完了，這兩天得再和裔彌姊姊拿……」

此時，外頭林珊正與松夫子、樟姑討論著今日的任務。

林珊見了阿關，對著阿關說：「待會兒太白星爺會與我們這批歲星部將，分頭進行突襲酆都大帝的任務。」

「那我呢？」阿關咦了一聲問。

松夫子說：「離太歲鼎完工只剩幾天了，大家可不能再讓你上前線，要是出了什麼亂子，先前的辛苦全都白費了。」

「……」阿關點了點頭。「我知道……」

「走吧。」松夫子對大夥兒招了招手，兩星部將們全往大廳走去。

阿關和阿泰愣在大廳一角，不知做什麼才好。遠遠看去，只見到林珊、樟姑、松夫子們正拿著地圖，分配每一個神仙的任務，兩星部將們受了令，一一往出口飛去。

翩翩換完了藥，也和若雨出了大廳。若雨對阿關和阿泰做了個鬼臉，翩翩卻看也沒看阿關一眼。

阿關想找些機會，去和她說些話，但樟姑和松夫子連連分派著任務，眾將也紛紛應答著，實在不是閒話家常的場合。直到受了命令的翩翩，也飛了出去。

「翩翩怎麼會變得那麼討厭我呢？」阿關低聲嘆了口氣，神色有些茫然。

總算分配完任務，大廳裡漸漸靜了下來。太白星和林珊這才朝阿關走來。

太白星拍了拍阿關肩膀說：「小歲星吶，你比所有神仙預料的更快能進入狀況，這證明當初烏幸、千藥的想法確然沒錯。」

「阿關……」林珊笑吟吟地說：「你可別以爲大家冷落你，人人各司其職，我們可沒讓你閒著。這些天你得專心感應太歲鼎，去適應太歲鼎的一切。太歲鼎就要完工了，那麼大座鼎，二郎將軍也扛不動，只有你這位太歲扛得動。可別到時候遷鼎，又像昨晚睡死在鼎上。」

「嘿嘿……」阿關回想昨晚在太歲鼎上的著迷模樣，只覺得好笑。聽到太白星和林珊這麼說，也覺得心裡安慰了些，自個兒本來便不是武將神仙，卻至少能夠以自己所長來盡一份力。

太白星又說：「我知道你與附近那育幼院的凡人們熟識，這些天你就領著白石塔待在那兒吧，就算是你的據點了，但是晚上可要回來摸摸太歲鼎才行。」

「好、好……」阿關一聽可以待在育幼院裡，連連點頭。

與太白星道了別，阿關和阿泰這才出了結界據點，往山下走去。

沒有土地神引路，阿關牽著石火輪和阿泰在街上閒晃了好一會兒，才找到了這間育幼院。院前警衛室裡坐著的正是退伍老兵王爺爺。他一見到阿關、阿泰，便笑呵呵地出來迎接。

育幼院不大不小、不新不舊，倒是王爺爺嗓門挺大，帶著兩人往房舍裡走去，只見到一些小孩在外頭玩耍。

「幹！我最痛恨死小鬼了。」阿泰抱怨著，指著幾個小女孩對阿關說：「唉呀，長得好像古曼童哩。」

「喂，你嘴巴太壞了……」阿關推了阿泰一把。

只見到前頭一個護士，正追著一個小孩子跑，一面罵著：「你感冒還沒好，快給我滾過來吃藥！」

阿泰咦了一聲：「這育幼院這麼豪華？還有專屬護士，嘿，長得還不賴咧。」

王爺爺不好意思地笑了笑說：「說是專屬護士，其實都是神仙安排來照顧咱們這些老頭子的看護。」

護士見了阿關、阿泰，先是一愣，接著大步跑了過來。

阿泰推了推阿關，說：「看到沒有，見到我帥，自個兒送上門來……」

「又是你們兩個！」小護士大叫著：「你們這兩個小偷，又來幹嘛？」

「啊？是妳這三八！」阿泰啊的一聲，瞪大眼睛指著眼前的小護士。原來這護士正是在玩具城一戰時，死也不肯將電話接給醫官的小護士。她在文新醫院一戰中，見過阿關和阿泰鬼鬼祟祟在醫院走動，此時認出了他們。

「你這潑猴說誰三八？」小護士指著阿泰鼻子罵。

「幹！妳說誰潑猴？」阿泰怒斥。

吵鬧聲十分大，老爺爺們全跑了出來。阿關見到雯雯也抱著漢堡包跑了出來，他還見到小玉就飄在雯雯後頭，向他打著招呼。

育幼院辦公室裡熱熱鬧鬧，老爺爺們端來一鍋鍋雞湯、排骨。阿泰扮起說書人，將這些日子發生的事一件件說明，從金城大樓一戰辰星斬死千壽公、綁了太歲說起；接著說到阿關被調往中部，遇上那眞仙宮大神棍九天上人，跟著又聯合義民爺與鬼王鍾馗大戰五路魔軍；一直到傳聞太歲邪化、阿關眞除；又到了福地兩島，在海上惡戰五府千歲和數隻大海怪。

阿關也不時補充細節，聽得老爺爺們是張大了眼，合不攏嘴。

王爺爺忍不住開口：「眞沒想到發生了這麼多事！早知道俺就別閒著了，提著軍刀上戰場幫忙，豈不痛快！」

陳伯伯哈哈笑著：「上場幫忙？我看你這老芋仔只會幫倒忙。」

王爺爺瞪著眼睛回嘴：「總比你好，整天只出一張嘴。」

老爺爺們一邊聽，一邊不斷發表自己的意見。李爺爺拿出許多古籍，說明兵法中該如何布陣才是，立時引來眾老爺爺們更多不同意見；王爺爺和陳伯則是逮到了機會就拌拌嘴。

「對了！那臭三八怎麼會在這裡？」阿泰吁了口氣，指著院子裡那小護士，問出憋在心中許久的問題，他說：「那個時候文新醫院打完之後，我還以爲她掛了。」

梁院長說：「那次大戰之後，醫官們跟神仙把倖存的病人和醫生、護士都安排到其他醫院。神仙們早決定要將咱們老頭子送往南部，就近照顧雯雯。王醫官見宜蓁做事機靈、勤勞，便從中介紹宜蓁下南部，來這間育幼院做專職護士，算是照料咱們這些老頭啊。」

阿泰哼了哼，這才知道這小護士叫作黃宜蓁，今年才十九歲。

「嘖嘖嘖，這臭三八這麼凶悍，哪有一點聰明伶俐的樣子？」阿泰不滿地抱怨，不時盯著院子外的宜蓁。宜蓁正將小朋友們排成一排，一一量著體重，見了阿泰在房間裡瞪著她看，立時回了個白眼。

老爺爺們起鬨圍剿阿泰：「她不聰明難道你聰明？」「猴死囝仔如果你有宜蓁一半聰明，你阿嬤就要偷笑了！」

「幹！」阿泰見老爺爺們口徑一致維護小護士宜蓁，惱得說不出話，蹺起二郎腿不停抖動，口裡還暗罵著。

很快地到了晚上，阿關依照約定，返回後山據點，上太歲鼎練習。

育幼院裡的院童跟老爺爺都沉沉睡去，阿泰閒著無聊，搬了張凳子，在院裡的小沙堆上抽起菸來。

宜蓁正拿著手機講電話，一見到阿泰在沙堆上抽菸，急急掛了電話，大步跑來：「喂！你不要在這裡抽菸好不好？」

阿泰讓宜蓁一吼，嚇得讓菸嗆到，咳了幾聲，火冒三丈地罵：「幹！我抽菸干妳屁事？妳怎麼還不下班？」

「這邊有宿舍給我住。」宜蓁扠著腰說：「你的菸灰都掉在沙上了，小孩子玩沙的時候很不衛生！」

「笑死人了。」阿泰哼哼地說：「以前我玩沙的時候，沙子裡都是狗屎，我還不是照玩，一點點菸灰有什麼好大驚小怪，現在一堆鬼孩子都被當成寶來寵，呼——」

阿泰邊說，邊深深吸了口菸，往宜蓁臉上吹去。宜蓁氣得一把將阿泰嘴上的菸搶下。

阿泰勃然大怒，猛然跳起，伸手想要搶回香菸。宜蓁閃了開來，一腳絆去，手順勢一推，將阿泰推倒在地，原來宜蓁有柔道底子。

阿泰跌在沙堆上，吃了滿嘴沙子，哇哇怪叫：「妳這臭三八，知不知道我是誰？」

宜蓁哼了哼，一腳踩在阿泰背上：「我管你是誰，也不管你跟院長是什麼關係，有種你去跟院長講，教他開除我。」

「我一定教他們把妳開除。」阿泰氣罵。

「去啊！一個大男人單挑都打不過我，要去告老師囉，你要去就去啊！」宜蓁哼哼地說。

阿泰讓宜蓁踩在地上，一邊嘀咕，一邊努力將頭往後轉，突然眼睛一亮，嚷嚷起來：「哇，是粉紅色的，還有好多長頸鹿在奔跑！」

「去你的——」宜蓁發現阿泰竟偷看自己內褲圖案樣式，氣得將香菸砸在阿泰臉上，轉身走了。

阿泰像隻鬥敗了的公雞，站起來拍拍身上的沙土，愣了半晌，才躲回房間。

46 寒單爺與有應公

這天，阿關是讓百聲給喊醒的。

「關哥——」百聲高高興興地提了一袋食物，一邊用力搖著阿關的肩，大聲說：「這是蜂哥教我帶來給你吃的，是他做的，很美味喔。」

阿關揉揉眼睛，打了個哈欠，梳洗一番，便騎著石火輪和百聲一齊下山。百聲在一旁飛著，阿關也騎得不快，兩人一邊前進，一邊聊起了前線戰情。

據百聲說，正神們成功佔下離熒惑星據點兩公里遠的那處廢棄田野，與熒惑星據點成了犄角之勢，成功牽制了好幾路閻王，也阻慢了酆都大帝的攻勢。

百聲大聲說著：「標哥擔心關哥你，便讓我回來，負責守護育幼院和太歲鼎據點的安全。關哥你放心，小弟我爲了保護你與太歲鼎，就算赴湯蹈火，小弟也在所不辭！」

「標哥？」阿關愣了愣問。「標哥是誰？」

「標哥就是標爺啊，標爺就是標爺爺啊！」百聲答。

「標……爺爺？」阿關還是不解。

「標爺爺就是太白星德標爺啊，我都叫他標爺，或是標哥。」百聲一副理所當然的模樣。

「原來如此……」阿關見這百聲竟叫太白星「標哥」，顯然和百聲大而化之的調皮個性有關；另一方面也因太白星性情和藹，允許百聲調皮胡鬧。他心想不論是飛蜓、福生或是若雨等，必定不敢叫太歲爺作「瀾哥」或是「歲哥」。

阿關和百聲剛來到育幼院，遠遠就聽見阿泰和宜蓁不時傳出鬥嘴聲。

只見阿泰在沙堆上擺了張板凳坐著，蹺著二郎腿，瞪大眼睛，雙手不時揮舞，煞有其事地講著故事，講的都是這些日子以來的冒險過程。

阿泰背後有張小桌，上頭擺滿了餅乾、糖果、汽水等零食，由幾個小跟班分發給其他小孩。

十幾個小孩子蹲在阿泰椅子前，從三到五歲不等，大都是孤兒，有的聽故事聽得全神投入，有的則開心吃著糖果。

宜蓁大聲斥責：「你不要亂發零食糖果，會害小朋友吃不下午飯；你講一堆怪力亂神，會害小朋友作噩夢！」

「幹嘛？妳嫉妒我人氣急竄是不是，來、來、來，妳肚子餓我給妳一包糖。」阿泰雙手一拋，又扔出好幾包糖果，小孩子們高興地去搶，可把宜蓁氣得七竅生煙。

「不要聽這種變態故事，姊姊講童話故事給你們聽。」宜蓁大喊著，也有三個不愛聽鬼故事的小女孩，去聽宜蓁講童話故事。

阿泰與宜蓁便這樣分成了兩圈，阿泰加油添醋講著自個兒的冒險過程，宜蓁則氣呼呼地講著童話，不時還互瞪幾眼。

宜蓁大聲說著：「小公主走在路上，碰上了一隻大野狼，那隻大野狼名字裡有個『泰』

字，長得十分猥瑣。」

有個小孩子舉起了手問：「姊姊，什麼叫作『猥瑣』？」

「猥瑣呢，就是低級下流的意思，以後你們看見了這種人，就跟看見大野狼一樣，一定要躲開他，也不可以吃他給的糖果，不然會被他綁架。這種人就是小時候很可憐，只能在一大堆狗大便的沙堆上玩，所以長大後才會這麼猥瑣的……」宜蓁高聲答。

阿泰吼叫著：「總比有人老大不小了，還穿粉紅色小長頸鹿走來走去！」

小孩子們你看看我、我看看你，都問：「哥哥，什們是穿著小長頸鹿啊？」「小長頸鹿要怎麼穿？」

阿泰回答：「就是有些很邪惡又恰北北、長不大的ㄚ頭，愛裝小孩子，穿著小長頸鹿圖案的內褲走來走去，自以爲很可愛，嘖嘖……」

「喂！」宜蓁終於忍不住，跳了起來，衝到阿泰面前破口大罵：「你有毛病啊？你是變態啊？你亂講什麼東西？」

兩個人誰也不讓誰，吵個不停。阿關在一旁見了，只覺得十分無趣，百聲卻看得興致高昂、哈哈大笑，也湊上去發表自己的意見。

「咦？雯雯呢？」阿關看了看辦公室四周，沒見到雯雯，也沒見到梁院長。

「老梁帶著雯雯去大賣場買東西了，咱們這邊的小孩子多，老梁常常會去買些零嘴，給小孩子們吃。」李爺爺回答。

□

一直到了下午，梁院長仍未回來。

外頭依然吵吵鬧鬧，阿泰和宜蓁分成兩邊，用沙堆裡的沙攪和清水，做了一顆顆沙球，準備分個勝負。這遊戲是氣不過的宜蓁提出的邀戰，打算狠狠教訓阿泰一頓。

兩邊戰力懸殊，阿泰憑著糖果零食和精采的鬼故事，招募了十七個小孩子；宜蓁這邊卻只有三名夥伴，分別是三歲、四歲、五歲的小女孩。

「大家聽好，我們不要欺負小妹妹，把全部的彈藥都拿去攻擊她們的大魔王，也就是那個裝可愛的護士嬸嬸。」阿泰吩咐著手下，刻意拉高「護士嬸嬸」幾個字音調，說給另一邊的宜蓁聽。

「遵命！」阿泰這方的小孩子們齊聲吶喊，手裡都拿了沙球，還有兩、三個四、五歲大的彈藥兵正蹲在沙堆旁，拚命補充彈藥。

此時宜蓁還在交代作戰事宜，提醒三個小女孩，不要將沙球丟在其他小朋友的臉上。

「他們來了！」一個小女孩尖叫，指著一旁樹叢。

宜蓁看去，果然見到阿泰鬼鬼祟祟從樹叢探出頭來。

「衝啊——」阿泰狂笑大喊，原來他趁著宜蓁還在交代作戰事宜時，便領著五、六個年紀稍大的小孩子，偷偷繞路進行突襲。

幾個小孩扔出沙球，全往宜蓁身上砸。

宜蓁一邊躲著沙球，一邊氣得大罵：「你真是夠了！沒見過這麼低級的男人！」

「兵不厭詐！」阿泰哈哈大笑，一邊從尾隨身後的兩、三名彈藥兵手中，接來一顆顆沙球，朝宜蓁的屁股上猛砸：「妳這娘們又怎麼會懂得用兵呢？」

儘管宜蓁被砸得火冒三丈，護士白衣都給砸髒了，手中的沙球卻一直沒丟出，等阿泰這邊扔完了身上所有沙球後，才帶著三名小妹妹反擊。

阿泰猶自哈哈大笑著，宜蓁鼓足了勁揮臂一扔，沙球直直砸在阿泰嘴上。

「打死他！不要丟其他男生，丟那個猥瑣的大野狼！」宜蓁怒吼著，還從小妹妹手裡搶過沙球，全往阿泰頭上灌。

「撤退、撤退……」阿泰眼裡進了沙子，淚流滿面，抱著頭逃回了自己陣線，嚷嚷下令：「全軍掩護我……我看不見……咳咳……幹妳個死三八……講好了不能打臉的！」

「你不是說兵不厭詐？」宜蓁乘勝追擊，自己單槍匹馬衝進了阿泰陣地，從小孩子們手上搶過本來要用來對付自己的沙球，一顆顆狠狠砸在阿泰身上，還一邊大喊：「誰敢丟我，我就給他打針！」

阿泰這方的小孩子見到護士姊姊發飆，全都不敢扔出手上沙球。

阿泰給砸得張不開眼，只能抱頭鼠竄，大叫著：「阿關救我！」

阿關倚在樹邊，不理會阿泰的求救；百聲則是倒吊在樹上，扯開喉嚨唱著自己作詞作曲的歌。

「好了、好了，別玩了……」李爺爺見外頭戰情越漸激烈，只好出去勸架，拉開宜蓁。

「這猴孫不懂事，妳讓讓他……」

宜蓁哼了哼，拍拍手上的沙，這才轉頭走去，留下一群滿臉錯愕的小朋友們。

李爺爺拉起阿泰，見他雙眼還流著淚，不禁愕然地說：「你這小子跟小女生玩沙仗，打輸了竟然還哭……」

「幹！是沙子啦！」阿泰怪叫著，摀著沾滿沙和淚的臉：「我哪有哭，是沙子跑進眼睛了。那個臭三八賴皮，說好了不能打臉的，她還打臉！」

院門口嘎嘎一響，眾人望去，竟是漢堡包倒在門邊，一動也不動。

阿關見了，覺得奇怪，連忙跑過去抱起了漢堡包。看到漢堡包眼睛一眨一眨，卻動也不動，身上還受了些傷。

阿關將漢堡包抱進了辦公室，關上門，漢堡包這才動了動耳朵，嗷嗚嗷嗚地叫了起來。

「怎麼了？」「雯雯呢？」「老梁呢？」老爺爺們見了這情形，都圍了上來，急急地問。

漢堡包跳到了地上，時而趴下、時而站起，比手劃腳地嗷嗚叫，卻沒人聽得懂。

辦公室裡一張矮櫃上的瓷瓶震了震，小玉從中飛出，在漢堡包面前驚訝問著，漢堡包也嗷嗚嗷嗚地回應。

「不好了！」小玉驚慌喊著：「雯雯出事了，梁院長著邪了！」

老爺爺們一陣錯愕，全跳了起來，阿關也愕然得說不出話。

小玉一邊聽漢堡包講話，一邊翻譯給阿關等聽。漢堡包講得零碎，小玉不時問著，才理出頭緒。

原來梁院長帶了雯雯上大賣場買些生活必需品，雯雯抱著漢堡包同去。

途中，老少倆經過一條巷子，雯雯指著一間公寓叫嚷起來，說見到兩個怪人在窗邊吵架。

梁院長看向那窗，只見到一扇破窗，卻沒見到什麼怪人。破窗震了兩下，一股溫熱腥風撲面吹來，梁院長掩了掩鼻，突然身子一陣顫抖，像變了個人似的，開始喃喃自語起來，拖著雯雯快步走向大賣場，自個兒大搖大擺走了進去，卻將雯雯丟在外頭。

好一會兒，守在賣場外的雯雯和漢堡包總算等到了梁院長，只見梁院長捧了一大袋木炭、一大袋麵包、一盒打火機和幾包火種，臉上陰晴不定，一會兒嗔怒、一會兒怪笑。

梁院長一邊瑣碎唸著，強拖著雯雯往先前那條巷子走，走進剛才窗口吹出怪風的公寓。

雯雯讓梁院長抓得手臂生疼，心中也害怕，不知道發生了什麼事，嚇得哭了起來。

漢堡包曾跟隨方留文，自然見過鬼魅上身這類邪事，他嗅出梁院長身上那股不尋常的氣味，感到那公寓裡，更是瀰漫著濃濃妖異邪氣。

漢堡包護主心切，深怕著了魔的梁院長傷害雯雯，便也不顧小玉叮嚀，露出了凶狠模樣，齜牙咧嘴嗷嗚叫著。

梁院長只是看了看漢堡包，嘿嘿笑了兩聲，打開了鐵門，將雯雯拖了進去，根本不理會努力裝凶狠的漢堡包。

大廳裡陰森詭異，一股異風吹來，將漢堡包從雯雯手上吹落，摔下了地。

漢堡包掙坐起來，卻看到雯雯雙眼也閃耀起嚇人精光。梁院長拿著剛買來的打火機，竟燒起自己的手，還點燃了幾枚火種往身上放。

漢堡包叫嚷得更大聲了，卻被那眼冒精光的雯雯一把揪起，往窗外扔去。

漢堡包摔落到了柏油路面，嗷嗚嗷嗚叫著，知道自己不是那兩隻惡鬼的對手，只好拚命跑回育幼院。一進育幼院，才想起小玉之前的吩咐，想起自己平時不能出聲，也不能動，只有與雯雯獨處時才能說話……

這事情經過的後半段，阿關是騎著石火輪一手抱著漢堡包，匆匆趕往那公寓巷子，一邊聽著跟在身後的小玉說明的。

百聲也飛跟在後頭，興致勃勃地嚷著要去收惡鬼，還召來老土豆助陣。

漢堡包不認路，嗷嗚嗷嗚了半天卻也記不得是哪條巷子，只得跳下車用鼻子聞，惹來幾個路邊小孩尖叫。聞了半晌，他總算記起了是前頭三岔道左邊那條。

大夥兒浩浩蕩蕩進了這條巷子，果然見到前頭公寓其中一戶特別陰森詭異，巷裡燈光昏黃，那戶破窗露出了奇異焰光。

阿關下了車，朝寶塔裡吩咐幾聲，將石火輪收回寶塔，接著召出了癩蝦蟆、老樹精、綠眼狐狸等道行較高的精怪一同作伴。

「大家小心，上頭的東西不好對付！」阿關指著上方那晃著昏暗燈光的樓梯口，大家都察覺了樓梯上頭傳來的陣陣濃厚邪氣，絕非一般遊魂野鬼。

大夥兒魚貫上樓，只見二樓鐵門半掩，木門卻晃呀晃的，門軸發出嘎嘎的難聽聲響。

「殺進去！」百聲和阿關推開門，帶頭衝了進去。

梁院長瘋瘋癲癲地倒臥在地上笑，身上衣服都已破破爛爛，皮膚上全是灼傷，卻還不時拿著火燒自己。

「梁院長！雯雯呢？」阿關失聲叫著，趕忙上前要扶起梁院長，同時四顧看著，生怕雯雯已遭不測。

「關哥小心！」阿關聽百聲大聲提醒，便見到梁院長臉色猙獰，哈哈笑著，一拳狠狠打來。碰的一聲，阿關鼻子結結實實挨了一拳，鼻血噴了出來。

梁院長力氣變得十分大，又一拳將趕來支援的百聲也給打得飛撞上牆。

「這不是一般野鬼啊！」「好厲害！」精怪們一擁而上，將梁院長團團圍住。老土豆大聲嚷嚷著，想用拐杖去偷襲，卻讓梁院長一腳踹開。

「我好冷啊……好冷啊！」梁院長又笑又哭，鬼吼鬼叫：「我為什麼在這兒？你們又為什麼在這兒？你們是誰？你們是誰？」

百聲大叫：「你這惡棍！有種出來打，別附在凡間老人身上！」

「我好冷啊……」梁院長噫呀怪笑說：「凡人肉體暖和，我幹嘛出去？我的好朋友呢？上哪兒去啦？」

精怪們、百聲都怕傷著了梁院長，便也不敢眞打他，只想抓住他四肢，再施法驅出身子裡那邪靈。但此時的梁院長力大無窮，硬是將精怪們一一踢得東倒西歪。

「雯雯在哪兒？」阿關摀著鼻子喊，一轉頭卻見到雯雯賊賊笑著，高高坐在大夥兒闖進來的木門上，雙腳踢著、晃著，像是盪鞦韆般。

「雯雯——」阿關大叫一聲，衝了上去。雯雯嘿嘿笑著，往下一跳，撲上阿關的身子，張口往阿關脖子咬去。

阿關用手擋住了雯雯的口，只見雯雯眼冒綠光、神色猙獰，嘴裡還冒著泡泡，一直嚷嚷叫著：「好餓、好餓！」

阿關手上一陣劇痛傳來，一下子無計可施，慌亂急忙下用上了吸惡念的方法，一手按住了雯雯腦袋，猛吸起來。

雯雯震了震，身子往後一彈，好大一股綠氣從雯雯七竅滾出，在空中凝聚成形，現出了眞身。是一個全身破爛衣服、乞丐模樣的大漢，腰間還掛了根短棒。

「咦？」百聲指著那大漢，覺得挺面熟。「你、你……」

老土豆已經叫嚷起來：「這不是有應公嗎！」

有應公，相傳本爲孤魂野鬼，後受百姓香火供奉，成爲民間偏神，有求必應。

有應公兩隻眼睛黑不溜丟，全身黑黑綠綠，頭髮鬍子都紛亂糾結，像壁虎一般攀在牆上，伸手自腰間抽出了短棍，大叫大嚷著：「臭笨蛋，還不快出來，幫忙打壞傢伙吶，還躲在老頭子身體裡，動作慢吞吞的！」

這頭百聲好不容易從背後一把抱住了梁院長，老土豆也揮著拐杖要往梁院長頭上按。梁院長聽了有應公叫喚，突然又嘶吼起來：「臭笨蛋？臭笨蛋？是誰罵我。好冷！好冷！」

「快出來幫忙！臭笨蛋！」有應公大喝著，已經翻躍下地，揮著短棒要打阿關。

阿關召出鬼哭劍，和那有應公對了幾劍，肩膀挨了一棒，只覺得疼痛欲裂。

有應公不知鬼哭劍厲害，但一陣亂打下，手臂也給劃出了一痕傷口，淡淡的黑煙溢出，痛得怪叫起來。

梁院長全身痙攣，幾道紅煙自口鼻溢出，漫到牆壁上幻化出了人形，和那有應公先前一般，攀在牆上。

百聲和老土豆見了那脫出梁院長身子、攀在牆上的傢伙，更驚愕了。

「寒單爺！」百聲大吼著，這攀在牆上的，正是太歲鼎崩壞後即失聯了的天庭神仙——寒單爺。

民間信仰中，寒單爺由來說法甚雜，有一說為日之精，因畏寒懼冷，所以要以炮竹炸之替其驅寒，百姓商家則能越炸越發。

這寒單與許多神仙一般，在太歲鼎崩壞後，也著了惡念，神智漸漸喪失，老覺得寒冷。起初邪化得輕時，便附上一些流氓地痞之身，用燒紅了的炭火來燒烤肉身，以減輕寒意。

雖是滿足己慾，卻也能同時懲戒這些地痞流氓，使這些平時欺壓百姓的惡棍，在寒單爺離身之後，飽受灼傷之苦。

然而隨著日子一天天過去，寒單爺邪化得深了，變得瘋瘋癲癲，又恰好撞上了同樣瘋癲的有應公。

寒單爺武勇，有應公卻較機靈，兩個起先打了幾次架，各有勝負。後來又不知怎地變成了夥伴，雖然還是不時鬥嘴打架，但卻仍然結夥同行。

這幾日兩個傢伙四處遊蕩著，變得更瘋了，早已分不清好人壞人。寒單爺怕冷，有應公則怕肚子餓，兩個瘋神時常上凡人身，用凡人的錢去買炭燒來取暖，買食物來吃。這天寒單爺見了梁院長牽著雯雯，便附上了梁院長的身，覺得特別暖和，更不願出來了。

此時只見寒單爺一身戰袍都已破破爛爛，攀在牆上像隻惡鬼，口裡流下唾液，兩眼紫光閃動，一把鼻涕、一把眼淚。

「冷啊……好冷啊……」寒單爺一聲嗥叫，落下了地，環顧四周，恨恨地說：「你們……都是壞傢伙……都是壞傢伙！」

有應公隨著寒單爺叫嚷，也舉了短棒參戰，卻讓寒單爺一腳踢在肚子上，還朝他砍來一刀。

「你這臭笨蛋，又認不得我了！」有應公避開那刀，憤恨罵著：「快想想，是誰教你點火取暖的，是我吶！」

寒單爺也不理有應公，一陣亂打，一會兒劈砍有應公，一會兒攻擊百聲、精怪們。有應公打著、打著，也氣惱起來，不再打阿關，一棍一棍全往寒單爺腦袋上砸。

阿關本來見寒單爺身手厲害，但此時卻和有應公糾纏不清，對己方反倒大大有利。百聲本來四處竄著游擊，此時突然向阿關使了個眼色，作勢要他將耳朵塞住，阿關不明其意，便已經聽見百聲發出一聲極其尖銳刺耳的尖嘯聲。

精怪們全摀起了耳朵，尖嘯聲在空蕩蕩的小小客廳裡更是響亮刺耳。

阿關給這巨聲震得七葷八素，這才想起百聲是洞天知了精，一副嗓門果真厲害。

寒單爺和有應公也讓這巨嘯震得停下了手。只見百聲吸了口氣，朝著寒單爺又是一聲長嘯，聲音波動濃縮了般，射向寒單爺和有應公。只見寒單爺和有應公讓這聲音一震，震得手上兵器都落下了地，身子蜷曲了起來。

「什麼東西？什麼東西？」寒單爺用手摀著耳朵，怪叫怪嚷著。

精怪們見機不可失，一擁而上，撲倒了寒單爺。章魚兒八手齊伸，纏住了寒單爺左手；老樹精枯藤亂捲，捲住了寒單爺右手；癩蝦蟆偷偷吐了口黏球，抹在寒單爺臉上；老土豆一拐杖打在寒單爺頭上。

另一邊，阿關鬼哭劍也已架上了有應公脖子。

他二話不說，按上有應公腦袋，一把抓出大團惡念，又伸手去抓寒單爺腦袋，也抓出許多惡念，都讓鬼哭劍吃了。

「這兩個傢伙邪化得深，身子裡頭惡念多得很……一時無法清除……」阿關呼了口氣，坐在地上休息，而鬼哭劍也吃飽了。

「關哥，不如這樣吧，咱們將他倆綁起來，等過幾天太歲鼎完工，再處理也不遲。你晚上還要回標爺爺據點去練功，現在可別浪費太多力氣啊……」百聲這麼提議。

阿關點了點頭，在寒單爺和有應公額上畫了個印，將他倆押進了白石寶塔。

寒單爺儘管凶暴，但已經給捆了起來，白石寶塔裡虎爺將他團團圍住，他也不敢輕易造次。那有應公則不停恨恨罵著，一會兒罵阿關、百聲，一會兒又罵寒單爺愚蠢健忘，還不停嚷著肚子餓，直到讓阿火朝臉大吼一聲，這才閉了嘴。

精怪們將這兩個瘋瘋癲癲的神仙往牢房押去，途中還聽他們不停拌嘴鬥口。

寒單爺滿臉鼻涕眼淚，不停發著抖：「冷啊……好冷啊……壞傢伙……壞傢伙！」有應公則瞪著烏溜眼睛不停打轉，流著口水：「他們不是那些壞傢伙，他們是另一票壞傢伙，可惡，餓死我了……餓死我了……」

精怪們將兩神分別關進了不同牢房，有應公還瞪著癩蝦蟆說：「壞傢伙，你們會有報應的，壞傢伙就要來找你們了……嘿嘿嘿嘿……嘿嘿嘿嘿……」

「神經病，話都說不清楚，呱呱！」癩蝦蟆呱呱笑著，綠眼狐狸在一旁靜靜聽著，鎖上了牢門。

寶塔外頭，大夥兒早已打道回府，也不顧眾爺爺們的騷動，精怪們將梁院長和雯雯搬進了休息室裡。海馬精在梁院長身上塗上自製的治傷靈藥，老土豆也在一旁幫忙，嘴裡還喃喃唸著：「燒成這樣，要是凡人來治，早死去了，還好是讓神仙精怪來救，還能救活……」

雯雯早已醒轉，抱著漢堡包，縮在李爺爺後頭，害怕地望著渾身是傷的梁院長。

大夥兒手忙腳亂了許久，直到深夜，阿關才回到了太歲鼎藏身據點。

這次他沒有昏死在鼎上，反倒像隻活潑壁虎，四處攀爬，仔細看著鼎身上每一塊圖案紋路，用手指照著紋路比劃，凝神感應太歲鼎的力量。不時探頭看看那些甲子神，和不停工作著的工匠們。

阿關在大鼎上足足待了五個小時，還從鼎上的圓孔鑽進了太歲鼎內部。

大鼎的內部光滑黑亮，空間十分廣闊，且似乎無重力一般，阿關在裡頭只覺得身子輕飄飄的，像神仙飛天一樣。

接下來的日子，阿關不斷重複著晚上練鼎，白天上育幼院和老爺爺們、阿泰等閒聊，有時去看看寒單爺和有應公。聽到寒單爺哭冷，聽有應公喊餓，便也吩咐精怪，給寒單爺一些棉被，多給有應公幾顆大饅頭。

寒單爺和有應公拿了棉被和食物，有時會涕淚縱橫地道謝，但隔一會兒又發起瘋來，見誰罵誰，沒人來看他們便自個兒吵嘴。

阿關也不以為意，並不急著要收他們身上惡念，畢竟寒單爺和有應公瘋癲難纏，要收盡他倆身上惡念也得花費好一番工夫，太歲鼎即將完工，屆時一併處理就行了。

而阿泰在育幼院裡，也是每日惹事，不是帶著小孩子們到處搗蛋，就是故意事事和宜蓁作對。

□

這晚，造鼎工匠們全聚在太歲鼎中央一小塊區域附近，阿關湊上去看著他們動作，原來大家正仔細雕刻著一條大龍。

那大龍面積也有好幾公尺寬闊，有四角八足、幾對小翅，威風凜凜。

幾十個造鼎工拿著發光的木槌和錐子聚在一塊兒，仔細雕著那條大龍，阿關看得嘖嘖稱奇。

他攀到了大鼎上頭，跳來跳去，恍惚中，只覺得四周事物忽遠忽近，十分好玩，伸手亂抓，卻又抓不到什麼。

他突然感到背後似乎有些東西聚集，轉頭一看，似乎是一團黑黑紅紅的雲霧。

阿關不再轉圈，而是仔細盯著這些霧氣看，他揉了揉眼睛，這些霧氣並不在據點裡，而是在外頭。

是一股惡念正朝這兒逼近。

阿關又揉了揉眼睛，仔細去伸手感應，每每覺得快要觸碰到惡念時，卻又突然沒了感覺，這是因為太歲鼎尚未完工的關係。

他怔了怔，只覺得那團惡念越聚越大，且漸漸往據點這兒逼近，是何方神聖？難道是西王母繞道前來突襲？

他躍下大鼎看看四周，這些造鼎工和六十甲子神們都必須守著太歲鼎，無法分心，他跑出了這大室，喊著正在房裡朗誦的百聲。

「我覺得有點不對勁，你陪我出去看看好嗎？」阿關將百聲拉出了據點。

百聲閒來無事，也樂得和阿關出來閒晃，不時逗弄一下四周的小蟲。

兩人在山林裡走著，百聲本來還繼續朗誦自個兒作的詩，卻讓阿關摀住了嘴巴，出不了聲。

阿關閉著眼睛，感應一下，又張開眼睛，往前走幾步。

「真的有惡念。」阿關壓低了身子，和百聲說：「是魔軍！是魔軍的惡念……」

「在哪兒？在哪兒？」百聲四顧張望。

阿關再將他嘴巴摀上，指了指兩條路上方那幾處公寓，低聲說：「上頭有……下坡好像也有些……」

「好！讓我會會他們，看是什麼魔王這麼囂張！」百聲抽出長劍，就要飛天。

阿關連忙一把將他拉下，說：「別急啊，先看看再說，我擔心育幼院裡的情形。」

百聲掏出一張符令，說：「這樣好了，我傳符令回據點裡，給那些神仙知道，要他們提神點，然後我們再去育幼院探一探。」

「這樣最好……」阿關點點頭。

百聲傳了符令，兩人繼續往下坡前進。阿關悄悄施符召來了老土豆，老土豆手裡還拿了一包帶殼土豆，津津有味地吃著。

「老土豆，你躲在這兒，監視著兩條路上的情形，有什麼事情就通知我。」阿關指著身後岔路，要老土豆在這兒監視著上方公寓和下方的太歲鼎藏身處。

老土豆塞了一大把土豆在嘴裡，隨意點點頭，心不在焉，似乎覺得這任務不夠刺激。

阿關與百聲繼續走著，阿關拿出手機，正想撥給阿泰，便見到前頭遠處天際，泛起了陣陣紫光。

「天障，是天障！」阿關搖了搖白石寶塔，急急喊著：「石火輪，快給我石火輪！」

白石寶塔裡的精怪立時將石火輪扔了出來。阿關跳上石火輪，將百聲拉上後座，用力一踩踏板，石火輪一下子竄出好遠。

一分鐘後，阿關停在山坡上一處制高點往下看去，果然見到那紫光慢慢往兩處據點罩來。百聲立刻又發出符令，通知後頭岔路兩處據點；阿關也放了符令，要老土豆提神小心。

阿關繞著路，小心翼翼地避開天上那大網般籠罩下來的天障，繞了個大圈，才到了山下。接著在一處樹叢四處張望，果然見到路口站了兩名魔將，正施著法，手裡不斷放出紫光。

阿關和百聲對看一眼，見這路口沒有其他魔軍，百聲提議：「偷襲他們！」

阿關吞了一口口水，點點頭，手上緊握著白石寶塔。大神們全都在前線作戰，他得肩負起保護這幾處據點的責任。

眼看兩魔將雙手掌泛出的紫光越漸閃耀，顯然正是專注施著天障。

「上！」阿關和百聲打了個眼色，立即踏下踏板。兩魔將才覺得後頭有動靜，阿關與百聲就已經殺到了他們身後。

那兩魔將反應也奇快，立時抽出腰間彎刀，擋下阿關和百聲的突擊。他們都身穿破衣破褲，倒像是巫師一樣。

魔將呼喝一聲，後頭樹林子裡有些妖兵殺了出來，大約百來隻。

阿關則舉起白石寶塔，精怪、虎爺、石獅、風獅爺都精神抖擻地出來接戰，大傻提著雙石斧，搶在前頭劈碎了好多隻妖兵。

妖兵們讓獅將、虎將們殺得一哄而散，兩魔將寡不敵眾，落荒而逃。這施了一半的天障，又慢慢退散。

「先別追，他們可能有幫手！」阿關見到這頭的天障退了，但這山坡兩邊仍閃動其他顏色的光芒，看來這據點四周都有魔軍。

阿關喃喃自語：「難道妖魔也發現了太歲鼎藏身處？還是每日往返育幼院時，被妖魔發現了？」

綠眼狐狸突然出聲說：「阿關大人，或許妖魔是來找寒單爺和有應公的麻煩。」

「找他們麻煩？」阿關覺得奇怪。

綠眼狐狸點了點頭：「這幾日我時常聽那有應公和寒單爺在牢裡大叫大嚷，只說有壞傢伙要來，老說什麼要是咱們不放他出來，壞傢伙便會殺盡咱們……」

「有這種事？」阿關將大夥兒召進了寶塔，將寶塔遞給百聲，吩咐：「百聲，我進去問問寒單爺，你拿著寶塔往育幼院飛。」

阿關說完，自己牽著車也跳進了寶塔，百聲立時飛天往育幼院去。

阿關進了寶塔，精怪們左右跟著阿關，全往牢房擠去。寒單爺和有應公見了這陣仗，也知有事發生，互看一眼，卻不像往常那樣謾罵吵鬧了。

「寒單爺，我……」阿關來到牢門前，只見寒單爺和有應公分別湊在那牢門小窗上，瞪著兩對眼睛瞅著他看。

阿關才要開口，寒單爺又突然大吼起來：「你什麼你，你這壞傢伙，你是壞傢伙，我不跟壞傢伙說話，也不做壞傢伙的手下！」

「臭笨蛋，你又認錯了！」有應公突然打岔罵：「這些壞傢伙不是那些壞傢伙，那些壞傢伙要咱們做他手下，這些壞傢伙瘋瘋癲癲，不知道關著咱們幹啥，還時常送饅頭給我吃，眞是一群瘋子，哈哈哈哈！」

癩蝦蟆插嘴：「瘋子最喜歡說別人是瘋子！」

有應公回嘴：「難怪你這臭蝦蟆每次都說咱倆是瘋子，原來你是個大瘋子，終於自個兒承認了！」

癩蝦蟆呱呱叫著，正要和有應公吵嘴，讓綠眼狐狸一把拉開，斥責著：「阿關大人有急事要問，你在這兒窮攪和什麼？」

阿關又問：「你們跟那些壞傢伙有仇？」

有應公拍掌大笑：「一定是那些壞傢伙來找你們這些壞傢伙了！怕了是不是啊？」

寒單爺也跟著怪吼怪笑：「……壞……壞傢伙來了……他們找不著我們……生氣……壞傢伙要我們做他部下……他娘的……誰要做他部下……我們不做他部下，他就追殺我們……你們抓了我們……他就追殺你們……哈哈哈哈……」

「壞傢伙到底是誰？」阿關急急地問。

「壞傢伙就是你！」有應公大嚷。

「我是說追你們的那些壞傢伙！」阿關攤攤手。

「開門、開門！是不是他們來了……讓我去殺了他們……殺了壞傢伙！」寒單爺搥著牢門，有應公也鼓譟起來，亂吼亂罵。

阿關還要再問，身後已有精怪來報，說是百聲已經飛到了育幼院附近，見著魔軍正對著育幼院樓房施展天障。

「啊呀！」阿關心下大急，轉身就往塔頂上去了。

寒單爺見阿關不理睬他，氣得猛搥牢門，吵著要出來殺壞傢伙，有應公也跟著鼓譟起來。

綠眼狐狸在一旁試探問著：「寒單大老爺，咱們不是壞傢伙，咱們放你出來，和你一同打壞傢伙，如何？」

「你又是誰？你也是壞傢伙嗎？」寒單爺瞪著綠眼狐狸。

綠眼狐狸連連搖頭說：「不，我們是好傢伙呀。每日拿棉被給你取暖，拿饅頭給有應公吃的，就是我們吶，我們還要幫你們打壞傢伙吶！」

寒單爺有些狐疑，有應公已經連連點頭，嚷著：「饅頭、饅頭！給我饅頭，你們是好傢伙，我要吃饅頭，一同打壞傢伙！」

47 點睛

阿泰在育幼院二樓寢室裡吸了兩口菸，翻著裸女雜誌。

隔壁房傳來了宜蓁的搥牆聲：「猴子泰，不要抽菸好不好！菸味都飄到我房間來了啦！」

原來隔壁是宜蓁的房間，晚上宜蓁聞到了菸味，就會搥牆。

阿泰「幹」了兩聲，開門來到走廊，拉開窗戶，將口裡的菸往外頭吐。一陣風吹入窗，阿泰讓涼風吹得通體舒暢，正想下樓買些啤酒解解饞。突然見到遠方天際有一大片妖兵往這兒飛來，越飛越近，同時樓下也已有三五成群的妖兵小隊，像是探路般地摸進了育幼院。

「哇靠！」阿泰駭然之餘，連忙關上窗，摸了摸口袋，只有幾張符。他趕緊奔回房間，翻找許久，才找著了壓在雜誌底下的手機，按了幾下卻沒反應，氣得大罵：「忘了充電！」

阿泰在房間裡翻箱倒櫃，從床底拉出一只大皮箱，裡頭裝著他的壓箱法寶。他揭開皮箱，翻出大衣穿上，再將一疊疊符咒塞進大衣裡每個口袋。

最後，他拿著紅線雙截棍，緩緩戴上墨鏡，迅速跑出了房間。

阿泰才出房門，怔了三秒，恨恨地將墨鏡取下：「幹！太黑了，什麼都看不到。」

「嘿，開一下門。」阿泰輕敲宜蓁的房間．

宜蓁在房間裡喊著：「是誰？幹嘛？」

「是我。」阿泰低聲說：「我想跟妳借電話用一下。」

「不借。」

「有急事發生了，快開門啊三八……」阿泰火冒三丈，卻又不得不低聲說話，一邊瞄著通道窗外，只見窗外天上妖兵群更近了。

「喂喂！妳還活著嗎？」阿泰又輕喊幾聲，聽宜蓁房裡沒有反應，以爲妖兵已經摸了進去，索性往後一退，一腳踹在門上，磅地發出好大一聲巨響。

宜蓁怒氣沖沖地開了門，瞪著門外抱著腿打滾的阿泰，怒斥：「你到底要幹嘛？你踢我的門幹嘛？白天吵架吵得不夠是吧？」

「噓，別那麼大聲！」阿泰急急站起，推開宜蓁，闖進她房間，四處翻著，還回頭問：「妳的手機擺在哪裡？」

宜蓁怒不可抑，憤怒大罵：「你做什麼？你快滾出去！」

阿泰好不容易從桌上翻到了宜蓁的手機，連忙按了按，也沒有電，怪叫大罵：「妳幹嘛不充電啊？」

「干你屁事啊——」宜蓁掄起拳頭，一拳往阿泰身上打去。

阿泰硬挨下這拳，卻發著抖，驚慌無措地喃喃自語：「我幹咧……糟糕，這下死定了，死定了……」

阿泰戰戰兢兢地來到門外，探頭四處張望，這兒是育幼院二樓，除了阿泰和宜蓁的寢室外，還有院童們的寢室，老爺爺們則是睡在三樓。

宜蓁覺得奇怪，跟了出去，見到阿泰在通道裡來回踱步，不知在找什麼。

「你夢遊啊？你做什麼？」宜蓁拍了拍阿泰肩頭問著。

阿泰回頭罵了幾句：「囉唆，滾回房間睡覺去啦。」

「你有病！」宜蓁氣得轉頭要走，又被阿泰一把拉住，嘴巴也給摀上了。

阿泰將宜蓁拖到通道一間房內，裡頭是廚房，有冰箱和流理台。阿泰掏了張符，往宜蓁臉上胡亂一抹。

宜蓁大驚失色，一連甩了阿泰好幾個巴掌，正要尖叫，突然見到廚房外頭有些身影走過，是幾個模樣奇特、手持短刀的「人」——是妖兵。

阿泰摀著臉，顯然很痛，掙扎站起，偷偷朝門外看了兩眼，頭又縮了回來。

「媽呀……他們進來了，糟糕……」阿泰拉著宜蓁往後退著，退到了冰箱旁。

宜蓁悄聲問：「那是什麼人？」

「那不是人。」阿泰十分緊張，四處看著，從牆角拿了支掃把，又輕輕打開冰箱，裡頭有吃剩的米飯。

阿泰拿了一把米飯，又掏出一小疊符，用米飯將符黏在掃把上。

「妳拿著這個。」阿泰將掃把遞給宜蓁，宜蓁疑惑著接下。

「妖怪來了……妖怪來了……」阿泰抽出雙截棍，又輕輕走向門口。那妖兵剛好站在廚房門外，和阿泰大眼瞪小眼。

「哇哇！」阿泰怪吼著，揮動雙截棍打去，妖兵也用短刀回擊。妖兵力大，一把抓住了阿泰脖子，阿泰則用雙截棍死命抵住妖兵欲刺來的短刀。

宜蓁在後頭見了，趕緊舉著掃把來幫忙，打了妖兵幾下，卻沒反應。

「用另一邊打……另一邊！」阿泰死命喊著，宜蓁這才將掃把掉頭，用貼了符的那端打著妖兵。

妖兵讓貼有符咒的掃把打得灼痛，鬆開了手。阿泰連忙掏出一大把符，一邊唸咒，一邊往妖兵臉上蓋去。嗤的一聲，只見到妖兵捂著臉在地上打滾，手掌指間冒出煙霧。阿泰衝了上去，又是施咒又是雙截棍亂舞，好不容易打死了這隻妖兵。

宜蓁跟了上來，盯著妖兵屍首，震驚地問：「怎麼回事？這是什麼玩意，是鬼嗎？」

「這是妖魔，會吃人的。有沒有電話？快找電話！我要求救！」阿泰急急地說。

「先救小孩。」宜蓁跑向走廊的另一端，那是院童們的睡房，宜蓁推開了每間房間。

兩人將小孩子們全部叫醒，都帶到了外頭。雯雯揉著眼睛，還抱著漢堡包。

「老大？有什麼事嗎？」小男孩們睡眼惺忪地問著阿泰，阿泰還沒回答，宜蓁就已經踹了阿泰一腳，怒斥：「不是跟你說不准要他們叫你老大嗎？不要教壞小孩子！」

「囉唆——」阿泰一邊揉著腰，一邊從大衣口袋裡掏著，發給每個小孩子三、五枚符鏢，同時也用符咒替每個小孩子開眼，正經吩咐著：「有壞人來了，用這個丟壞人，不用怕，老大會罩著你們！」

「我們上樓跟爺爺會合，樓上有電話！」宜蓁邊說，領著小孩子們往樓梯走去，一個身影跳來，正是一隻妖兵。

「哇呀！」宜蓁還沒反應過來，妖兵已經撲上，後頭的小孩子一一扔出手上符鏢。妖兵讓幾枚符鏢扔中，鬼吼著退了兩步，又要撲來，突然讓一陣陰風吹倒。原來是古曼童小玉，她撲在那妖兵身上，一把抓進了妖兵腦袋。

在隊伍後頭的阿泰本來負責斷路，突然怪叫一聲，有一隻妖兵從後頭窗戶摸了進來，抓住阿泰腳踝，將他扯倒在地。

妖兵按著阿泰，張大嘴巴就要咬去。阿泰握著一把符咒，全塞進妖兵嘴裡。那妖兵摀著口往後彈，嘴巴霹靂啪啦地炸出了紅火。

又一隻妖兵從暗處現身，張牙舞爪往小孩堆裡衝。

雯雯嚇得大叫，手上那漢堡包眼睛一轉，掙開了雯雯懷抱，齜牙咧嘴地吼叫起來，朝那衝來的妖兵撞去，撲上妖兵一陣扭打。

小孩子們紛紛扔出手上符鏢，很快將這妖兵射死。

另一頭，阿泰解決了那隻要咬他的妖兵，正想上前將敞開的窗關上，卻見到一陣紫光越來越亮，已有幾隻妖兵搶進了窗戶，窗戶後頭聚集了密密麻麻的妖兵，全往裡頭擠。

「啊——」阿泰張大了口，回頭朝著宜蓁等人大叫：「快走！妖怪全進來了——」

宜蓁正猶豫著，卻見阿泰退了兩步，將大衣裡所有能用的符咒和自製法器全扔出來，符鏢、鐵筷子、雞蛋、叉子一陣亂扔，一時之間倒也逼得那些妖兵無法向前。

「你也快走啊，還在那邊搞怪！」宜蓁催促著。

「妳管我！你們先走啦！」阿泰回頭罵了兩句，捏了一把符按在一隻妖兵臉上，又用雙截棍將那妖兵打倒。

阿泰連連後退，但進來的妖兵更多了，他的小腿讓倒地那妖兵一扒，摔了一大跤，有兩隻妖兵就要朝他撲來。阿泰急忙拉開大衣一張，大衣內面也貼滿了符咒，全發出了驅魔紅光，嚇退了那兩隻妖兵。

「你少裝英雄了！」宜蓁見到阿泰倒地，只得催促小孩們往樓上跑，自個兒舉著掃把來救阿泰，拉著他後領往後頭猛拖。

阿泰兩手抓著大衣兩邊張開，紅光四映，兩隻腳也蹬著，隨著宜蓁拖拉往後退著。妖兵們擠在窄道裡，一靠近阿泰便讓紅光映得眼睛刺痛，無法更近一步。後頭窗子裡還不斷擠進妖兵，嘶吼騷動連連。

□

「糟糕！出事了！」阿關出了寶塔和百聲會合，他們在育幼院圍牆外，只見到天際紫光耀眼，一隊妖兵全往育幼院二樓窗口擠。

阿關連忙向一旁蓄勢待發的百聲說：「百聲，你快上去幫忙，他們一定出事了，我馬上跟上。」

「好！」百聲立時飛天，飛旋竄去，長劍一陣亂刺，將二樓窗口處的妖兵全都刺死。接著百聲竄入窗戶，只見到裡頭通道裡擠著密密麻麻的妖兵，又聽見通道那端不時傳出阿泰的怪吼和宜蓁的尖叫聲。

「嘶——」百聲猛吸一口氣，張大了嘴，嘯出一聲尖吼，靠他近的妖兵讓這尖吼嚇得騷動大亂。百聲趁勢突入，一陣亂殺，總算見著了阿泰。

阿泰和宜蓁等已經退到了樓梯口，和小玉、漢堡包等堵在樓梯口死守，後頭被驚醒的老爺爺們也正趕來察看。

百聲揮劍斬死最後幾隻妖兵，正要問話，卻感到背後紫光逼人。轉頭一看，窗外紫氣森森，天障已然蓋下，將育幼院籠罩起來。

同一時刻，白石寶塔裡扔出了石火輪，阿關搶著騎上，繞了兩圈加速，車頭一拉，越過育幼院圍牆落在院裡。

阿關躲在樹叢裡，往天上左顧右盼，他本來要往育幼院大廳騎，但天障突然蓋下，將他阻在外頭院子。只見到一隻隻妖兵全往天障裡鑽，顯然將目標放在育幼院裡。

阿關急忙放出符令，通知前線的林珊。突然天上又是一陣騷動，大批妖兵簇擁著一名魔王飛來。阿關深吸了一口氣，天上那魔王竟是五路魔軍中的窮野紅妹，窮野紅妹的身後還跟著兩名魔將。

「你們說這兒有神仙？在哪兒？」天上那窮野紅妹問著育幼院窗外的妖兵，妖兵們嘰哩咕嚕地不知回報了什麼。

阿關心中著急，擔心若是窮野紅妹也進了育幼院，裡頭的百聲可獨力難敵。一咬牙，正準備要衝出樹叢去引開那窮野紅妹，卻感到手上白石寶塔大震，兩個凶神惡煞竄了出來，正是寒單爺和有應公。

「壞傢伙——」寒單爺和有應公跳進了庭院怪吼怪叫，立時吸引了所有妖兵的注意。

綠眼狐狸也跳出了寶塔，拉著阿關，將他往樹叢深處拉去。

「他倆瘋瘋癲癲，我騙他倆來幫忙，讓他倆搗亂，咱們趁機突襲。」綠眼狐狸簡單說明。阿關點頭會意，召出了鬼哭劍，聚精凝神，眼睛都不敢眨一下。

「是你們這兩個傢伙！我找你們倆找了好久都沒找著，今天倒不是來找你們的，你們反而自個兒送上門來啦！」窮野紅妹搖搖頭，對著身後魔將喊了幾聲：「撤了天障吧，太歲不在裡頭，是有神仙沒錯，不是別的，是那兩個瘋神惡煞。別浪費力氣，趕緊逮了他們，去支援後頭。聽說太歲鼎就藏在那兒，咱們的先遣部隊已經在那兒施放天障了——」

阿關這才明白，窮野紅妹是來抓自己的。太白星據點已經曝光，這育幼院時常有神仙出入，因此成了魔王突擊的目標之一。

而此時天上那窮野紅妹，顯然將剛才百聲造成的騷動，當成是這寒單爺和有應公引起的，因此才要魔將撤除天障，準備揮兵轉往太白星據點進攻。

「誰要做你部下，誰要做你部下！」寒單爺怪吼著，揮著彎刀一陣亂殺，殺倒不少妖兵。

窮野紅妹手一招，背後幾名魔將衝上，和寒單爺大戰。

有應公也沒閒著，揮動短棒助陣，兩個瘋神像是出閘猛虎，怪吼怪叫大戰幾名魔將，也不見敗象。

窮野紅妹哼了哼，兩隻爪子陡然伸長，像是要親自加入戰局。

一黑一白的光影相伴竄來，往窮野紅妹腦門上直直打去。窮野紅妹大吃一驚，撇頭要閃這白光黑影。

白焰筆直掠過，黑影卻轉了個彎，刺進了窮野紅妹腦袋——原來那黑影是鬼哭劍。

「殺啊——」阿關見自己竟偷襲得逞，興奮地騎著石火輪撞來。一聲令下，手上白石寶塔連連震動，精怪虎爺們全殺了出來。

阿火、風吹、大邪、二邪領著獅虎軍團大開殺戒，牙仔、鐵頭、小狂這三小貓也和妖兵們殺成一團。

寒單爺見狀，怪吼起來：「你們幹嘛？你們殺了壞傢伙？爲什麼殺了我的壞傢伙？是我要殺他的！」

有應公則鼓掌叫好：「好呀、好呀，壞傢伙腦袋爆了！」

阿關騎到了窮野紅妹身旁，一把抽出鬼哭劍，只見大團黑氣噴了出來。阿關覺得嫌惡，搧了搧手，竟將那些惡念搧開好遠。

「還可以這樣？」阿關覺得自己對於惡念的掌控性更勝以往，或許是這幾天在太歲鼎上練習的關係。

「別碰我的獅子、老虎們！」阿關兩手搧動，將惡念推得老遠，卻也顧不得這些四散的惡念會飛去哪了，只要再過兩天太歲鼎完工，這些四散的惡念也無所遁形了。

突然天上又是一陣騷動，又一個魔王領著妖兵前來。這支妖兵爲數不多，只有百來隻，卻讓阿關大吃一驚。

是雪媚娘。

「是你這臭小子！」雪媚娘在天上看見了阿關，氣得大罵。又見到窮野紅妹臉上裂了個大窟窿，還直挺挺站著。

「是妳！」阿關怪叫著。

雪媚娘已經殺了下來，尖笑著：「哈哈！這次看你往哪兒跑——」

阿關怪叫，拿著鬼哭劍大戰雪媚娘。

寒單爺氣惱阿關殺了他的壞傢伙，此時可沒閒著，提了彎刀上來攪局，一會兒砍阿關兩刀，一會兒砍雪媚娘三刀。

有應公沒這麼瘋，還認得阿關一夥賞他饅頭吃，便拿著短棍幫著打雪媚娘，還一邊和寒單爺吵嘴：「你這臭笨蛋，你打錯人了啦！」

「我在打壞傢伙！」寒單爺嘶吼著，一邊回嘴一邊亂殺。

雪媚娘身手厲害，但寒單爺和有應公在一旁攪局，大傻和章魚兒也上前助戰，伏靈布袋在空中盤旋，加上阿火、風吹、大邪這三隻猛獸圍攻，一時之間也擒不下阿關。

「妳恩將仇報，我們放了妳，妳卻不知悔改！」阿關氣憤大罵。

「我去你個蛋！」雪媚娘更恨，怒瞪阿關痛罵：「你們神仙說的話可以聽，屎都可以吃！說放我，卻又派兵埋伏在眞仙宮將我抓著，還將我交給那臭黑鬼綁去，陪他吃吃喝喝了好多天，要不是我逃出來，早臭死在那兒了！」

「我已經通知太白星了，妳再不撤兵，只怕他們來了把妳殺死！」阿關大叫。

「我抓了你這太歲，誰敢殺我？」雪媚娘哈哈大笑。

「妳沒見到妳手下都讓虎爺殺光了嗎？妳的魔王夥伴已死，妳要怎麼抓我？」阿關喊著。

雪媚娘看了窮野紅妹一眼，又笑了起來：「誰說他死了？」

阿關還沒會過意來，就已感到身後的窮野紅妹身子又動了起來。

「哇啊！」阿關回頭一看，嚇了好大一跳，只見窮野紅妹臉上那窟窿猶自冒著黑煙，身型卻足足大了一倍，胸口不斷隆起抖動，將衣服都撐得破了。

「窮野紅妹……窮野紅妹……」窮野紅妹喃喃唸著，聲音卻不是從爛了的頭發出，而是從不斷蠕動的胸口發出，而頭部已經漸漸發爛、萎縮起來。

終於，窮野紅妹肩部以上都落了下去，從衣服的破口看去，裡頭還有一張臉。是張老太婆的臉。

「窮野跟了我許久，也有些感情了……」老太婆看著地上那叫作「窮野」的腦袋，神情有些漠然。

阿關這才明白，原來窮野紅妹這奇怪名字，是兩個妖魔共用，一個叫「窮野」，一個叫「紅妹」。

這高大老太婆自然就是紅妹了。

紅妹樣子極其古怪，臉孔仍嵌在窮野身子胸口部位，而四肢也因爲突然脹大，撐破了衣服而顯得十分奇特，皮膚上全是皺皮——老太婆的皺皮。

紅妹將目光從窮野那顆爛頭，拉回到阿關身上。紅妹冷冷看著阿關，嘴巴喃喃唸著，似在唸咒一般。

「哇！」阿關目光和紅妹相交，陡然覺得天旋地轉起來，體內的白亮氣息漫起，才鎮住了頭暈。

阿關剛回神，背後的雪媚娘已經擊退寒單爺和有應公，一把抓住他後頸，將他提了起來。

「大人！」「阿關大人！」精怪們全來救援，寒單爺卻突然發瘋，揮動彎刀和有應公打了起來，自顧自地又哭又笑。

「你有毛病吶！打我幹嘛吶？」有應公吼叫著，寒單爺卻越打越怒，看到什麼打什麼，不論是精怪、妖兵，都照打不誤。

「這神仙發瘋了，抓了他也沒用……」紅妹看看那寒單爺，搖了搖頭。

阿關覺得後頸讓雪媚娘掐得十分疼痛，唉唉叫著：「妳真可惡，本來奇烈公他們說要斬妳，我也有替妳求情……」

雪媚娘將阿關提到面前，笑著問：「小太歲，那我該怎麼報答你呢？這樣好不好？」她還沒說完，袖口裡便竄出一條大蟒蟒纏上阿關左臂，喀的一聲，勒斷了阿關一根臂骨。

「哇哇啊！」阿關痛得怪叫，右手緊握鬼哭劍亂刺，雪媚娘好整以暇地揮動蛇形劍一一擋下。

精怪們全慌了手腳，本來同一陣線的寒單爺和有應公，此時自個兒打得天昏地暗，一下子少了兩大助力；獅虎軍團也讓魔將們絆住，已有幾隻風獅爺戰死。

大傻吼了一聲，撲上雪媚娘。紅妹速度奇快，奔竄過去，一爪將大傻擊飛老遠。

雪媚娘呵呵笑著，一邊將阿關刺來的鬼哭劍全都擋開，掐著阿關頸子的手，不時還一緊一鬆，見到阿關一會兒大叫，一會兒又透不過氣，忍不住笑得花枝亂綻。

「小妹子妳可別玩死他了，咱們趕快去搶太歲鼎，可別等神仙們大軍壓境……」紅妹出聲提醒，但話還沒說完，就聽見雪媚娘尖叫一聲。

黑雷在鬼哭劍與蛇形劍交會時炸開，電光此起彼落。阿關落下地來，雪媚娘則向後躍開，左手摀著右手，神情既驚且怒，似乎不明白為何手臂會遭雷擊。

阿關努力站著，左手骨頭已斷，劇痛難熬，右手緊握著鬼哭劍，劍上還閃著黑雷。

「妳抓不著我！」阿關喊著，召來了石火輪，跨步騎上，在紅妹身邊繞了一個圈，往外頭騎去。

阿關回了頭，見雪媚娘和紅妹並沒有追殺那些精怪，而是都緊跟著自己，這才放心朝太歲鼎據點騎去。

「你們可別逃……壞傢伙別逃！」寒單爺見兩魔王去追阿關，當下便也不再和有應公糾纏，提著彎刀去追那雪媚娘了。

反倒是有應公氣急敗壞，氣憤追打著寒單爺。「怎麼不打了？再來打啊！可惡的臭笨蛋，當我好欺負？」

妖兵魔將們全都跟著兩魔王追擊阿關。此時育幼院的天障也已經退去，百聲竄出窗外，環顧四周，急得大喊：「關哥，太歲大人！」

精怪、虎爺則亂成一團，百聲連忙撿起地上的白石寶塔，將精怪、虎爺們收進寶塔，朝綠眼狐狸所指的方向追去。

阿關拚命騎著，卻又不敢騎得太快，不時還回頭看看，確定兩魔王追在後頭。他知道打不過兩魔王，只好想辦法引開他們，太白星據點那處公寓，布滿了結界與陷阱，也有些天將駐守，阿關想將魔王引到那兒。

騎著、騎著，只見老土豆正在前頭山路上，讓兩隻妖兵追打。石火輪竄了上去，撞開一隻妖兵，阿關攔腰抱住老土豆，將他拉上車。

「阿關大人！你手怎麼了？」老土豆見阿關左手扭曲，右手卻抱著他，竟是用意念操縱著石火輪方向。

於是老土豆抱住阿關後背，阿關才得以重新用右手操縱車子，繼續往山上逃去。

「我的手斷了！好痛、好痛……」阿關大叫，老土豆連忙施了治傷咒，卻也無法立時治好阿關嚴重骨折的左臂。

終於騎到了岔路前，卻見到通往公寓的上坡路已經擠滿了妖兵，還有兩隻魔將；而上頭公寓據點似乎已經開戰，魔將和妖兵已殺了進去，打得天昏地暗。

守在路上的妖兵們見了阿關，全擁了上來。阿關回頭，身後兩魔王也就要追上。

阿關牙一咬，只好往太歲鼎藏身據點騎去。

穿過了許多枯樹、許多大石，前頭就是太歲鼎藏身據點。

阿關再轉頭看看，見後頭追兵已近，顧不了那麼多，只得唸了咒，開了結界大門，往據點裡騎去。

「六十甲子神、六十甲子神！」阿關吼著，回頭見紅妹竟然兩手撐著那即將閉上的結界門，讓妖兵們全擁進了據點通道。

看守的兩名天將驚愕不已，正要上前應戰，都讓阿關喊住：「你們不是對手，快退，往裡頭退！」

阿關知道讓三、兩位天將零星去與魔王打，只是送死。到了這般地步，不如集合據點裡所有神仙，或許還有勝算，尤其是太歲鼎密室裡的六十甲子神是護鼎神，還有造鼎工匠與一干文官。

阿關又唸了咒，打開了通道那頭的石門。石門後頭又有兩名天將，見了情形就要上來幫忙，都讓阿關喝退：「別送死！跟我去太歲鼎的房間——」

四名天將守著阿關，到了太歲鼎密室前。

兩魔王領著妖兵魔將殺了進來，阿關已經唸咒開了密室大門。

「太歲鼎就在裡面，有膽進來啊——」阿關扭曲的左手已經脹得紫青，痛得他眼淚都滴了下來，他大叫完，領著天將和幾個文官神仙退入了那廣大密室。

雪媚娘與紅妹互看一眼，想也不想，殺了進去。

□

百聲拿著白石寶塔，沿著山路上急飛，一路上斬殺妖兵。

到了岔路上，只見到上方結界公寓已經戰得如火如荼，魔將率領妖兵四面攻打公寓。公寓中雖只有四名天將駐守，卻仗著結界防護，在裡頭守得堅實。

百聲遲疑了一下，又看看往太歲鼎據點那下坡山路，沿路草木土石都像被推土機輾過一般，顯然不久前有大軍過境。

百聲看看上頭，再看看下頭，一時之間竟不知該往哪兒去，他不知道阿關是逃往上方公寓，還是逃往太歲鼎據點。

綠眼狐狸從白石寶塔探出了頭：「百聲大人，這樣好了，你與飛得快的風獅子們往下坡走，咱們精怪、虎爺、石獅子往上坡走，分兩路去找阿關大人。」

「好！」百聲連連點頭，搖了搖白石寶塔，召出所有精怪和獅虎軍們，就要往下坡殺去，突然又轉回來，吩咐綠眼狐狸：「你們往上時別管三七二十一，儘管往樓裡跑就對了，幾棟樓裡都有結界護衛，裡頭也有天將駐守！」

「沒問題！」綠眼狐狸點了點頭，和百聲兵分兩路前進。

綠眼狐狸與老樹精，領著精怪和石獅、虎爺們，一路往上殺去，只見到魔將圍著公寓飛繞，似乎找不著入口，許多妖兵都聚在公寓四周。妖兵雖說多，其實也只不到一千左右。與先前中三據點大戰那漫天妖兵比起，是小巫見大巫了。

綠眼狐狸正要下令進攻，就聽見後頭傳來寒單爺和有應公的叫嚷聲。

「壞傢伙在哪？壞傢伙在哪？」寒單爺揮著彎刀，鬼吼鬼叫地往山路上跑，跑到了岔路上，也左右看著，不知該往上還是往下。

有應公喘著氣，不知是清醒了些還是肚子餓了，此時靠在一邊大石上，碎碎罵著。

「看我引他上來助陣。」綠眼狐狸嘻嘻一笑，對著山下大喊：「寒單大爺爺，壞傢伙在這兒！」綠眼狐狸邊喊，還要其他精怪一齊喊：「壞傢伙在這兒！」

寒單爺聽了，二話不說，揮著彎刀循著山路殺了上來：「在哪兒？在哪兒？」

有應公跟在後頭，也問著：「在哪兒？」

「在這兒！」精怪們一陣大喊，見到寒單爺往這兒衝來，立刻做好了準備，守在一旁。

寒單爺虎嘯衝來，有應公跟在後頭，綠眼狐狸朝他扔了個饅頭，有應公接了，大喜若狂，揮著短棒開路。

「隨寒單大爺爺、有應公公，殺壞傢伙！」綠眼狐狸一聲令下，精怪、虎爺聲勢驚人，跟在兩瘋神身後，一齊吶喊著往妖兵堆殺去。

「壞傢伙——」寒單爺一見公寓下方聚滿了妖兵，就氣得雙眼發紅，舉著彎刀狂殺一陣。

精怪、虎爺們在綠眼狐狸的指揮下，往妖兵最少的地方殺去，阿火、大邪、二邪在前頭開路。天上魔將們要下來攔阻，卻讓寒單爺、有應公絆住。

精怪、虎爺進了公寓結界，與裡頭的守衛天將會合。大夥兒上了樓，從窗戶往下看，只見到幾隻魔將領著大片妖兵，將寒單爺和有應公團團圍住。

寒單爺戰得兩眼通紅，憤恨大吼；有應公還咬著饅頭，邊笑邊叫。兩個瘋神殺倒了一大片妖兵，卻也漸漸力竭。精怪們見兩神奮力死戰，有些不忍。

「要不要去幫幫他們？」章魚兄問。

「他們雖然瘋癲，但應當還有得救，要是讓他們被圍攻至死，對咱們也沒好處。趁著寒單爺和有應公還能和魔將抗衡之際，咱們從後頭突擊，來個頭尾夾擊，打不過再往回逃就是了。」老樹精這麼提議。

「好，就照老樹說的。」綠眼狐狸點了點頭，看看天將，四名守衛天將也點了點頭。

寒單爺狂嘯著，被三名魔將圍攻，身上中了好幾刀，卻還竭力死戰，彎刀砍出許多缺口，刀刃幾乎染得黑了，全是妖兵的血。

有應公也正與另一名魔將捉對廝殺，嘴上的饅頭讓魔將打落，氣得發起狂來，鬼吼鬼叫。

魔軍一陣騷動，一名魔將轉頭看去，竟是公寓裡的天將、精怪、虎爺又殺了出來。

幾名魔將讓殺得性起的兩個瘋神絆住，無法分身。

綠眼狐狸居中指揮，阿火、大邪、二邪和四名天將在前頭衝鋒，全軍衝進了妖兵陣中。

阿火兩頰的紅毛像是燃著一般，大嘴一呼就是一團紅焰，妖兵讓這猛獸一衝，全散了開來。大邪、二邪不遑多讓，殺得妖兵們四處亂竄。

大傻也揮動石斧，殺倒許多妖兵；章魚兄八劍亂舞，還不時轉著圈，像個陀螺一般。

「他們全出來了，我們趕快趁機殺進樓裡！」兩個魔將見了守兵盡出，寒單爺又久戰不下，大嘯幾聲，領了一半以上的妖兵轉向，去攻那公寓。

妖兵們忍著結界金光刺眼燙人，死命擠著，終於從大小窗口鑽進了樓裡，但裡頭除了結界符術外，什麼也沒有。

「哪裡有太歲？」「哪裡有太歲鼎？」「什麼都沒有啊？」「爲什麼要攻打這個鬼地方？」數棟公寓的一樓至四樓，全傳出了妖兵們身陷符咒陷阱的哀號聲。

癩蝦蟆回頭看那公寓，拍手叫好：「呱呱！這房子不錯啊，沒有兵也可以守，呱！」

還在公寓外的兩魔將領著殘兵戰得暗暗叫苦。綠眼狐狸指揮著精怪，將妖兵往靠近結界金光處引，妖兵們一追，便讓那結界映得刺眼難受，精怪們便佔了上風；不追，精怪們又衝來亂殺。

一個魔將正與大傻纏鬥，見到牙仔啣著鐵頭尾巴不停旋轉，越轉越快，還不明白是怎麼回事，只覺得奇怪滑稽。牙仔口一鬆，鐵頭像炮彈般地迎面打來，魔將閃避不及，結結實實吃了鐵頭一記撞擊，整張臉都給撞凹了。

大傻石斧狠狠劈下，將這魔將劈成了兩半。

精怪這方士氣大振，也不再藉著結界掩護了，綠眼狐狸一聲令下，全軍往前直衝。

□

太歲鼎密室裡，六十甲子神們本來閉著的眼睛全睜了開來，瞪視著闖進太歲鼎密室的兩魔王，和蜂擁進來的妖兵們。

工匠們卻像是沒事一樣，繼續刻著龍紋。仔細一看，大多數工匠都已經停下了手，只剩最後一個工匠還緩慢進行著手上的工作。

這工匠極老，鬍子留到了腰，身材極其枯瘦，兩隻眼睛閃閃發亮。

阿關領著文官和天將掙扎地往太歲鼎奔去，六十甲子神一一飛下齊聚，與不斷擁進密室的妖兵們對峙著。

阿關身子浮了起來，往太歲鼎上飄去，天將、文官神仙們和老土豆則跑到了太歲鼎下，與六十甲子神們一齊守著太歲鼎。

雪媚娘與紅妹對於能親眼目睹太歲鼎，顯然十分驚訝。

雪媚娘興奮莫名，喃喃自語：「這就是太歲鼎……咱們同時得了太歲鼎……和太歲……眞……眞是……」

紅妹哈哈狂笑，大聲喝著：「不想死的就立時投降，老太婆子可以饒你們一命……呀哈哈！」

六十甲子神充耳未聞，老工匠猶自手上工作，一下、一下、一下地刻著。

終於，老工匠停了停，仰起頭來喃喃碎唸，不知唸些什麼，又將目光放在龍紋上，又繼續刻了起來。

老工匠在刻著龍紋上的眼睛。

整座大鼎上密密麻麻的紋路漸漸發亮，流光如河，一道道、一條條，流動串連。

磅、磅——

老工匠每下一槌，大鼎身上的發光紋路便又增加許多。

「啊啊……啊啊……」阿關在鼎上飄浮著，骨折的左手搖晃擺動著，竟感覺不到痛，只覺得白光籠罩住了自己全身，和體內的太歲之力互相激盪，全身酥酥麻麻，像是有著一股股微弱電流通過身體。

「上啊！」「將小太歲抓下來！」雪媚娘與紅妹一聲令下，所有妖兵全擁了上來。

四名天將上前抵敵，六十甲子神終於也發動攻勢，他們左手都舉著大小一致的方盾，右手上的武器則各自不同，有刀、有劍、有斧、有鞭。

甲子神們靜默無聲，不言不語，更無須指揮，立刻結成陣式，與擁進來的妖兵展開大戰。

六十甲子神單個作戰力量並不甚強，甚至較天將還弱，但是結成陣卻又有十分堅強的守禦力。甲、乙兩部十二位甲子神守住太歲鼎左側，甲部主攻，乙部堅守，擋下來襲的妖兵們。

丙、丁、戊三部共十八位甲子神，結成大陣抵擋雪媚娘攻勢。丙部六名甲子神擋下雪媚娘一記記蛇形劍，丁、戊兩部甲子神則負責突擊。

己、庚、辛三部甲子神則死戰魔王紅妹，紅妹揮動大爪，口吐黑煙，在三部甲子神陣中來回突擊。這三部甲子神們感受到紅妹強悍攻擊力，三部之中，庚、辛部專責守禦，己部偶爾突襲。

壬、癸兩部甲子神，則守住了太歲鼎右方。

妖兵們繼續擁入密室，一步步進逼太歲鼎，工匠們也握緊木槌蓄勢待發。有些妖兵擠到了太歲鼎前，工匠們便拿著木槌抵抗妖兵，在鼎下展開激戰。文官神仙也不時吹風放光助陣。

幾名身材較壯碩的工匠，死守著大鼎中央那蒼老工匠，許多妖兵飛擁而來，圍攻這幾名壯碩工匠。

「哇啊啊！俺豁出去了，來啊、來啊——」老土豆也揮動木杖奮戰。

磅——磅——磅——

蒼老工匠旁若無人，一點也沒受到身旁的激烈大戰干擾，他動作依舊，不時看看那龍紋眼睛，雕鑿兩下，又看看，再刻劃幾下。老工匠看得仔細，下手卻極重，每一記重槌都砸出了火光。

終於，老工匠看也不看，接連搥擊，速度越來越快，力道一記比一記重，砸在錐子上，濺起的火光更盛，整座鼎越發閃亮。

幾道火星濺到了老工匠臉上，濺入眼中，老工匠眼睛卻眨也沒眨，下手力道更重、更重、更重——

一片一片的龍鱗亮了起來，如同骨牌推進。亮白色的流光四溢，從龍尾流到龍鱗、從龍爪爬上龍腹，一隻隻背鰭也亮了起來。白光流到了龍頭，龍鬚、龍角、龍嘴、龍牙——白光流到了龍紋眼睛，老工匠喉嚨發出了「咕嚕咕嚕」的聲音，張開手臂，木槌高高舉起，毫不猶豫地搥下，將龍眼睛上最後一點稜角削圓。

那圓得毫無破綻的眼睛瞳仁，頓時大放光芒。

太歲鼎上，阿關渾身像是通著了電，頭髮飄動起來，雙眼都泛出白光。

□

「關哥！」百聲殺到了太歲鼎據點外，只見到這裡仍有許多妖兵四處竄著，據點入口卻罩上了一團紅紫色光，這是紅妹的異術，妖兵仍能自由進出，神仙們卻無法進入據點。

寒單爺和有應公發了瘋似地跳腳，怪吼怪嚷和妖兵們大戰。

百聲指揮著風獅爺，驅殺附近的妖兵，卻不得其門而入，急得繞起圈子，眼前幾隻妖兵竄來，百聲提劍就要砍。

一支拖著流星火花的光箭射來，射穿了一隻妖兵腦袋。百聲愣了愣，五色光箭又射了過來，接連射倒妖兵。

「九芎！」百聲回頭大喊：「我的標爺爺啊，你終於來啦！」

收到消息的太白星，急急領了部將親自來救。此時九芎拿了一把大弓，手朝空中一捻，指尖便捏著了兩、三支五色光箭，拉弓射來，百發百中。

茄苳公落在地上，吼聲如雷，揮動著長柄大砍刀，將四竄的妖兵們全都砍倒。

紫萁、含羞、螢子一一落下。

紫萁使短劍配小盾，含羞拿彎刀，螢子卻拿著一把火炬。幾名妖兵見螢子年幼，最好欺負，一擁而上。螢子揮動火炬，揮出一團一團焰火，將妖兵燒成了灰。

太白星部將一陣大殺，很快便將據點外的妖兵全都殺盡。

百聲激動嚷嚷著，一邊拉著太白星的手，跑到據點前指著那紅光，比手劃腳地述說事發經過。百聲說得激動，說得又急又快，聽都聽不清楚。

太白星也沒理他，閉上眼睛，手掌放出耀目白光，破解了這紅妹施下的異咒。

太白星隨即飛進據點通道，百聲緊緊跟在後頭，還不停說著話。

「你們是誰啊？」「殺壞傢伙啊！」寒單爺和有應公起著鬨，也搶著要進來，讓茄苳公一手揪住了一個，拽倒在地。

□

阿關渾身酥軟，只見到眼前耀眼閃亮，還有一團團的紅黑色霧團流動，那些霧團就是妖兵和魔王體內的惡念。

阿關恍惚中舉起手，向一處小小霧團抓去。

「啊啊……」阿關這下抓了個正著，不似前些天像抓空氣那般飄渺虛無。

遠處一名妖兵身子抖了抖，哇哇大叫，像給電到似的，慢慢軟倒下去。

亂戰之中，大夥兒都沒注意到這妖兵。阿關也沒注意到，他只知道自己抓到了一團黑霧，那黑霧不停蠕動，卻無法擺脫阿關的手。

阿關一把收回，果然見到手上一團黑霧黏團。阿關想起了什麼，低頭看著太歲鼎四周那九個圓孔，他鬆開了手，只見那團黑霧緩緩被吸入了那九個圓孔。

這是太歲鼎收納的第一滴惡念。

那一團惡念進了太歲鼎，漸漸縮得更小，幾乎消失。

又一隻妖兵倒下，大家還是沒有發現，直到越來越多妖兵身子抽搐，如觸電般軟倒在地上呻吟，兩魔王才將目光放在太歲鼎上的阿關。

只見到阿關右手不停揮動，伸手四處亂抓，每一抓，就有一隻妖兵倒下。

「小太歲在使用太歲鼎——」「阻止他！」雪媚娘大吼著，紅妹則躍了老高，朝阿關竄去。甲子神們也飛了起來，圍住紅妹，四面攻打。

阿關只見到一團大惡念撲來，連忙伸手去抓。

紅妹怪嚎一聲，覺得身子被雷擊中一般，右手瞬間癱軟。

阿關恍惚中，感到自己抓到了一團大惡念、黏膩噁心，正要往圓孔扔去，卻突然玩心大起，心想要是將惡念扔回去，不知會怎樣。

阿關嘻嘻笑著，將惡念朝著紅妹又扔了回去。紅妹正與甲子神激戰，一個閃身，惡念掠過了紅妹身子，也掠過了甲子神們，砸中一堆妖兵。

那幾名妖兵身子顫著，狂暴鬼吼著，眼睛炸出了紅光，獠牙變得更長，竟互相撕咬起來。

「喝！」阿關陡然一驚，嚇得清醒許多。只見眼前那幾名妖兵模樣，正和以前太歲爺給自己看過的那人間慘狀如出一轍。

原來太歲在太歲鼎上，不但能吸取四方惡念，也能將惡念如此操弄，輕易使生靈變壞，難怪四方妖魔、邪神都想得到太歲鼎。

能掌握惡念，便能掌握人心，掌握諸神與群魔的心。

等於掌握了三界。

的手。

阿關想到這裡，嚇出了一身冷汗，往後一倒，坐在鼎上，看看飛來的紅妹，再看看自己

紅妹狂揮大爪，將甲子神一一打退，竄向阿關。

阿關連忙伸手去抓，紅妹又覺得被雷擊一般，狂暴吼著。阿關這一把又抓出了大把惡念，趕緊扔進圓孔中。

再抓、又抓，紅妹身上的惡念似乎永無止盡。這邊雪媚娘也殺了上來，右手化成大蟒，直直往阿關抓來。

阿關連忙伸手去抓，那大蛇扭動一下，停下了勢子。雪媚娘也覺得如遭電擊，抖了一下。

阿關覺得身上漸漸瘦軟無力，他已經從妖兵魔王身上抓出了比以往更多數倍的惡念，全拜太歲鼎力量之賜；但終究是第一次使用太歲鼎，體力漸漸喪失，抓惡念的力量也不斷減弱。

紅妹狂吼一聲，只覺這幾次電擊力道小了許多，身子一竄，鼓足全力，就要往阿關竄去。身後突然白光大盛，紅妹驚訝回頭，太白星就在身後。

「哇啊啊啊啊！」紅妹一爪回身抓去，太白星避也不避，伸手接下了這爪。太白星掌上流動著的白光竄向紅妹身上，紅妹怪嗥著，卻無法掙脫太白星的手掌，覺得全身都要散了。

太白星左手揚起，手掌緩緩放上紅妹的臉，紅妹尖聲嗥叫，太白星兩手同時炸出白光，白光散去，紅妹上半截身子已給炸成灰燼，下半截身子落下了地。

這一邊雪媚娘也尖叫起來，原來是阿關身子虛弱之際，又進入了恍惚狀態，迷迷糊糊中，用上了全力，一把朝雪媚娘抓去。

阿關一邊抓著，也一邊吼叫了起來，雖然十分吃力，卻像是貪心釣者釣上了巨魚一樣，怎麼也不肯放手。

九芎捻箭拉弓，要射雪媚娘，卻讓太白星喝住：「別插手！讓小歲星摸索一番！」

太白星部將們一陣驅殺，茄苳公狂揮砍刀，斬落一顆顆妖兵腦袋。

雪媚娘身子騰空，周邊捲起了黑色旋風，身子扭曲起來，雙手雙腳骨頭盡斷，身子越漸無力。

阿關覺得有股極大惡念給抓了出來，這惡念竟是前所未有的大，他狂吼著，將惡念塞進了圓孔中。

雪媚娘落了下地，雖然沒死，卻也無法動彈了。在她落地的同時，阿關也倒吸了一口氣，向後仰倒，昏死過去。

48 選擇

黑霧、紅霧、紫霧，好腥好臭，四周全是黏漿，黏漿像是會講話一樣，哀求著、哭嚎著。

抬頭往上看，上頭九個孔，好遠好遠。

使勁爬著，不可能爬得出去，越來越多的黏漿給扔了下來，砸在臉上、砸在身上。

黏漿越聚越多、越聚越多，淹沒了嘴巴、鼻子，淹沒了頭頂。

在黏漿裡睜開眼睛，無數的生靈在爭執、在廝殺，斷肢殘骸堆得滿坑滿谷。

一具慘屍撞來——

「哇！」阿關又給嚇醒，雙手亂揮，還打在林珊肩上。

林珊嚇了一跳，拿著的袋子落在地上，裡頭東西撒了一地。

「啊？」阿關回神，見到林珊有些驚訝地看著自己，地上還淌著粥，自己左手已經上了石膏，一點也不痛了。

「你怎麼每次都突然大叫著醒來？」林珊苦笑著，蹲下去收拾撒了一地的粥。「這是青蜂兒做好的早點，託我帶來給你吃的。大夥兒一聽到太歲鼎完工，又知道你在鼎上大顯威風，都替你高興呢……」

「我又作了噩夢……」阿關嘆了口氣，苦苦笑著，伸手抹著額上的汗。

「又是什麼噩夢？」林珊咦了一聲。

「咦？這次……這次我記得耶……我夢見我掉進太歲鼎裡，裡頭好髒、好臭……好像……好像還有很多人在互相廝殺……然後，有個女人向我游了過來……」阿關費力回想著夢境裡的畫面。

林珊一邊收拾，一邊好奇地問：「什麼女人啊？」

阿關側著頭想了想，呵呵一笑說：「長得有點像妳呢，呵呵……」

「然後你就被我嚇醒了？」林珊佯怒地瞪了阿關一眼。阿關摸著頭嘿嘿笑了笑。

「那女子有這麼醜陋嗎？」林珊又問。

「我不知道，她受了重傷，樣子很慘啊！」阿關歪著頭回想。

「這個當然啦……」林珊哼了哼說：「翩翩姊綠毒漸漸化解，一天美過一天，相較之下，你當然嫌我醜陋了，作夢都會給嚇醒。」

「啊？」阿關連連搖頭。「我又沒有這麼說。」

「總之，我只能替你掃掃地、端端粥，受傷了替你包紮、哄你睡覺、施法讓你別作噩夢，倒真像個保姆呢。」林珊笑著答。

「對啊，妳最厲害了，去哪裡找這麼聰明的保姆呢？」阿關用左臂上的石膏輕輕觸了觸林珊的額頭。

「哪裡比得上夢中仙女呢？」林珊笑著撥開阿關的手。

「哪有什麼夢中仙女？」阿關呵呵笑著說：「我明明夢見一個死屍，樣子有點像妳呀！」

兩人嬉鬧了一陣，這才雙雙出了房間。

大廳裡十分熱鬧，太白星部將齊聚大廳，歲星部將也在。大夥兒見到阿關出來，全都鼓掌歡呼起來。阿關有些不好意思，揮了揮石膏示意。

歲星部將們奔跑過來，福生哈哈笑著，用胖肚子頂了阿關肚子一下，還舉手和阿關擊了掌，青蜂兒搖著阿關肩頭大笑。

飛蜓則是照著阿關胸口敲了一拳，敲得阿關咳了幾聲。林珊瞪了飛蜓一眼，飛蜓挺起胸膛，伸手在自己胸前也敲了兩下，示意讓阿關也打自己幾拳。

阿關掄起石膏，輕撞飛蜓胸膛一下算數。

若雨嚷著：「太輕了，太輕了，用力一點！打到他哭出來！」

「我比較想把妳打到哭出來……」阿關將石膏轉向對準若雨，作勢要打。若雨做了個鬼臉，躲到了翩翩身後。

翩翩神情也顯得十分愉悅，臉上雖裹著紗布，眼神卻也看得出來像是對著阿關微笑。

「大家怎麼這麼開心啊？」阿關也讓眾人的欣喜染得滿心愉悅。

「阿關大人！」若雨誇張怪嚷著：「你不高興嗎？大家花了這麼多時日，只想著如何掩過邪神耳目，將鼎造好。又擔心鼎造好了，這備位太歲不會用。現在鼎造好了，聽說你又用得挺順手，這如何能不開心呢？咱們辛苦奮戰這麼多時日，等的就是這一刻啊！」

阿關隨著歲星部將們往大廳中央走，看看四周，問：「所以現在……大家要準備遷鼎了？」

太白星搖搖頭說：「要再等兩日，還有點東西沒完成。」

林珊補充說明：「遷鼎途中肯定會引起四方邪神全力攻打，除了西王母外，勾陳一方必定也不會坐視。」

林珊繼續說：「這兩天前線沒什麼動靜，肯定是西王母得知太歲鼎即將完工，同時也知道太陰已經下凡，西王母按兵不動，必定想謹慎觀察情勢，一方面也保留實力，以免讓勾陳漁翁得利。我們在前線也因此樂得休兵。目前熒惑星已在本來死守的據點，布置了許多陷阱，成了僞裝據點，實則已經領著部將緩緩撤退，分散到各處零星小據點準備配合兩天後的遷鼎大計。」

阿關點點頭，又問：「那麼……太白星爺說的……沒完成的東西是指什麼？」

林珊笑了笑答：「你到時候就知道了。」

太白星接著說：「小歲星吶，昨日你的表現出乎意料之外，本來咱們眞的擔心你無法使用太歲鼎。而你卻能使得得心應手，兩位魔王合力都拿你沒辦法。」

阿關嘿嘿一笑，倒有些不好意思。

太白星不忘提醒：「但你可也不能得意過了頭，你的太歲力量遠遜澄瀾許多，遷鼎途中一方面必須抵禦大軍來襲，一方面也必須操控太歲鼎在天上安穩前進。要是你途中又睡死了，那大鼎可要從天上掉下去了。」

「我一定會好好努力的……」阿關連連點頭，又覺得有些不妥，說：「但是只有兩天，光靠我自己摸索……這個……我甚至不知道要如何讓它飛……」

太白星笑了笑說：「這你大可放心，護鼎神們會教你的，遷鼎途中，他們也會與你一同施法遷鼎。」

林珊也說：「兩位備位太歲黃靈和午伊，今日便會來與大夥兒會合。只是聽主營說，兩備位對於惡念仍不善制御，屆時你可得教教他們。」

太白星補充說：「遷鼎時，兩位備位也會隨在你身邊左右，與你一同遷鼎。只要你能保持體力，其他防衛工作就交給咱們負責了。」

阿關聽了，信心大增，這才覺得漫長戰役真的出現了曙光，真的能結束了。

「啊！對了，阿泰他們沒有事吧？」阿關這才想起昨夜育幼院的激戰情形，急急地說：「我想去育幼院看看！」

「這部分經過就讓我來講吧！」百聲大聲嚷著，一手搭住了阿關的肩：「關哥，我陪你上育幼院，把昨天育幼院裡頭那精采萬分、緊張絕倫的戰情，一五一十地講給你聽！」

太白星提醒：「小歲星吶，你要上育幼院可以，但下午兩位備位太歲會來，你可得回來與他們一同練鼎。」

阿關答應著，與百聲出了據點。太白星則與眾將進了會議室，商討遷鼎大策。

出了據點，一路上百聲比手劃腳，口沫橫飛，描述昨夜他進入育幼院之後見到的情形。

「我一進去吶，就見到數十隻妖兵圍著那些凡人攻打。關哥你那跟班倒是有膽量，一人對上好幾個妖兵，拿著那兩截棍子左右開弓！可惜大都打不著，只好不斷掏符亂撒，逼退妖兵。有個女孩子也不得了，拿著掃把打起妖兵來，可凶悍潑辣了，我還以爲她給西王母附身了呢。打到後來，連掃把都打斷了，只可惜她是個凡人女子，力量終究小些，一隻妖兵都沒打死。」

百聲繼續說：「多虧有隻道行極高的女鬼護著那批凡人，要不然可糟糕了。還有隻怪異的精怪也挺厲害，身子胖嘟嘟，動作卻像條小狗，模樣倒挺可愛。」

「是漢堡包。」阿關笑了笑，呼了口氣，想想眞多虧了小玉。小玉是方留文手下最厲害的一隻古曼童，在玩具城一戰時，雖然久未進食而十分虛弱，但還是殺倒了許多巨大的惡靈玩偶。這些日子來在育幼院休養許久，昨夜收拾幾隻妖兵應當不是問題。

「老爺爺呢？都沒事吧？」阿關問。

「全都安然無恙！」百聲回答：「我進去的時候，凡人們都還聚在二樓，讓妖兵們圍起來打。老人們在三樓護著孩子們，只當是妖魔鬼怪的小突襲，直到早上才知道昨夜發生了這般大事呢。」

「對了，後來呢？兩個魔王都死了嗎？」阿關想起昨夜太歲鼎密室內的情形，印象卻是模糊不清。

「不！」百聲搖搖頭說：「窮野紅妹死了，雪媚娘則給押入了大牢。可惜我沒見到關哥你大顯神威，一招擊倒一個魔王。」

阿關嘿嘿笑了笑，百聲又說：「你將雪媚娘身上的惡念一口氣全抓了出來，那魔王承受不了，身受重傷，一動也不能動，被咱們關了起來。標爺爺將她一身魔力都驅盡了，這魔王本來不可一世，此時只能像爛泥一般癱著，等候主營發落。」

「那也算她走運了，五路魔軍也只剩她活著。」阿關點點頭，心想當初放了雪媚娘一馬，卻差點死在她手上，不論最後她是死是活，也都是咎由自取了。

「她能活著，最大的原因是秋草姊姊替她求情。」百聲這麼說。

「咦？林珊昨晚就來了？」阿關愣了愣。

「秋草姊姊是深夜裡才來的，前線大夥兒收到了太歲鼎完工的號令，才全回來的。」百聲回答：「秋草姊姊說，太歲鼎即將遷鼎，魔界可能也會有所動靜，雪媚娘既爲魔王，必定深知魔界種種情勢，若將雪媚娘交給鎮星藏睦爺審問，必能問出有用情報，防範於未然。否則那蛇魔王染血無數，死在她手下的無辜精怪生靈不計其數，就算標爺爺不殺她，屆時交給主營發落，也必然是死罪。」

「原來如此，林珊想的也眞周到，算那雪媚娘倒楣了……」阿關點點頭。

才剛到育幼院，就已經見到老爺爺們又在打包東西了。阿關苦笑，知道太歲鼎遷鼎後，南部據點會全面棄守，全力保衛太歲鼎，屆時正神會採取守勢，專心吸納四方惡念，如此便可不用再繼續東征西討了。

而南部正神撤退後，這育幼院自然也要跟著撤了。

院童們不安地在院內空地前玩，宜蓁幫忙整理行李，一邊聽著老爺爺們解釋事情經過。

宜蓁膽子大，知道了種種經過，也沒有打算辭職，反而希望隨著老爺爺們往中部退，繼續擔任老爺爺和小孩子們的隨身看護。

阿泰閒晃著，見了阿關，哼哼哈哈地上前閒扯，談到了昨晚戰局，不免得意了起來。

阿泰比手劃腳地說：「幹！昨晚眞是好驚險，你們都不在，剩我阿泰一夫當關，好多妖兵殺進來，臭三八只會尖叫，小孩子全嚇得尿一褲子。我一個人單槍匹馬，拿著雙截棍殺進殺出，這才救了大家。」

「有這種事？」百聲打岔說：「爲何跟我見到的不一樣？」

百聲模樣比青蜂兒還小，看來只是個十四、五歲的少年。阿泰瞪了百聲一眼說：「你……來的時候我已經殺死九成妖兵了，你這小鬼哪裡知道事情經過？」

「我看是吹牛！」百聲大聲說：「難怪紅雪姊姊說，關哥養了一隻愛吹牛的猴子當跟班，我一直以爲是精怪，這幾天才知道是凡人，愛吹牛倒是眞的……」

阿泰羞惱地罵：「幹！你這小鬼說什麼？紅雪是誰……啊啊……想起來了……是那個三八……叫若雨是吧！」

阿關指了指宜蓁，問：「嗯？護士小姐也要跟我們走嗎？沒人跟她講發生了什麼事嗎？」

阿泰哼了一聲：「講啦，昨晚就講給她聽了。她怕死了，還倒在我肩膀上哭，求我保護她。」

「那她沒辭職？她不怕嗎？」阿關倒有些訝異。

「幹！神仙給她的薪水跟我一樣多，三八死愛錢，當然不會辭職。我是看她哭著求我的分上，我才勉強答應畫幾張符給她。」阿泰攤了攤手說。

「猴子又在胡說八道了！誰哭著求你？」宜蓁遠遠聽了，氣得衝了上來。

阿泰哼哼幾聲，拔腿就跑。

阿關也不理會兩人的追逐，自個兒來到育幼院辦公室，與小玉打聲招呼，聊著昨夜戰情。大夥兒聊著、嬉鬧著，一直到了黃昏，阿關才想起太白星說主營會派兩位備位上來。阿關正覺得奇怪怎麼還沒消息，百聲就已收到了符令。

「啊！兩名備位在途中遭到妖兵襲擊，標爺爺已經派出援兵去救了！」百聲大喊著。

「妖兵？怎麼還有妖兵？」阿關聽了，一臉錯愕，扳起手指算著：「五路魔軍，四目王最先死，壺王、骨王都戰死在空中一戰，窮野紅妹昨天被太白星爺宰了，雪媚娘給關在據點……難道還有新的魔王？」

□

翩翩、若雨、飛蜓、福生、青蜂兒在空中急飛，趕去救援林珊。

原來主營派了城隍和家將護衛備位太歲南下，而林珊則領著兩名天將，押送雪媚娘去與城隍會合。

若照原先規劃，林珊會接回兩位備位太歲，而雪媚娘則會由城隍押回主營，交給鎮星。

就在林珊與城隍在一處山林中會合之際，卻遭到了魔軍襲擊。

翩翩等收到了符令立即來救，十五分鐘不到，就來到城隍所在的山林。

「他們在那兒！」若雨往下看去，看見一處小坡四周堆滿了妖兵屍首，家將們結成了陣，守衛著林珊、城隍，與兩位備位太歲。

「秋草！城隍！」翩翩等急忙下降。林珊見了救兵趕來，終於不支倒地；城隍則倚著兩名天將，臉色發紫，身上全是蛇的齒痕；黃靈和午伊則著急地在城隍身上施咒。

「城隍爺中了那惡毒妖女下的毒咒！」黃靈快速講著，說明事發經過：「我們前往約定好的地點，也就是前頭那處山林，秋草仙也押著女魔王來。那女魔王看來神情憔悴，就在咱們準備告別之際，那女魔王卻突然尖嚎一聲，四周竄出了妖兵，妖兵來得又快又急，像是早埋伏好的一般！」

黃靈繼續說：「帶頭的那是個半人半魔的傢伙，似乎是魔王的手下，我聽那女魔王叫他什麼『九天』來著的……那九天入魔已深，功力也不凡，四周妖兵全圍著咱們攻打。女魔王本來讓城隍抓著，突然撒了一把毒咒，變出一大堆毒蛇，撒在城隍爺身上。毒蛇在城隍爺身上亂咬，咱們全都幫城隍爺趕蛇，九天趁亂救出了女魔王，還在秋草仙子背上捅了一刀。」

翩翩和若雨扶起了林珊，只見到林珊背上有幾處傷口，刀傷得極深，傷口上頭覆著黃光，是午伊緊急施的治傷咒。

「大夥兒都沒事吧？」福生看看四周，雖然遭到襲擊，但似乎沒有神仙犧牲。

「這是洞天狐大仙託我帶來的靈藥，我可保護得挺好……一點也沒有損傷……」城隍咳著，咳出了好多紫血，從懷中拿出一包物事遞給翩翩。

翩翩感激接下，那包袱只有外頭有些小破損，看了看裡頭，四十二包藥一包不少。

翩翩見城隍兩眼翻白，急著說：「這兒離太白星據點近，大夥兒先一同回據點，讓太白星爺替城隍驅毒！」

大夥兒戰戰兢兢地飛起，不時環顧四周，深怕又有伏兵。

阿關和眾神將早已在據點外頭等著，見了翩翩一行人飛回，都趕緊上前詢問情況。

阿關見到林珊昏死在翩翩肩上，急得大喊：「林珊怎麼了？發生了什麼事？」

大夥兒一陣騷動，一邊忙著將傷兵送進據點內，一邊七嘴八舌討論著事發經過。

「可惡的雪媚娘，三番兩次饒她性命，卻換來這種結果！」阿關咬牙切齒地罵，和翩翩、若雨一同將林珊送進了她的睡房。

「秋草小仙受的是刀傷，應該無大礙，休息幾天便可痊癒。」太白星說完，又立即趕去察看城隍傷勢。

只見城隍全身脹大了兩倍，像吹腫了的氣球一般，傷口不斷冒出惡臭膿血。

梧桐正將各種靈藥敷在城隍身上各處。太白星趕來，見了城隍這模樣，趕緊唸了咒，將手放在城隍額上，源源不絕的白色靈光灌進了城隍身子。

城隍顫抖著，口裡還吐著白沫，身上的傷口流出的膿血更多了，但氣色卻漸漸好轉。

阿關見了城隍這慘狀，心中一陣難過。他知道城隍一向盡忠職守，上次在森林和四目王交戰，才失了一隻手，這次又中了雪媚娘惡咒。

隨著太白星靈氣不斷灌輸，城隍身下已經積了好大一灘毒血，而他身上腫脹也漸漸消退，氣色也漸趨好轉。

太白星呼了口氣說：「這蛇毒雖猛，但不至於致命，幾天之內，城隍便可痊癒。」

大夥兒聽太白星這麼說，心上那塊大石頭才終於放下。

家將們扛起城隍，在天將引導下，將城隍搬進一間房內休養，梧桐也忙著開藥。

「那個九天竟然沒死？」阿關不解，和老樹精們討論著。

老樹精這麼說：「上次見九天，他便已經入了魔，先前雖然傳說他命喪火窟，但或許正因為身上魔力，使他逃過一劫……」

「但為何他知道雪媚娘的行蹤？」

「或許他們有祕密的暗號術法，而我們卻不知道……」

談了半晌，阿關仍不得頭緒，但黃靈和午伊早已準備好了，等著阿關練鼎。

□

推開了門，黃靈和午伊見了太歲鼎，也是一陣震懾，久久不能自已。阿關則早已熟悉太歲鼎的氣息，領著兩位備位上前練鼎。

只見此時密室裡已無工匠，只有六十甲子神，像往常那樣圍在太歲鼎四周，一動也不動。

黃靈和午伊隨著阿關上了太歲鼎，都發著顫抖，大口大口地吸著氣。

阿關正準備開口，問那六十甲子神如何使鼎飛昇，黃靈便已經提議：「太歲大人，這鼎裡是什麼樣子？」

阿關愣了愣，走了幾步，探頭從圓孔看進鼎裡，只見到裡頭仍然廣闊光滑，一點惡念都看不見。

「昨天抓的惡念，可能還不到太歲鼎的億萬分之一，裡頭看起來跟空的一樣……」阿關搔搔頭說著，還沒說完，就已經見到黃靈和午伊，開始伸手向四周抓了起來。

「好多！抓也抓不盡！」午伊身子一抖，手伸了出去，又縮了回來，手上果然多了團惡念。

黃靈則是嘻嘻笑著，從午伊手上接過了這惡念，不停把玩著。

阿關也試試到處抓，卻無法抓到密室外的惡念。阿關有些沮喪，心中想著林珊才說兩備位不善制御惡念，要自己提攜，原來是客套話。此時看來，兩備位倒像是比自己還厲害，他摸了摸鼻子說：「你們好厲害，比我還厲害……」

「太歲大人……」黃靈笑著拍了拍阿關肩頭：「別這麼說，咱們三個合力，沒有什麼做不來的。」

黃靈邊說，邊將惡念扔進了太歲鼎內圓孔，隨即閉眼，手往圓孔裡一伸，竟又將太歲鼎內的惡念給抓了出來。

「哇？還能將丟進去的惡念抓出來呀！」阿關有些驚訝，也想有樣學樣，卻無法抓到鼎裡的惡念。

黃靈笑著，繼續把玩著手上惡念，不停揉著，像玩黏土一般，只見那紅黑惡念漸漸轉白轉亮。

「咦咦？」阿關不明所以，只是驚訝地問：「這是什麼？這是什麼？」

黃靈呵呵一笑，將那化白了的惡念球拋起，接住，又拋起，再接住。

「你能將惡念……淨化？」阿關十分驚訝，他竟已感受不到黃靈手上那惡念化白的黏球，有著任何邪氣了，那白球已經不再是惡念了。

黃靈笑說：「在主營時，大神們都不讓咱們參與大小戰役，無聊之下練的，不算什麼。」

「太好了，這樣我們就有大大的勝算了！」阿關感到有些振奮，又有些失落。振奮的是兩位備位實力堅強，能幫上大忙；失落的是，自己好不容易建立的信心，似乎又給比下去了。

在六十甲子神的指導下，阿關偕同黃靈、午伊，終於在失敗十數次後，成功使鼎飛昇了一公尺左右。

阿關和兩位備位就這樣在鼎上切磋。阿關使勁抓著，卻總是無法抓著外頭世界的惡念；而黃靈和午伊終究是神仙，體力好似用不盡一般，不停抓來惡念。

由於阿關無法抓著惡念，黃靈便將抓來的惡念，拋向密室各處，阿關則伸手去抓，藉此練習。黃靈越丟越快，阿關也越抓越順，體力卻也漸漸消失，感到十分疲累。黃靈更大力，再大力地扔，突然一個惡念以比先前快上數倍的速度朝阿關飛來。

「啊呀！」黃靈嚷了一聲：「扔太大力了！」

阿關慢了半拍，沒有抓到，讓那惡念迎面打在胸口。只見到惡念從阿關胸口流了下來，像是荷葉上的水珠一般。阿關連忙伸手將下落的惡念一一抓起，又凝聚成一團，一滴也沒有漏下。

黃靈怔了怔，趕緊跑上前賠不是，有些惶恐地說：「我扔得太大力了，沒想到會扔中大人……」

「是我反應太慢啦。」阿關笑了笑，將這惡念扔進了鼎裡。他才想要講先前與章魚兄練劍，被章魚兒拿木棒打得渾身都是烏青這事兒，要黃靈別太客氣。還沒開口，午伊突然嚷嚷幾聲，黃靈和阿關朝午伊看去，只見到午伊兩手端起大惡念，呼喝地說：「太歲大人，幫我接這惡念……」

阿關見那惡念團極大，直徑竟有十來公尺，嚇得退了幾步：「哇！從哪抓來的？」

「我、我也不知，我就到處亂抓……」午伊搖搖晃晃，邊講著，邊要將這惡念推給阿關。

「等等、等等……」阿關搖搖手說：「我得休息一下，我體力透支了……」

午伊「咿咿唔唔」滿頭大汗，腿一軟就往阿關跌來，只見那極大惡念往阿關身上砸去。

「哇啊！」阿關讓這大團惡念罩住了全身，只覺得身子飄浮起來，像是跌進了泥漿中一般。他不斷試著推擠惡念，卻推不開來，四周紅紅黑黑的惡念一團團襲來，灌進他嘴巴鼻子，嗆得他透不過氣來。

阿關體力早已耗盡，只能無力地掙扎，隱約中聽見了黃靈和午伊的喊聲：「快救大人出來！」「快將惡念收盡！」

阿關張大了嘴，卻喊不出聲來，張開眼睛，四周全是紅紅黑黑的黏團，雙手不停擺動，四周惡念像是液體，又像是雲霧。

阿關只覺得這惡念似乎有著攻擊性，不斷朝他身上擠壓。阿關咬緊牙關，就算要死，也不可以死在這兒，太歲淹死在惡念裡，也未免太過滑稽。

噗的一聲，阿關覆著石膏的左臂穿出了惡念團外，瞬間即被黃靈拉住，往外拖出。

午伊則是喘著大氣，將惡念團慢慢推進圓孔中。

阿關全身已軟，癱倒在太歲鼎上，愣愣看著密室上方那迷迷濛濛的屋頂，上頭似乎還有動靜，有些影子飛來飛去，圍著另一個圓形物體飛繞，卻看不清楚。

黃靈在阿關身上四處摸摸，神色緊張地說：「太歲大人，你沒事真好……」

午伊也蹣跚走來，向阿關點頭示意：「沒事就好……沒事就好……」

結束了這天練鼎，離開密室時已是深夜。

阿關全身痠軟無力，在盥洗室裡洗了個澡，回到房間只覺得心中煩躁難耐，躺在床上翻來覆去也睡不著，想起城隍傷重，林珊也受了傷。心想要是再見到那雪媚娘，非扒了她的皮不可。

阿關爬下了床，走出外頭通道。隔壁林珊的房門還半掩著，已經傳來林珊微弱的聲音：「阿關……是你嗎？」

林珊的聲音聽來和以往的自信沉著有些不同，嬌怯了些，軟弱了些。

「嗯？」阿關感到不解且心疼，推開了門，進了林珊房裡。

林珊躺在床上，見阿關進來，掙動著身子，似乎想要坐起，卻因虛弱而顯得吃力。

「扶我起來……好嗎？」林珊臉色蒼白，聲音微弱。

阿關連忙上前將林珊扶成坐姿，將枕頭立起墊在她背後。

「真糟糕，傷在後背，連坐也坐不起來……」林珊苦笑，摸了摸後背，似乎十分疼痛。

「太白星爺說，妳的傷勢很快就會好了。」阿關安慰著說。

「今天練鼎練得怎樣了？」林珊點點頭。

「練得挺順手，兩位備位都很厲害，有他們陪我練鼎，一定能進步很快。」阿關見林珊臉色蒼白，便問：「這麼晚了，妳不早點休息？」

「我不清楚你練鼎情況，放不下心……」林珊眼神有些空洞。

「我替妳倒杯水。」阿關聽林珊聲音苦澀，見她口唇都有些裂了，便起身要替她倒水，手卻已讓林珊握住。他只覺得林珊的手冰冷濕黏，像出冷汗一樣。

林珊望著阿關，聲音顫抖：「你……要走了？」

「嗯？我去幫妳倒水。」阿關呆了呆。

「你還是要離開我了……終於還是……」林珊兩眼茫然，手握得更緊了。

阿關有些愕然，本想拍拍林珊的肩，才舉起左手便想起左手仍裹著圓滾滾的石膏，連忙說著：「我……沒要走，我是要替妳倒水啊！」

「嗯……」林珊靜了靜，像是回過了神，呢喃說：「我剛剛……也作了噩夢……」

阿關走到一旁矮櫃，一邊倒著水，一邊笑著：「妳能制御夢境，也會作噩夢？」

林珊靜默半晌，這才說：「可能是受了傷，力量變弱了……」

阿關將水遞給林珊，見著林珊雙眼無神地瞅著自己，像是心事重重，突然覺得十分不捨，他覺得這眼神似曾相識。

好像在什麼地方看過。

那是一個美麗的地方。

林珊別過了頭，喝著水，靜靜說著：「我每天都擔心著你……怕你出事，怕你跟不上神仙們的期許，即便是戰情膠著，我還是不時擔心著你。我費盡心思，只想你高興快樂……她能替你做的，我都替你做了；她遺漏了的，我都沒放過……但是……儘管如此……你還是……還是……」林珊說到這裡，頓了頓，眼淚流了下來，「我覺得你終究會離開……」

阿關覺得心中湧起一陣莫名激動，他握住了林珊的手，只覺得林珊的手仍然十分濕冷。他苦笑反問：「我會離開？上哪裡去？」

林珊默然不語，眼神閃爍，聲音顫抖。「假如給你機會選……你是要我陪著你，還是她陪著你？」

「她……什麼她……？」阿關有些結巴。

「翩翩姊。」林珊說。

阿關想不到林珊會這麼問，霎時出了一身冷汗。

在遇到太歲前，林珊是他打工時的同事，那時他暗戀著林珊，也知道自己與她不會有什麼結果。

太歲現身之後，發生了許多事，接踵而來的離奇遭遇，以及他展開的新生活，幾乎將他和過往人生完全切割開來，一分爲二。對林珊的青澀暗戀，從那時起，便漸漸成了埋藏心中的模糊回憶。

翩翩如仙女下凡般走入了他的生命，幾乎佔據了他人生新階段開始時的全部，他們亦師亦友，又似伴侶。

那時，阿關眞眞實實地覺得自己喜歡上了翩翩。

但順德大廟一戰，突如其來的巨變，一切似乎又全變了樣。

林珊以嶄新的身分出現，取代了原先翩翩的職責，這些日子和林珊相處下來，確實也在阿關心中激起了新的漣漪，從前暗戀的心情似乎又一點一滴地回來了……

「我……我不知道，我現在能應付許多事了，有沒有保姆其實也沒關係。就算飛蜓當我的保姆，也是一樣；青蜂兒做我保姆也不錯，他會做許多菜給我吃！」阿關打著哈哈，胡亂扯著，開著不怎麼好笑的玩笑。

阿關見林珊冷冷盯著他，知道她不滿意這個答案，只好搔搔頭，望向別處。好半晌之後，才開口說：「其實……從一開始到現在，我能做什麼、該做什麼，甚至……該由誰來當我的保姆，都不是由我自己來決定，都是由你們神仙決定。你們要我練劍，我就練劍；你們叫我守哪處據點，我就守哪處據點；你們要我練習制御惡念，我就練習制御惡念；你們要我練習操縱太歲鼎，我就練習操縱太歲鼎……」

阿關說到這裡，靜了靜，望著角落，像是在回憶之前的日子，緩緩地說：「翩翩當我的保姆，是大神仙們決定的；之後妳接替翩翩，也是大神仙決定的，你們從沒給過我選擇的機會。之前和翩翩在一起的時候，覺得她很好，我當然希望……希望她一直在我身邊；後來妳接替了她，我覺得妳也很好，甚至有時……比她更細心、更體貼。但是……現在的我，很不自由，很多事情，尤其是『夥伴』、『打仗』、『惡念』、『太歲鼎』以外的事情，我連想也不敢多想。沒有一個神仙會允許我去想那些事情……去想一些……希望哪個仙子來當我的保姆之類的事情……」

「我只會偶爾和阿泰聊天，說等和邪神們的戰爭結束之後，我可以拿到好多錢，讓媽媽過好日子。到那時候，我要開幾家店，蹺著腿收錢。還要去很多地方玩，去旅行……到那時候，我也想要好好談場戀愛，到那時候，再也沒人可以干涉我想做什麼。我也不會再遲疑，若妳那時還問我同樣的問題，不論答案如何，我都會很肯定地回答妳……」

林珊靜靜聽著阿關說完，兩人靜默半晌，林珊終於開口：「我……剛剛作的噩夢十分可怕，我不敢閉眼，你能再陪我聊聊嗎？我再也不問剛才那些問題了……」

「嗯……」阿關點了點頭。

49 十鼎妙計

接下來兩天，阿關手上石膏拆掉了，每晚都去練鼎，已能將大鼎操縱自如、隨意飛昇。密室裡不夠寬闊，卻極高，高得看不見頂。

阿關站在鼎上，黃靈和午伊站在地上向上遙望，任由阿關獨自操縱太歲鼎。大鼎已經離地數十公尺，阿關雙手舉著，感覺著自己托著大鼎向上飛昇，他不斷施力，太歲鼎越飛越高。

「咦？」阿關抬頭看著，上頭一個圓形大物越漸清晰，周圍還有些影子晃動，像是人形。再飛更高，突然一陣閃亮刺眼，阿關像是穿過了雲霧，來到新世界一般。

「哇！」阿關張大了嘴，叫了出來，穿過了迷濛雲霧，這才看了清楚。那圓形物事竟是另一個太歲鼎，工匠們不斷敲打著、搥擊著，竟是在打造新的太歲鼎。

阿關側頭看去，只見到上頭那個太歲鼎後面還有一個太歲鼎，更上頭，還有太歲鼎……一個閃神，阿關腳下的太歲鼎往下落去，越落越快。阿關趕緊專心凝神，又重新托起太歲鼎。

下頭傳來了太白星呼喊聲：「好了、好了，小歲星別再玩了，咱們要出發了，可別在出發前耗盡了氣力！」

阿關操使著太歲鼎安然落地，他跳下太歲鼎，跑到太白星身邊，比手劃腳指著上頭，咿咿唔唔地說：「……上面還有其他太歲鼎！」

「那些是假鼎。」林珊神情詭譎，嘻嘻笑著，阿關則是一臉愕然。一旁的太白星及眾部將也偷笑著，彷彿大夥兒串通好了要整阿關一般。

林珊身子已幾乎復元，方才還在會議室裡滔滔講述著遷鼎細節。

「假鼎？」阿關不解地問：「爲什麼沒人跟我講？」

太白星笑著說：「小歲星吶，這假鼎呢，是遷鼎大計裡一個重要環節，沒和你說只是不想讓你傷神分心，耽誤了練鼎進度。」

阿關還有些不明白，林珊這才說：「假鼎的功用是分散目標，太歲鼎這麼大一個，很難不被邪神當成狙擊目標，我們得造一些假鼎，來分散邪神注意力……」

若雨嘻嘻笑著說：「但阿關大人要是在遷鼎時露出馬腳，這計就破功了！」

「啊啊！」阿關埋怨地說：「你們是嫌我演技不好！」

「好了好了，大夥兒出發，要遷鼎了——」太白星催促著，本來如同石雕的甲子神這才動了起來，一個個往上空那些假鼎飛去。

老土豆、冬瓜、南瓜、小黃瓜在據點外的山道上守候，得了據點內的文官號令，趕緊忙分頭向主營、福地水琝公，以及熒惑星，發出遷鼎行動即將展開的通報符令。

四周山道颳起大風，自據點入口那棵老樹開始，一圈一圈的白亮光芒像漣漪一般泛開，一圈比一圈亮眼。

風颳得更大了，四周樹木都給大風吹得歪斜震抖，葉子雜草全給吹得漫天飄揚。

遠處四個天將趕來，是本來鎮守岔路上方公寓的天將，光陣裡也有一隊天將飛出。天將們在光陣四周結成陣式，守住四方。

「喝！」城隍領著家將當先竄出光陣，城隍獨臂揮舞大刀，虎虎生風，前兩天中的蛇毒已經痊癒，此時威風凜凜，虎目環看四周，一副想痛宰雪媚娘的神情。

光陣範圍擴張得更大了，同時越來越亮。太白星領著兩星將士飛出，阿關讓青蜂兒和福生挾著雙肩，也飛昇上了空中。

接著是幾名文官、醫官、造鼎工，全飛了出來。

老土豆等幾個土地神吱吱喳喳通報著符令，講了半晌，總算朝著天上大喊：「太白星爺、阿關大人。熒惑星大人傳來回報，說是全軍準備好了——」

太白星點了點頭，舉手一招，黃靈、午伊燃起符令，向六十甲子神傳令。

光陣冒出一柱柱光柱，響起轟隆隆的聲音，第一座巨鼎冒了出來，如同大鯨離海，光陣的光芒翻騰攪動，巨鼎緩緩往天空飛昇。大鼎上站著幾名甲子神，甲子神們操縱著太歲鼎往阿關等人靠近。

然後，光陣又是一陣翻騰，第二座巨鼎冒出，上頭也站著幾名甲子神。第三個鼎、第四個鼎、第五個鼎接連昇出，一個接著一個。

「好大好大！」「又出來一個？」「怎麼有那麼多太歲鼎？」「有備位太歲，原來還有備位太歲鼎吶！」白石寶塔裡頭起了騷動，老爺爺們也要湊熱鬧，全聚在塔頂看著外頭一個接一個的大鼎飛天，每座鼎都有一棟樓那麼大。

精怪們也全在塔頂待命，小孩子們則被安排在塔內底層庭院玩耍。

宜蓁佇在一旁，正替王爺爺量著血壓，一邊遲疑地問：「你要不要下去歇息……我怕你……這個……」

王爺爺一手揮著軍刀，哈哈大笑：「別擔心吶！俺身經百戰，現在不過只是觀戰，死不了的，待會兒阿關打得累了，俺還得上陣輪替他啊……」

「你老芋仔比猴孫泰還愛吹牛！」陳伯哼了哼。

「幹，扯到我幹嘛。」阿泰吹著煙圈，與老爺爺們展開舌戰：「說我吹牛？那晚要不是我英勇奮戰，打退妖魔，你們幾個老不死全飄回老家見祖宗了！」

「猴死囝仔你說什麼！」「你怎麼這麼口無遮攔？」老爺爺們紛紛大罵。王爺爺更跳了起來，抽出軍刀，追著阿泰：「看我斬了你！」

阿泰哈哈怪笑，不時拿著雙截棍應戰。宜蓁追著王爺爺跑，要他別激動，一邊幫忙追打阿泰。

大鼎接連穿出光陣，連同最後一個大鼎，共是十個鼎，以太白星陣容為中心，在天空圍了一圈，遮住了半邊天際。

「哇哈！要是凡人能看得見這些大鼎，可要嚇得尿褲子啦！呱呱！」癩蝦蟆拍著手，「呱呱」讚歎不已。

六十甲子神，天干十部，每部六將分立在十座大鼎上，都專心凝神操縱著大鼎浮空。

「嗯嗯？」阿關讓福生和青蜂兒挾著，瞪大了眼，竟分不出眼前十座壯闊大鼎，哪個才是眞太歲鼎。一旁的黃靈、午伊，也摸著腦袋交談起來。

「每個都有太歲鼎靈氣，這是怎麼回事？」黃靈又是訝異、又是讚歎。

「讓我靠近點感應，必能知道眞太歲鼎……」午伊皺眉思索。

太白星哈哈笑著，手一招，招來了那批造鼎工，一共是二十三位，模樣有老有少。

「天工老兒……」太白星哈哈笑著說：「天界工匠巧手神技，我們也分不出來，就連小歲星、兩位備位也分不出來，到底哪個才是眞鼎？」

原來那蒼老工匠，叫作「天工」，是天界工匠中的領頭，許多大神的兵器，如太歲爺的大黑戟、阿關的鬼哭劍、石火輪、二郎的離紘……都是這天工親手打造的。

天工這時看來神情呆滯，顯然爲了打造太歲鼎，耗盡了心思、窮盡了心血。

天工嘴巴動著，身子哆嗦抖著，緩緩開口：「將百石燒熔……化作黑漆……塗上假鼎……以假弄眞……以假弄眞……」

原來眞太歲鼎以外的九個假鼎，都塗上了太歲鼎石材的熔液，這才都帶著同樣的靈氣。

午伊又問了一次：「究竟哪個是眞的？」

天工愣了愣，虛弱地飛到阿關身前，伸手一指，指向東邊庚字部甲子神駕馭著的大鼎，手還發著抖，呢喃說著：「五百種千年礦石……七百種千年金屬……花了好多、好多日子……打出的鼎……眞太歲看不出來……也要來問我……也要來問我……丟不丟人……丟不丟人……」

大夥兒聽了天工的話，都有些愣然，午伊喝斥：「你說什麼？」

「別這樣。」阿關向午伊搖了搖頭，儘管讓福生和青蜂兒托著兩腋，還是伸手拍了拍天工手背，只覺得天工手上遍布皺紋，皺紋盤盤繞繞，像是太歲鼎上的紋路一般，天工手微微顫抖，像是壓抑著心中激動。

天工用那雙滿布血絲的眼睛直勾勾盯著阿關，心中像是有千言萬語，他噫噫呀呀地說：「在一塊黑漆大石……下了第一槌……到刻上龍紋眼睛的最後一槌……我可沒闔過眼……現在我有點睏了……胡言亂語……太歲大人……可別見怪……」

阿關剎那間有些哽咽，說不上話，只能握著天工的手，呢喃說：「謝謝……謝謝你！」

太白星伸手過來，按在天工額上，幾股清澈白亮靈氣傳去。天工長長吁了一大口氣，像是老貓打哈欠一般，接著身子一軟，往阿關懷中倒去。

太白星招來了文官與醫官，吩咐：「這段日子可苦了這老兒了，帶他進塔裡好好歇歇吧……」

文官醫官們領了號令，讓阿關下印，將天工搬進塔內。

兩星將士們則依照著先前規劃好的陣式，各自就定位。阿關也落在甲部鼎上，向白石寶塔裡的精怪要出了石火輪。

「咱們出發——」太白星揚起了手，一聲令下，十座大鼎、兩星將士、六十甲子神、城隍家將團、八位天將、四土地神，全飛得更高了。

伴著狂嘯大風，全軍朝西北方向福地飛去，大鼎緩緩前進同時向上，天空密雲亂捲，下起了綿綿陰雨，風也始終未停。黃靈、午伊、六十甲子神一齊施力，十鼎越飛越高，穿進了層層雲朵。年輕神將們在雲裡捉迷藏，嬉鬧玩耍著。

飛昇了好一會兒，十鼎破雲穿出，上頭灑下來的是金黃耀眼的日光。

阿關調整呼吸，太歲鼎完工後，幾日練鼎下來，阿關體內的太歲之力更漸甦醒，此時即便在這萬丈高空中，也不覺得呼吸困難了。

阿關看看右邊那座庚字部眞太歲鼎，上頭只有庚部六名甲子神而已，雖說是爲了掩人耳目、分散注意，卻仍不免有些擔心。

阿關自己則是騎著石火輪，與甲部甲子神同守一座假鼎。太歲鼎的頂蓋雖有些弧度，卻不明顯。由於鼎蓋面積極大，大鼎上頭便像個廣場一般，九個圓孔邊緣都有突起障礙物，並不會失神而跌落下去。

黃靈與丙部甲子神同守丙部鼎、午伊與戊部甲子神同守戊部鼎，十座大鼎圍成一圈。太白星則領著眾將，在大鼎圈中央上方領軍，浩浩蕩蕩往福地前進。

土地神們仍不停和各處據點通報符令，並即時報給太白星。

「熒惑星大人麾下將士，已經照咱們計畫，與酆都大帝展開游擊作戰，旨在拖延酆都大帝兵力。」冬瓜報告。

「主營回報，已經派出藏睦大人攻打太陰。雪山主營也全軍戒備，嚴防勾陳下凡。」南瓜報告。

「福地水琝公傳來符令！」老土豆大嚷著：「有一支邪神兵馬逼近福地，是風伯和雨師！」

「勾陳果然出手了……」太白星捻了捻鬍子，遙望天際。

□

海上狂風大作，巨浪捲得老高，一浪一浪往沙灘上打。

水藍兒站在大島礁岩上，握著長劍，聚精會神盯著遠方那邪神兵馬，正是風伯和雨師。

風伯身材高瘦、仙風道骨，穿著一襲黑色長袍，大袍上還插著許多烏黑羽毛；雨師不遑多讓，一身青色華麗大袍，戴了頂帽子，也插著水藍色的長羽毛。

兩神身後都各自領著十來位邪化的天將，還有大批兵卒，大都是四處收來的惡鬼，或是長年關在天上大牢中的窮凶魔神。

風伯和雨師雖都蓄著鬍子，但仔細一看，兩神仙臉上竟還施著淡妝。

風伯轉頭笑著說：「雨兄，我使風吹前方小島，你降雨傾右邊大島，咱們哥倆好比比看誰先打下福地島嶼。」

雨師點頭說：「風兄，就依你說的，誰輸了，大擺宴席請對方吃個三天三夜！」

「耶！」風伯、雨師互相擊掌，各自領了手下邪神鬼卒，兵分二路——風伯直直前進，往二島進攻；雨師領了部下升天，往大島進攻。

「呿，兩個妖魔鬼怪！」水藍兒呸了一口，招了招手，高聲下令：「通知王爺，全軍備戰——」

幾名海精立時點燃煙花，煙花打上天際，在陰雨天空炸出幾個光團。

「大哥！開戰了！」二王爺見了天上煙花，轉頭看看大王爺。

三名王爺同乘一艘極大王船，上頭有兩百多名海精部卒。

大王爺和五王爺被二郎抓回主營後，在黃靈、午伊連日抓除惡念之下，已經完全復元，也恢復了原本職務。三位王爺一同被調往福地，與水琝公一齊鎮守兩島。

這大王船在大王爺那夜戰敗後，一直漂流海上，成了鬼卒、海精的聚集地點。王爺們康復回來後，將王船收回，並利用另外幾艘破損王船的材料，修補這艘王船，打造出一艘更爲巨大的王船，船長超過兩百公尺，上頭一共有三十挺巨炮。

五王爺揮著手，身後兩百餘名海精齊聲吶喊，揚帆的揚帆、推炮的推炮、舉刀的舉刀。這批海精都是王爺們還是邪神時自個兒收來的，在黃靈、午伊協助下，也將他們身上的惡念驅盡。

本來盤腿坐在甲板上看雲的大王爺，緩緩站了起來，深深吸了口氣，高聲長嘯：「揚——旗——」

幾名海精聽了號令，吆喝著，奮力拉著，每一聲吆喝，那新做好的壯闊大旗就向上升起幾尺。

一面巨大紅旗隨著海風飄揚展開，旗上龍飛鳳舞四個墨黑色大字——代天巡狩。

「出海！出海！王爺們掃蕩妖魔來啦——」二王爺興奮喊著，他終於又能夠和兄弟一同斬妖除魔了。

巨王船緩緩駛動，船上海精們高聲嚷著，鼓舞士氣。「千歲王爺！代天巡狩！斬妖除魔！」

水琝公守在二島高地，看著風伯、雨師大軍開始推進，兵分二路往福地兩島開來。

塔婆急急跑來回報：「水琝公大人，石敢當們已經各就各位，山精也全依照規劃，各自進入埋伏地點，二島已經全軍齊備！」

水琝公點點頭，看看身後那清空了的極大廣場，那是擺放太歲鼎的預定空地。

塔公也傳來符令：「大島準備完備，天將和海精全都就位，王爺也已出航，巡守兩島。」

「好……」水琝公點了點頭，吸了口氣，一邊看看塔婆，一邊回傳號令給塔公：「兩島將士聽令，任那邪神來犯，他來一千，我們殺他一千；他來一萬，我們殺他一萬！誓死保衛兩島——」

風吹得更狂，雨打得更大，將兩島精怪神兵扯著喉嚨，同聲向天喝出的誓死吶喊，壓得幾乎聽不見了。

50 大戰西王母

十鼎浩蕩往福地推進，兩星將士圍在太白星身旁兩側。

甲部鼎上的阿關心情萬分緊張，腳下大鼎雖然寬廣，卻有種不踏實感。

他還記得在剛才的討論中，大夥兒提到這九座假鼎，由於外頭都塗上了太歲鼎石材熔液，因此也具有收納惡念的功用，但不能久存，裡頭的惡念隨時會破鼎而出。儘管如此，也足以騙過邪神了。

阿關突然一怔，腦後一股惡念急速逼近。他連忙回頭看後方，大叫起來：「大家注意，後頭有邪神來了！」

全軍紛紛朝阿關指的方向看去，果然見到遠遠雲端洶湧捲動起來，顏色變得烏黑嚇人，還不時閃動雷電。

突然幾聲天雷響徹雲霄，濃雲破了口，竄出大批大批的邪神鬼兵。

鬼兵們張狂地舞動黑爪破雲而出，像無頭蒼蠅似地亂竄，一下子遮蔽住了半邊天空，捲動著漫天黑煙向太歲鼎狂殺而來。

「大家小心，閻王來了！」林珊看了仔細，雲端那方大片鬼兵前頭，有七個穿著大袍、戴著各色金冠的大神帶頭領軍，十殿閻王來了七個。

在更後頭，一座巨大的蓮花寶座破雲而出，閃動著艷紅光芒，一朵朵鮮紅蓮花在寶座四周轉動。

「是西王母！」「西王母來了！」太白星這方將士見了，都騷動起來。

那蓮花寶座長寬都有十數公尺，正中那華美金絲綢軟墊上端坐著一名女神，面容看來只有三十多歲，神情陰慘凶毒，一身血紅長袍極大、極長，衣角長過了蓮花寶座，垂掛在寶塔四端飄動。

西王母面無表情，手裡還端著一只金色大碗，碗裡一片猩紅，盛著的是凡人血。蓮花寶塔後頭還有幾隻鬼卒跟著，一隻鬼卒手裡捧著的，竟是一個斷頭嬰兒身；另一隻鬼卒手裡提著的，便是那嬰兒腦袋。

西王母喝了口碗中嬰血，轉頭看了看，身後那鬼卒立時將嬰兒腦袋獻上。西王母接了，一口咬了一半，白白紅紅的腦漿沿著破口呼嚕嚕流下，西王母又一口將剩下的腦袋也吃了。

「哇啊——」「好惡毒的邪神！」太白星這邊兵馬盡皆駭然，全部往後方聚集，準備和殺來的大軍展開大戰。

「食人魔女啊！」「西王母比雪媚娘恐怖一百倍！」白石寶塔裡也是一片混亂。

阿泰怪叫亂吼：「幹！一出場就這麼嗆，有沒有搞錯啊！」

林珊端倪著西王母大軍半晌，高聲提醒：「大家小心，敵軍比預期中還多！」

松夫子也附和：「是啊，依我們之計，熒惑星大人應當絆住酆都大帝全部兵力，怎麼還來了七殿閻王？」

樟姑恨恨說著：「熒惑星麾下並無智將，一定中了酆都大帝計策！」

「好一個反牽制！」松夫子連連搖頭。「這下好了，我們本來打算讓熒惑星一軍阻住西王母六成兵力，拖著酆都大帝和十殿閻王，現在十殿閻王來了七殿，等於酆都大帝反過來以少許兵力，拖住了熒惑星大人全軍，反而對咱們大大不利呀！」

林珊趕緊吩咐：「土豆兒，快傳令給熒惑星大人，要他且戰且走，趕緊飛天與咱們會合！」

「是！」老土豆領了命令，趕緊照辦。

眼看西王母大軍即將殺到，太白星揚起雙手，聲音柔和，卻十分宏亮，向眾將下令：「謹慎，小心應戰。」

太歲鼎結成的陣式緩慢轉動，巧妙地將庚部眞太歲鼎轉到離敵軍較遠的一面，假鼎則朝向西王母軍勢。

黃靈的丙部假鼎，正好迎著殺來的西王母大軍。阿關的甲部鼎則在左方，午伊的戊部鼎在右方。

西王母淡淡笑著，品嚐著人血嬰身，前頭那七殿閻王個個凶厲，領著鬼兵勢如狂風驟雨地逼來。太白星這邊由於領著十座大鼎，行進速度慢上許多，兩軍漸漸接近。

阿關召出了鬼哭劍，一邊與黃靈和午伊以符令交換訊息。

午伊傳來符令提醒：「太歲大人，非到緊要關頭，可別隨意抓惡念，咱們得保存體力遷鼎，這路途還挺遠的！」

阿關點點頭，目前十座大鼎還都由甲子神們施法飛天，若待會兒戰情膠著，自己和兩位備位隨時得負起遷鼎大任。

西王母聲音遠遠傳來，語調裡帶著哭音，尖銳駭人：「德標……你賊點子可真不少，還搞出這可笑把戲，做那麼多太歲鼎也不嫌麻煩？你還是快快投降……我可饒你不死。」

「西王母——」太白星沉聲回應：「妳讓惡念蝕了腦？妳想想也知道，我絕不可能降妳，抓妳進大牢倒是真的。」

西王母哈哈大笑，又啜了一口嬰血，鼓起氣噴出一片血霧。那血霧越變越大，像一張大網，往太白星全軍罩來。

「哪怕妳惡毒妖術！」太白星雙手一舉，全身白袍像是燃起火焰般。太白星雙手推出，耀目白光一道道射去，將那襲來的血網射穿。

「德標老頭……你敢破我法術？」西王母咬牙切齒地尖喊。

「廢話，兩軍交戰，我不破妳法術，難道躺著給妳打？」太白星高聲回應：「妳這瘋婆娘果然給惡念蝕了腦袋，連自個兒年齡都忘了。叫我老頭？妳比我還老，只是吃多了凡人嬰孩，看來年輕而已！」

白石寶塔裡獅虎軍團們都蹦著、跳著，興奮備戰。虎爺們用腳扒地，石獅們用頭蹭地，都等著號令衝殺出去；大傻等精怪也聚精凝神地準備隨時出塔大戰。

阿泰看來十分興奮，大聲吼著：「幹！太白星平常看起來挺溫和，想不到一張嘴這麼會罵，讚吶——」

「太白星德標，你好大膽子……」西王母兩眼紅透，放出駭人光芒。秦廣王、初江王、宋帝王、伍官王、閻羅王、卞城王、泰山王這七殿閻王，接了西王母號令，領著漫天鬼卒，加速朝十座大鼎急衝殺來。

所有的鬼兵們尖聲吼叫著，震天嘶嚎蓋住了所有聲音。

兩星將士早已在大鼎前頭排了一列，青蜂兒抽出長刀、福生舞弄大鎚、飛蜓揚起紅槍，還拍了拍青蜂兒和福生的肩，望著另一邊太白星部將那兒說：「許久不見他們，咱們露兩手給那螳螂瞧瞧！」

花螂悶不吭聲，雙手一晃，是兩柄一公尺長的大鐮刀，鐮刀上還滿布利齒，光亮嚇人。

「別讓臭蜻蜓囂張，三朵花兒可都得好好表現！」九芎也搭起了弓，紫其拿著短劍、小盾，含羞舉起彎刀，齊聲高喊。

「上——」太白星終於下令，聲音響亮威猛，穿過了鬼兵們的震耳尖嚎。

兩星將士個個如同流星閃電打進鬼兵海中，像是利刀切進豆腐一般，鬼兵們一下子給衝得四散。茄苳公威武驍勇，一柄大砍刀左右劈砍，鬼兵們一近身全給斬成了兩截；年輕小將們四處衝鋒，法術光芒此起彼落，鬼兵們的屍身像雨一樣落入雲海。

儘管兩星將士勇猛，七殿閻王卻穩穩坐鎮軍中，也不死纏爛打。鬼兵們散得更開，在空中亂竄，向十座大鼎撲殺而來。

十座大鼎四面八方一下子全都是鬼兵，飛到大鼎的鬼兵一個個往下降落，四面的鬼兵則攀上鼎身，拚命往上爬來，一個個爬上大鼎頂部。

天將、城隍家將團等，在十鼎上方護衛死戰，六十甲子神也紛紛拔出兵刃，或是張手施展術法，將那些爬上鼎來的鬼兵打落。

七殿閻王中的卞城王領兵攻向甲部鼎，負責鎮守甲部鼎的阿關搖搖白石寶塔，登時獅吼虎嘯，寶塔裡的獅虎軍團、大傻等精怪一下子全蹦了出來，連阿泰都掄著雙截棍跳了出來。

宜蓁則在寶塔裡，拚命阻攔著也想殺出的王爺爺。

只見阿泰仍穿著大衣，大衣裡裡外外都貼滿符籙，雙截棍掄得眼花撩亂，不時還亂放咒。

小玉也飛了出來，與大傻一前一後，護衛在阿關身旁。

阿關拿著鬼哭劍，在精怪們的掩護下，大戰來襲的卞城王。卞城王眼睛圓瞪，皮膚赤紅一片，拿了支大叉，猛烈攻擊阿關。

大傻掄著雙斧攻擊卞城王左面，章魚兄和小玉攻擊卞城王右面，阿關居中，上頭又有伏靈布袋掩護。

只見卞城王的大叉和鬼哭劍不斷碰撞互擊，竟擊出了電光。卞城王有些吃驚，只覺得拿叉那手不斷遭到電擊，只好不停換手拿叉，連連退著。

上頭一聲大喝，初江王也舉著大刀殺來，更多惡鬼攀上了這座甲部大鼎。

阿火狂嘯轟天，和風吹、大邪兩隻凶悍巨獸結成了陣式，在惡鬼群中來回突擊，將一隻隻惡鬼打落大鼎，或是撕裂咬碎。

只見到右翼一批幾十來隻惡鬼襲來，阿火吐出一團烈焰，風吹立時張口吹風，將烈焰吹得更遠，惡鬼還沒站上鼎便都著了火。剩下來落在鼎上的，全讓大邪一陣衝撞，撞飛老遠。

「阿火好厲害！」阿泰瞪著眼睛怪叫歡呼：「我們有三隻小貓，也有三隻大貓！」

遠遠望去，更多鬼兵在兩將士連成的陣線前被阻下，西王母身後十來隻邪神盡出，和兩星部將殺成一片。

飛蜓一槍刺進一名邪神胸口，隨即使風吹落那邪神，得意喊著：「西王母一干兵力雖多，但全都是蝦兵蟹將，比那次空中大戰魔王時的妖兵魔將還弱！但不知怎麼來著，是那花螳螂對手太強嗎？要不要哥哥我幫你？」

花螂怒眼一瞪，眼前那全身披著金甲的黑臉邪神的確是難纏對手，一柄長刀攻勢凶猛，花螂一時之間倒也難以取勝。但他聽了飛蜓那番話，可氣得火冒三丈，不願讓飛蜓看扁，一雙鐮刀舞動更快，也不防守，肩頭硬吃了那金甲神一刀，鐮刀猛烈回擊，劈碎了對方腦袋。

三花姊妹和螢火蟲仙螢子結成的陣式也十分堅實。九芎神弓放箭，光箭連珠炮似地射落一隻隻鬼兵；逼近身的鬼兵則都讓紫其的短劍刺死；含羞使彎刀和一名邪神對戰；螢子揮動著一支火炬吹火助陣。

「啦啦——啦啦啦——」百聲是洞天知了精，平時便聒噪多話，難得碰上這種盛大的天空大戰，一興奮起來，廢話更多，還啦啦唱起歌來，隨口亂編歌詞，和青蜂兒一同力戰兩名邪神。

「啦啦啦，西王母她吃嬰孩，好殘忍、好殘忍，是壞東西——啦啦啦，西王母她吃嬰孩，手下卻很弱、卻很弱——」百聲啦啦唱著，長劍刺進了那邪神胸口，一旁的青蜂兒也斬下另一名邪神腦袋。

西王母遠遠聽了，沒說什麼，站起身來，眼神露出凶邪殺氣。

若雨哈哈笑著：「百聲，你那麼多話小心惹禍，你看你激怒西王母了！」

「啦啦——」百聲也不理會，自顧自地唱著歌：「西王母坐大蓮花，屁股開花，啦啦啦——」

林珊和樟姑、松夫子、組成了陣式，抵禦鬼兵，同時監看整體戰情。她見西王母身後還有一批兵將，始終守著西王母蓮花寶座，並未出陣，便高聲提醒：「別輕心大意，敵方還沒出盡全力！」

西王母擺了擺頭，身後那陣式這才慢慢往前；同時，西王母的大蓮花寶座也開始往前推進。

「總算來了。」太白星見了西王母準備親身來戰，立時也做好準備，白鬍白髮飄揚。

樟姑見西王母身後那陣頭逼近，鬼兵們呼嘯、尖嚎著，陣中夾雜了一些被綁負著的神將，神將們一身破袍爛甲、蓬頭垢面、滿臉血污，模樣有些熟悉，她心中一股不安隱隱升起。這票壓陣兵將不同於其他鬼兵們張著血口、赤著手，而是個個穿著爛袍破甲，拿著長槍、大劍。鬼兵們鼓譟著，將這些凶惡戰將推上前頭，其中四位將軍身型特別高大，被黑色符布捆綁全身，一時竟分不出這四位將軍究竟是邪神將領，還是戰犯。

幾名鬼卒解開了其中一位將軍身上的黑布條，只見那將軍身上戰袍破碎骯髒，皮膚近乎黑色，兩眼無神，伸長了舌頭，活動著手臂，滿臉怨毒就要爆發。

幾隻鬼兵遞來長劍，那邪神將軍舉劍一揚，背後穿著爛甲的將士們、大片鬼兵們，全都高聲吆喝起來，幾面大旗挺起，上頭寫了個大大的「東」字。

接著，另外三位將軍也讓鬼卒們撕去了身上黑色布條，分別遞上長劍，雄烈的呼嘯聲接連響起，十幾面寫著「東」、「南」、「西」、「北」黑紅色大字的旗幟紛紛飄揚起來。

「五營軍，那是五營軍！」樟姑指著木劍，高聲喊著。

「西王母竟收了五營軍？」「五營軍不是戰死了嗎？」太白星這方又是一陣騷動，全都不安地看向緩緩飛來的西王母。

西王母嘴角微揚，一口將嬰血飲盡，張口舒暢一呼，呼出來的全是猩紅血氣。此時的西王母看來又年輕了幾歲，皮膚更細緻了些，神色也更恐怖嚇人，一雙血紅大眼早分不出眼白和瞳孔，嘴一張，牙齒都是紅色。

五營軍四方大旗都舉了起來，鬼兵們還在解著居中那路十幾名神將身上的符籙，卻不見那路兵馬的領頭。

然後鬼兵們一陣叫囂，五營軍全高聲吶喊，中路那兵馬讓開了一條縫，一個全身讓黑色符籙捆得緊實、只露出兩眼的瘦小身軀，給推了出來。

幾個神將七手八腳撕去那瘦小傢伙身上的符籙，只見那神仙身型瘦小，赤裸著上身，僅著一條破褲，全身是近乎炭一般的墨黑色，嘴唇乾裂，呵出來的氣都是黑的。

這瘦小神仙兩眼無神，還駝著背，往前緩緩飄動，口鼻不時冒出黑氣。

後頭的鬼兵們、兩方的五營將士，卻更激動吶喊，中路兵馬一張張大旗揚起，張張大書血一般的四個大字——**中壇元帥**。

「太子！」「是太子！」太白星這方將士，見了這窮凶極惡的五營軍，不禁軍心浮動，騷動不安起來。

五營軍居中那瘦小神仙，正是中壇元帥太子爺。左右兩邊四位將軍，則是東營張元帥、南營蕭元帥、西營劉元帥、北營連元帥。

阿關這邊也戰得激烈，兩閻王左右圍攻阿關一行。阿關也硬是仗著大傻、古曼童小玉、章魚兄、螃蟹精等厲害精怪、小鬼，和獅虎軍團、伏靈布袋護衛，與兩閻王打得不分上下，甚至佔了上風。鬼哭劍打出的黑雷厲害，好幾次幾乎要打落閻王手上的兵刃。

阿關看前方兩星將士都往後退，不安地問：「為什麼見了那些鬼卒軍，大家都害怕了？」

「那是五營軍呀！」身後跟來的老土豆嚷著：「五營軍本是天上一支強兵，由太子爺統領。當時天庭大戰，五營全軍去攻那西王母，而咱們則被勾陳逼到了南天門做殊死鬥。」

「咱們退下凡間後，有些五營殘兵帶著太子爺的遺物退下凡間、回歸主營，大夥兒都以為太子爺與五營將士全戰死在天上了，哪知道他竟讓西王母收伏，還隨著她下了凡間。西王母竟一直隱匿保密，直到現在才搬出這祕密武器，這下可不得了了！」

老土豆講著，看著那些眼睛無神的五營元帥緩緩逼近，聲音越嚷越大：「這下可不得了啦！非得叫二郎將軍，或熒惑星大人來才行吶！」

「五營元帥有這麼厲害？」阿關跟著緊張起來。

老土豆顫抖地說：「其他元帥還好，但那中壇元帥太子爺……太子爺可厲害了！論單打獨鬥……太白星大人也未必是他對手，只有……只有二郎將軍，或者熒惑星大人，或者是……或者是……太歲爺澄瀾……才能當其對手！啊啊！俺嚇傻了，俺嚇傻了！」

「太子爺這麼厲害！」阿關更加愕然，一時失神，前頭卞城王已經打退章魚兒和螃蟹精，殺向阿關，阿關急忙揮劍抵抗。

卞城王殺得急，阿關連連後退，眼見後頭精怪還來不及來救，阿關吸了口氣，伸手向前一抓。

卞城王抖了一下，往後一彈，像是中了電擊，還不知道發生了什麼事。阿關再次領著虎爺重新殺上，將卞城王殺了個措手不及、連連後退。

五營大軍緩緩逼近，太白星深吸著氣，聚精凝神，準備迎接緊接而來的大戰。

茄苳公舉著大砍刀、花螂揮舞雙鐮刀，飛到太白星兩側護衛。茄苳公大喊：「德標爺，你放心，五營軍讓咱們對付，您老專心應付西王母便成啦！」

太白星點了點頭，沒有答話。茄苳公和花螂隨即往前飛去，去迎那逼來的五營大軍。林珊趕緊也調兵點將，翩翩、飛蜓、青蜂兒、福生、若雨全跟上茄苳公，準備和五營大戰。

只見太子爺肩上披著一條破爛布條迎風擺動，是「混天綾」；手上抓著一柄髒污染黑的長槍，是「火尖槍」；肩上還掛著一只黑漆鋼圈，是「乾坤圈」。本來銀銀閃閃的武器法寶，此時全都骯髒漆黑，太子爺還駝著背，神情呆滯，腦袋也歪向一邊。

若雨氣憤嚷嚷著罵：「看那太子讓西王母折騰成什麼樣子！五營元帥全成了行屍走肉！」

青蜂兒額頭生汗，緊張地說：「大夥兒可小心，太子爺不好對付！」

話一說完，太子爺舉起手中火尖槍，發出一聲極其尖銳恐怖的叫聲，五營全軍跟著大喊，霎時鬼哭神號響徹雲霄。

喊聲還持續著，太子爺竟將後頭兵馬遠遠甩開，獨自暴竄而來。

「殺——」茄苳公也吼，揮動大刀當先殺去。

太子爺與茄苳公相迎，瞬間爆發劇戰，火尖槍化成黑色閃電，槍槍刺向茄苳公。在與太子爺相迎的第一秒，茄苳公腰間已中了一槍，隨即十幾記攻防，全是守勢，奮力擋下那些黑色閃電。

花螂沒讓茄苳公獨戰太久，立即自左方竄來夾擊太子爺。他手上的雙鐮刀也俐落，舞得密不透風，一攻一守讓茄苳公得以鬆了口氣，回神再戰。

翩翩晃出雙月光刀、飛蜓揚起紅槍隨即跟上，與茄苳公、花螂四面夾擊太子爺。

太子爺右手挺著火尖槍如暴雷閃光，左手掄著乾坤圈四面迎敵，一下子與兩星四名悍將打了個不分勝負。

五營大軍漫天掩來，福生吼著，化出犄角大盾，如洪流中大石，與暴衝而來的五營鬼卒大軍撞成一片，犄角旋轉著、打碎一隻隻鬼卒。

青蜂兒射出千針，若雨揮出火雲，和五營元帥捉對廝殺。

誰也沒注意到，本來那耀眼日光已經緩緩暗去。

「看我怎麼攻他！」飛蜓一聲暴喝，數道旋風捲上紅戟，紅槍直直刺向太子爺左側身子。

太子爺舉起乾坤圈擋下這槍，卻讓槍上旋風捲上乾坤圈，捲上了左臂。只見旋風在太子爺左臂上轉著，切開了皮和肉，連肉裡頭也是墨黑色。

太子爺仍無表情，頂膝一撞將飛蜓撞開老遠；翩翩又已攻上，雙月攻勢甚猛，一刀接著一刀。太子爺吸了口氣，張口一噴，噴出一團黑氣，翩翩趕忙閃過，卻還是吸進了幾口，嗆得不停咳嗽。

五營大軍海浪似地淹來，兩星將士抵擋不了，不斷後退。

「別死守前線！」後頭太白星也高聲吶喊：「往鼎這邊退！」

前線神將們聽了，紛紛後退，太子爺持續追擊，火尖槍半刻也沒閒著，突擊四將全身上下。

「他們給太子纏住了，退不回來！」樟姑見狀，急得大喊。太白星立即應變：「十座大鼎向後退，全軍支援前線大將！」

大鼎上的甲子神們聽了號令，立時操控太歲鼎往回飛，可不能讓兩星主力部將喪命前線。

此時五營大軍早已圍住兩星將士，就要往茄苳公攻去，梧桐掄著鐵棒截住了東營元帥、長竹使長劍擋下西營元帥，殺得難分難解。

但那五營元帥領著的一票邪神將也十分難纏，突破了三花姊妹的陣式，繞過了若雨、福生、青蜂兒，直攻花螂、飛蜓。

花螂、飛蜓只得回戰那些邪神將，圍攻太子爺的四個大將一下子少了兩個，火尖槍威力更猛，一槍逼退了茄苳公，轉而刺向翩翩。

眼見那火尖槍就要刺進翩翩身子，避無可避，太子爺突然抖了幾下，攻勢突然減緩。

阿關看看手上，是一把惡念。他轉頭看看黃靈，又看看午伊，互相使了個眼色。黃靈和午伊也點點頭，大夥兒心裡有數，知道此時若再不以太歲鼎的力量硬拚五營軍，便要全軍慘敗了。

「不用一次抓太多，小把小把地抓，省點力氣，只要能干擾到太子爺，降低他的威脅就行了！」阿關傳出了符令，兩位備位立刻照做。

只見那太子爺突然行動笨拙起來，打沒兩下便憤怒地顫抖或是尖吼，讓茄苳公和翩翩趁隙反攻，不停後退。

西王母正驚訝，立刻便注意到是阿關等人在後頭動手腳，隨即發出號令：「全軍攻鼎，別管其他神仙，全部攻鼎！」

阿關見到那善於醫術的梧桐，讓東營元帥領著鬼卒圍攻，情勢甚急，便偷偷朝東營元帥抓了一把。抓得那元帥突然一抖，在空中打了個滾，哀哀叫著，還不知道發生了什麼事，回過神時，梧桐鐵棒已然砸下，砸得那東營元帥腦袋開花，摔落下去。

黃靈見狀，也有樣學樣，偷抓了西營元帥一把。那西營元帥怪叫一聲，讓長竹一劍刺進胸口，又一劍斬落了腦袋。

阿關見這招有效，便拿來對付自己鼎上兩個閻王。只見兩名閻王正和精怪虎爺打得熱烈，突然東扭西扭起來。原來阿關用極小力道連續亂抓，像是撓癢一樣，兩閻王感到無比難受，嚎叫起來，狼狽抵擋精怪、虎爺們的攻擊。

阿關嘿了一聲，用力將鬼哭劍扔向卞城王，同時也伸左手一抓。卞城王見鬼哭劍襲來，本來抓準了時機要閃，哪知身子突然又是一陣抽搐，反應過來時，胸口已經穿了個洞，鬼哭劍刺穿了他心窩。

初江王也不好過，讓虎爺、風吹、大邪一陣猛攻，無力再戰，正要飛空升起，又給阿關抓了一把，一時愣在空中打顫。

鐵頭直直轟去，轟在初江王腦門上，初江王哇了一聲，摔回鼎上，阿火、風吹、大邪一擁而上，將初江王撕了個碎。

「受傷的退回來！」阿關舉著寶塔喊著，一群受傷的獅虎軍團紛紛往塔裡跳，塔裡的文官、醫官早已準備妥當，趕忙上前替獅子、老虎們治傷。

癩蝦蟆、綠眼狐狸、老樹精、阿泰等則早已退回寶塔休息，等待時機再出來打車輪戰。綠眼狐狸見大批獅虎退回了寶塔，塔裡頭休養的兵力還沒準備好，突然想起了什麼，對老樹精講了幾句，又對癩蝦蟆講了幾句，大家嘰哩呱啦地往樓下跑去。

「攻鼎，攻鼎——」西王母大喝著：「太子，別纏鬥了，去攻鼎！攻那小太歲！他搶了你的寶貝，你仔細看，他搶了你的寶貝！」

太子爺一怔，看向阿關，本來面無表情的臉，突然猙獰起來，狂暴吼著，就連黃靈連續抓了他三下，也不當一回事，當下棄了茄苳公等圍攻他的神將，往阿關急竄而來。

「呃！」阿關愕然，拉著老土豆問：「太子爺是往我這飛來嗎？」

「好像是……」老土豆還沒說完，太子爺已經站上甲部大鼎。

「不好！」太白星立時飛下來救，但他只感到一陣紅光撲來，一片片巨大蓮花花瓣即迎面打來，只得揮手格開。

西王母瞪著血眼，張著血口，拖著血色長袍，揮著染血雙爪，阻住了太白星去路。

「讓開！」太白星大喝，揮動白光迎戰，西王母左右飛竄，紅爪向太白星接連猛抓。翩翩等神將要飛回來救，也讓五營大軍堵得水洩不通，只能盡力斬殺鬼怪。

太子爺眼色憤恨，青筋暴露，咬牙切齒，漫出一股股黑煙，尖聲呢喃：「你搶了我的輪……還我輪來……」

「撤退！撤退——」阿關嚇得哇哇大叫，摔下了石火輪。幾隻風獅爺撲上太子爺，咬上了太子爺的身，太子爺竟然不避不閃，任由風獅爺咬住不放。

「全部退下！退下！」阿關急忙大叫，深怕風獅爺們讓太子爺舉手斃了。

風獅爺聽了號令，全退了開來，往阿關這邊聚集。

太子爺憤恨盯著躺在地上的石火輪，口裡還喃喃唸著：「好大膽子……偷我的輪……偷我的輪……輪來……輪來……」

石火輪一動也不動，太子爺更怒了：「輪——來——」

「阿關大人……俺一直忘了告訴你……」老土豆喃喃地說：「這石火輪其實就是太子爺的『風火輪』！」

「什麼！」阿關聽了，難以置信。

老土豆急急嚷著：「當時五營殘兵帶著太子爺遺物，就是那風火輪，從天界逃下，找著了主營。主營以為五營已經覆沒，便令天工將風火輪重新打造，成了大人你的石火輪……」

阿關仍一臉驚愕地說：「難怪他這麼氣，說我偷他的輪！」

「輪——來——」太子爺口中黑氣大噴，火尖槍一掄打在鼎蓋上，打出幾條大大的裂痕。石火輪動了起來，緩緩駛向太子爺。

□

白石寶塔牢房外頭，綠眼狐狸、癩蝦蟆、老樹精都佇在門外。

「呱呱，寒單大老爺……寒單大老爺……你還認得我嗎？不會又忘了吧，呱！」癩蝦蟆喊著，拍打著白石寶塔內的牢門，從門縫看向裡頭。

「認得！」寒單爺裹著厚厚的被子，躺臥在牢房床上，看了看他，說：「你是賤人！」

癩蝦蟆呱呱嚷著：「我不是賤人，我是蟆蟆，我每天給你送飯吃啊，你忘了嗎？寒單大老爺，呱！」

「他是臭笨蛋，他忘了，我可沒忘，今天的飯菜呢？我餓死啦！」有應公早湊上一旁的牢門，自門上小窗的欄杆縫隙伸出手來，怪聲嚷著。

那晚和雪媚娘大戰，寒單爺和有應公一路追趕雪媚娘，在據點外頭大吵大鬧，讓後來趕到的太白星一軍擒了，問清緣由，又關回白石寶塔裡的牢房。經過數日，寒單爺又瘋得差不多了，有應公則清醒些，每日還記得嚷著要飯吃。

由於寒單爺和有應公讓惡念侵襲得深，要花許多時間清除惡念，大夥兒便先將他們關在牢房裡，等著遷鼎之後再處理。

「你這王八，你才是臭笨蛋！」寒單爺坐了起來，身子抽搐，還流著口水，大聲怒罵隔壁的有應公，還將頭湊上了門上小窗欄杆，大力擠擠出了半邊臉，朝隔壁吐著口水。

有應公也早便擠出半邊臉來，噴著口水還擊，這幾日他們時常這樣吵嘴、互相噴吐口水。

「兩個大爺爺別吵架了，我是蟆蟆呀！呱呱！」癩蝦蟆呱呱說著話，老樹精已經捧著幾個饅頭塞進了有應公的牢房裡。有應公接著便吃，也不吵嘴了。

寒單爺這才仔細看了看牢房外的癩蝦蟆、老樹精、綠眼狐狸。

「哦……你是蟆蟆……」寒單爺咧嘴笑了起來，又瞪著老樹精和綠眼狐狸，大喝：「你們又是誰？是不是壞傢伙！」

寒單爺一說到壞傢伙，氣得大力搥起牢門，將三精怪嚇得往後一退。

老樹精急忙解釋：「我是老樹啊，是我拿被子給你蓋的。」

綠眼狐狸也喊：「是我那天晚上，帶著大夥兒幫你打壞傢伙的！」

這幾天來，三隻精怪每日送來食物和被子，不時也和兩個神仙說說話。

「我怎麼會在這裡？」寒單爺用手抓著癩蝦蟆塞進來的饅頭，大口吃起，呢喃說著：「我記得……我記得那天……晚上……不是打跑壞傢伙了嗎……是誰抓了我？」寒單爺一邊吃一邊說著，越說越怒，卻又想不起來自己為何給關進這牢房。

癩蝦蟆突然說：「呱呱！寒單大老爺，當然是壞傢伙抓你進來的！」

「對！」寒單爺大吼一聲：「是壞傢伙抓我進來的，是不是你？是不是你？是不是你？」

「不是、不是！」綠眼狐狸趕緊搖手說：「我們也被壞傢伙追殺、被壞傢伙欺負，所以才每天送被子給您蓋，送饅頭給有應爺爺吃，希望你倆大英雄救救咱們這些小狐狸、小蝦蟆、小樹，殺了壞傢伙……」

「壞傢伙在哪裡？」有應公吃完了饅頭，也揺起了牢門，大吵大鬧著：「是不是在外面，讓我去殺他！」

「壞傢伙在外面？」寒單爺跳著，眼露凶光，發狂揺著鐵門。「叫他進來、進來！讓我殺了他！」

「別急、別急！我們馬上替你們開門，別太激動吶……讓兩位大老爺、大英雄出去殺壞傢伙……」老樹精連忙取出鑰匙，替兩個瘋神開了牢門。

寒單爺和有應公出了牢房，互瞪一眼。有應公揮了揮手說：「大英雄我要去殺壞傢伙了，其他小傢伙乖乖跟在後頭！」

「我才是大英雄！」寒單爺吼著：「我的刀呢？」

有應公瞪著眼睛說：「你沒聽老樹說嗎？你是大老爺，我才是大英雄。」

寒單爺罵著：「我是大老爺英雄，你是我的跟班！」

有應公搖頭說：「你是臭笨蛋。」

癩蝦蟆提著寒單爺的彎刀，綠眼狐狸拿著有應公的鐵棒，打著圓場說：「兩位大英雄、大老爺，你們看，咱們連你們的兵器都準備好了……」

「到底誰是大英雄？誰是大老爺！」寒單爺和有應公一把揪起了綠眼狐狸，齊聲問著。

「有……有應公公，你是大英雄老爺！」綠眼狐狸苦笑著說：「寒單爺爺，你是老爺大英雄！」

「啊？」寒單爺和有應公怔了怔，還沒搞清楚，癩蝦蟆已經呱呱叫了起來：「壞傢伙已經殺來了，還罵你們是大笨蛋！」

「什麼！」寒單爺放下綠眼狐狸，不停轉著圈，大吼著：「看我殺了他！」

綠眼狐狸這才鬆了口氣，使了個眼色，老樹精連忙遞上一襲好厚的大袍，和棉被一樣厚。

「寒單爺爺，這是特地爲您做的戰袍，穿上就不冷了。」

暴跳發狂的寒單爺，一聽有衣服可以穿，高興得大力拍手，搶過了戰袍在臉上胡亂蹭著，綠眼狐狸和老樹精七手八腳地替寒單爺穿上這厚袍。

癩蝦蟆也捧著一大圈肉餅，套在有應公頸子上。「這是咱們做給你的！」

寒單爺和有應公各自歡呼，拍掌大叫：「好、好、好！你們是好傢伙！好傢伙——」

三隻精怪簇擁著兩位英雄老爺，往塔頂上走，沿途精怪夾道歡呼：「打壞傢伙！打壞傢伙！」「大英雄大老爺，打壞傢伙！」

□

西王母大軍已經籠罩住十座大鼎，全面攻打，攀上大鼎的鬼兵們更多了，與甲子神們展開激戰。

兩星眾將則被漫天邪神鬼怪圍住，西王母除了五營元帥和閻王之外，還有許多大小邪神混雜在鬼怪群中，有些倒也十分難纏。

九芎銀弓亂掃，紫萁以短劍小盾四竄游擊，含羞持彎刀，螢子使火炬，四仙女給三隻邪神領著鬼怪團團圍住攻打。

百聲和梧桐、長竹背貼著背死戰，梧桐掄著鐵棒禦敵，不時放出醫術替己方夥伴治傷。

十殿閻王當中的伍官王身長兩公尺，壯碩魁梧，領著一千鬼卒部隊，殺上了壬部假鼎，壬部甲子神結成了陣式抵抗，與伍官王死戰。

秦廣王也領兵夾擊，壬部甲子神漸漸不敵，終於給兩閻王兵力衝散。

伍官王和秦廣王一陣衝殺，六名壬部甲子神戰死五名，剩下來的甲子神壬寅也身負重傷，壬寅大吼一聲鑽進了假鼎九洞中。

伍官王和秦廣王正猶豫著不知該不該追殺進去，假鼎已經出現了一道道裂痕，震動起來。

「退！快退！」兩閻王這才有所警覺，卻已閃避不及，假鼎炸了開來，一道道金光四射，靠得近的鬼怪們全給金光燒死，靠得遠的，也讓金光燒傷了眼睛，怪叫嚎著。

林珊和樟姑、松夫子被鬼卒們圍在一處攻打，見了壬部假鼎爆炸，知道毀了一鼎，這才注意到其他九座大鼎也已岌岌可危，包括庚部眞太歲鼎，也讓泰山王領著鬼卒攀上鼎蓋，突襲護鼎甲子神。

樟姑大喊：「計畫二！三部併一部！集中力量死守！」

樟姑這麼一喊，午伊立時領著戊部甲子神與乙部甲子神，一齊飛上庚部支援。

丁部和己部甲子神，則全併至黃靈的丙部鼎上；辛部與癸部甲子神，則全往阿關甲部鼎上飛。

甲子神們一行動，那空了的乙部、丁部、戊部、己部、辛部、癸部六座假鼎立時同時爆發。

一下子天空金光爆射，亮得大夥兒全看不清東南西北，只聽見十鼎四周傳揚著大片大片的鬼怪哀號聲。

阿關給金光刺得睜不開眼，好不容易亮光滅去，才見到剩下來的三座大鼎周邊鬼怪幾乎全滅。

「左……左……」站在甲部鼎上的太子爺，卻像是沒事一般，還嘻嘻笑看著石火輪緩緩駛近眼前，歪著頭唸著：「右……往右……」

阿關以心意操縱石火輪，順太子爺的意思擺動。

西王母正和太白星戰得激烈，袖口竄出十幾條猩紅觸手，纏上太白星全身，見到下方金光狂掃，己方鬼怪瞬間死傷慘重，頓時驚異莫名。西王母沒料到假鼎除了掩人耳目，還會大爆炸，只氣得大吼：「太子！你還愣著做什麼？抓了太歲！抓不著就殺了他！他偷了你的寶貝，是他偷了你的寶貝！」

太白星與西王母放單對決，本來居了下風，此時趁西王母分神，立時吸了口氣，大喝一聲，周身炸出白光，將西王母觸手全給震碎。接著一把按在西王母額上，幾道金亮光芒霎時在西王母臉上閃耀。

西王母怪吼著，一手劈向太白星左肩，一手則往太白星腹部插去。太白星擋下了劈擊，卻躲不過腹部的刺擊。

西王母的猩紅血爪，刺進了太白星肚子。

太白星發出怒吼，周身白光更盛，一把抓住了西王母劈來那手，右手仍按在西王母額上，陣陣傳去的白光則更如怒江激流一般，全往西王母腦袋裡灌。

遠處茄苳公和花螂見了，急忙竄回救援；翩翩等歲星部將，也總算殺開了一條血路，擺脫了後頭五營軍的糾纏，往阿關甲部鼎趕來。

「發火……發火……」太子爺盯視著石火輪，喃喃唸著，本來逐漸喜悅的臉又沉了下去。

「發火、發火、快發火！」

精怪、獅虎兵團和趕來會合的甲子神們，全聚在阿關身後，等待阿關下令死戰。

阿關看了老土豆一眼，說：「糟糕……我只會讓石火輪動……不會讓它發火啊……」

「為什麼不發火？」太子爺大喝一聲，暴怒目光掃向阿關，尖聲大喝：「你把我的輪怎麼了？」

「為什麼將我的輪用這些棍子鎖在一起？」太子爺暴吼一聲，扯下了頸上的混天綾，像鞭子一樣抽打四周鼎蓋，腳下那本來給火尖槍打出的幾道裂痕，裂得更大了。

「輪子連在一起才可以騎啊……」阿關腦中一片空白，胡亂辯解，眼睜睜看著太子爺揮動混天綾，往他臉上甩來。

光圈雨一般地灑了下來，打在混天綾上，將這黑漆布條去勢打歪，砸在鼎上，又砸出幾道裂痕。

翩翩殺了下來，太子爺提槍轉身應戰。翩翩鼓足全力，揮動雙月光刀死戰火尖槍，卻讓太子橫槍掃在腰上，將她打飛老遠。

太子竄向阿關，甲子神們就要迎敵，白石寶塔一震，寒單爺和有應公殺了出來。

癩蝦蟆從寶塔探出頭來，指著那太子爺呱呱大喊：「打那黑黑的！對！那黑黑的傢伙就是壞傢伙呱！」

「壞傢伙——」寒單爺揮動彎刀、有應公揮著短棍，撲上太子爺就是一陣死纏爛打。太子爺讓突然冒出來的兩個英雄大老爺嚇了好大一跳，後退幾步，乾坤圈一記砸下，砸在寒單爺頭上，將寒單爺打昏在地，反手一槍刺進了應公肚子，猛力一甩將他挑飛老遠，也昏死過去。

「呱呱！一秒就給打昏了！」癩蝦蟆怪叫一聲，三隻精怪跳了出來，將昏倒的寒單爺和有應公又給抬了回去。

但也因兩神攪局，拖住了太子爺速度，翩翩、飛蜓、青蜂兒、若雨得以及時趕回救援，又是四將戰太子。

太子爺幾乎發狂，火尖槍狂風亂掃。青蜂兒腦袋被敲了一記，血流滿面。飛蜓身子中了五槍，傷處都冒出了黑煙，似乎是火尖槍上帶著邪術；但飛蜓仍然死戰不退，大紅槍只攻不守，竟像是要與太子爺同歸於盡。

「啊啊！要爆了——」阿關覺得大鼎開始震動，顯然也和前頭幾個假鼎一樣，要炸射金光來了。

阿關趕忙收起了精怪和獅虎兵團，召來石火輪坐上，兩名甲子神將他架了起來，其餘甲子神在周邊護衛，往庚部鼎飛去。

太子爺見阿關騎著他的輪飛走了，只氣得七竅生煙，眼耳口鼻都噴出了黑煙。大吼一聲，一腳踢開若雨，就要飛身去追。

歲星眾將則緊追太子爺游擊，飛蜓大喊：「趁著符術金光，一舉滅了太子！」

大鼎終於爆出更大裂痕，霎時金光四射。太子爺飛竄勢子陡然停下，一手遮著眼睛怪吼，他讓爆發的金光直衝全身，身上發出劇烈焦臭，如被烈火燒著一般。

翩翩等神將雖然不會被己方符術灼傷，卻也讓金光映得睜不開眼。

太子爺繼續吼著，金光終於停下，他搖著頭，齜牙咧嘴，視力總算恢復，前頭花花亮亮迎面飛來，是翩翩的光圈。太子爺還看不清楚，勉強旋舞火尖槍擋下光圈，腰間已經吃了一記重鎚，飛得慢的福生終於趕到。符術對神將影響不大，搶在太子爺之前恢復視力，奪得了先機。

太子爺讓福生搥了一記，如脫線風箏飛出。飛蜓、青蜂兒早已等著，飛速追上，一前一後夾著太子爺又是一輪猛攻。太子爺左手讓金光嚴重燒傷，無法使用乾坤圈，只能以火尖槍應戰，他全身都是灼傷，戰力減弱許多。

若雨接著趕上，揮出一片火雲，正中太子爺全身，將他燒成一團大火球。

太子爺發出嘯天鬼吼，身子炸出黑氣，滅去身上的火，卻也已用盡全力，神將們一擁而上，就要給予致命一擊。

林珊跟來，撒下了銀繩子，好幾條銀繩子捆上了太子爺的身子，將他捆得動彈不得。大夥兒知道林珊要擒太子爺，便七手八腳搶下了太子爺的火尖槍、乾坤圈和混天綾，以免這太子回過神來又發狂。

另一邊太白星口中流出了血，手還是緊緊按著西王母額頭不放。西王母尖聲怪嚎著，用盡了全力，身子放出好大一陣紅光，終於才將太白星震了開來。

西王母尖叫著，飛竄了老遠，她讓太白星一陣靈氣灌頂，只覺得眼前天旋地轉，白亮一片，全身已無力氣。好不容易看清楚，便見底下只剩兩座鼎，神將們全集中力量保護那兩鼎。

太白星在遠處，讓茄苳公扶著，臉色蒼白，肚子的血還汩汩流著，似乎也受了重傷。

西王母左顧右盼，一陣愕然，儘管兩星神將、城隍家將們都受了傷，但己方兵力也已戰死六、七成，太子爺給抓了，閻王也戰死好幾個，五營元帥更只剩下兩個，自己也受了大傷。此時己方已無大將，想要攻下兩鼎似乎已經不可能。

西王母還猶自呆著，抬頭看看，覺得四周天色更黑，突然有所警覺。轉頭一看，只見那日光早已轉黑，本來的太陽成了顆黑色大球，日光在大黑影四周閃耀，像是給天狗吃了一般。

「勾陳！竟讓你撿了個大便宜——」西王母儘管怒極，卻還是恨恨嘆了口氣，大吼一聲：「退！」

鬼卒軍們聽了西王母號令，全軍轉向撤逃。

兩星部將也不追趕，靜靜地看西王母撤退，一面整頓軍勢，殘存的甲子神們齊心發力，兩座大鼎鼓足了勁往福地方向前進。

太白星在茄苳公和花螂的護衛下，退到了庚部大鼎上，點了點兵，飛蜓和青蜂兒傷勢嚴重，正在寶塔裡由醫官療傷。

六十甲子神戰死一半，天將則是全滅。

阿關看了看城隍家將團，四季神盡數戰死，城隍和甘、柳、范、謝將軍也滿身是傷，便將他們也收入了寶塔。

梧桐使上了全身法力，治療太白星肚子上那嚴重傷勢。太白星苦笑說：「我這傷不要緊，你去看看百聲……」

梧桐趕緊回頭，百聲躺在地上奄奄一息，身上給邪神砍出好大一道口子，但還不停呢喃說著話。

四周暗了下來，連黑太陽周邊的橘紅光暈，也慢慢轉成詭譎的青藍色。

太白星苦嘆一聲：「四御勾陳，你可眞會盤算。」

51 兩島殊死戰

海上風狂雨急，二島遠方上空，風伯正高聲狂笑，舞動雙袖，使著狂風法術。

一波波狂風捲起滔天巨浪往二島打去，大浪掀起了數層樓高，一浪浪灌進二島灘頭，大水沖過沙灘，鋪天蓋地灌進了老屋巷弄。

老屋一間間坍倒，牆上貼著的符、巷口懸著的旗幟，全都給大水捲爛。

「這雨下得太大啦，將新寫上牆的符咒都給洗掉了！」「巷口的符旗全給風吹倒了！」「那些惡鬼給福地靈氣鎮得難受，咱們殺出去！」守在老巷裡的精怪眼見風伯還沒攻來，前頭一間間屋子便給水勢沖垮，許多防禦工事還沒派上用場，便給這暴風雨打壞了。精怪們驚慌爭論著該殺出去，還是該往後退。

塔婆站在二島地勢較高處的一間老屋屋頂上，將底下情勢瞧得一清二楚，趕緊傳出一張符令通報四方守軍：「前線石兵、精怪們別死守，往我這兒退！」

大水洶湧，石敢當們身子沉重，掩護著精怪們往二島地勢較高的老屋群退去。在老屋群處還有另一條防線，埋伏著一批以小猴兒為首的精怪，由塔婆親自領軍督戰。

精怪們個個都藏在老屋中，拿著黏了符的長竿、符箭待命。本來準備好的符籙沖天炮，卻因為雨師灑下暴雨，全都沒了作用。

水瑕公則守著第三條防線，防線後便是準備用來置放太歲鼎的廣大空地。水瑕公在那兒指揮全軍，發出一道道符令與兩島守將通報戰情。

風伯領著大軍，在離岸數十公尺處停下，卻遲遲不攻上岸，而是不斷以風術捲浪襲島。而那雨師則是領著大軍飛到了大島前十數公尺上空。雨師展開雙臂，暴雨如千萬落雷一樣降下，黑雲幾乎罩住了大島全島。島上精怪驚慌騷動，四周讓那大黑雲蓋得什麼也看不見。

大王船駛到了大島、二島之間的海域，等著水瑕公號令。二王爺和五王爺使出了術法，在巨王船周邊張開了結界，避去了一波一波迎面打來的巨浪。

「再這樣下去，咱們的防禦工事可要全毀啦！」塔婆急急傳著符令通報水瑕公：「咱們磚符都是用泥黏上牆的，讓這大浪暴雨一打，可要給打落一半了……不如……不如派王爺一軍突襲風伯……」

水瑕公先點點頭，又搖搖頭，回傳符令：「王爺一軍必須配合兩島上的守軍行動，單獨出戰只是送死……」

正討論著，只聽見遠處風伯高聲狂笑，笑聲像汽笛一般宏亮。

幾股大龍捲風激起了一片暴流怒濤狂捲上岸，本來消退的水勢猛地暴漲起來，海水一下子往那高處防線淹來。

風伯的海上大軍終於動了。原來此時正是護鼎大軍與西王母激戰告一段落，太陽領兵落下之際，風伯、雨師收到太陽號令，一齊發動了大軍攻擊。

「水又來啦！」「這裡一定要守下！」塔婆激動下著命令。

石敢當們伸出雙臂，挺起堅硬寬闊的身子，在那高處老屋群前排成一列。大石面上的眼睛睜著，瞪視著那乘著大風大水席捲上岸的鬼卒們。

「帥弟弟太陽已經出戰，我們可不能落後，殺呀！衝呀！耶——」風伯笑得瘋狂，錦袍上服飾羽毛亂顫，活像隻黑色孔雀。

「衝！衝——」鬼卒陣裡壓陣的邪神和鬼頭目們甩動長鞭、揚著利刃，騎跨著從大海裡捉來的大鰻精，驅使著大片鬼卒，浩浩蕩蕩殺進了老屋群。成千成萬的鬼卒們尖叫四起，有些搗著頭打起滾來，都是讓福地靈氣鎮得難受。

「他們在上頭！殺了他們，殺光他們——」一隻壯碩的鬼頭目大吼著，瞧見了那高處防線的石敢當，立時鼓譟叫囂，領著大片鬼卒乘著大水殺了上去。

鬼頭目舉起大刀，惡狠狠往一面三公尺高的大石敢當身上一劈，鏘的一聲，刀斷了。

那大石敢當舉起拳頭，猛力轟去，將那鬼頭目轟得飛上了天。

所有石敢當同時揮拳，一百幾十隻的鬼卒們同時給轟飛上天，落在遠遠的水流裡。

「守住！」精怪們紛紛從老屋窗口探出頭來、射出符箭，掩護前頭的石敢當們。

第二批、第三批邪神鬼卒殺來，擁進了高處防線的大小巷弄，和守衛的精怪們展開了激烈巷戰攻防。

如同早先中二據點大戰雪媚娘、四目王時一般，精怪們將鬼卒們引進屋裡殺，從窗口射箭，挺著沾有符咒的長竿亂捅。

「好玩，好玩呀——」風伯哈哈笑著，玩弄著身上羽毛，凌空指揮。由於此時己方邪神殺上了岸，風伯便不再使風術吹浪，而是興致高昂地看著己方大軍攻島。

「打——」李府王爺一聲高喊，十數聲炮響震破雲霄，巨王船從側面海上攻來，一挺挺巨炮不停轟擊開路。巨王船衝勢甚急，衝進了風伯鬼卒軍裡。

「殺散他們！殺散他們——」二王爺揮刀吶喊，王船上海精們個個精神抖擻，與攀上巨船的鬼卒們殺成一片。

「哈哈！好玩，好玩！」風伯在天上看著底下王船開炮，笑得合不攏嘴：「好啊，用炮打我鬼卒，打吧打吧，凡人和蟻一般多，死了成鬼更多，隨處一召就是千百上萬，盡量打。」

幾名邪神盤旋飛下，李府大王爺舉刀相迎，一刀砍落了一個邪神腦袋，但後背也挨了一刀。

另一邊大島也戰得如火如荼，塔公領著天將、海精們，藉著福地靈氣與防禦工事的掩護，在老巷中打游擊戰。

鬼卒軍四面八方夾攻，竄進各條巷子裡，大島老屋牆上的磚符、巷角的符旗，也讓雨師大雨淋得損失慘重；而那些尚未損壞的磚符都發出陣陣金光。但鬼卒太多，射倒了一隻，立時就有其他鬼卒搶到牆邊巷角，搥壞磚符、拔落旗幟。

水藍兒舞著雙劍，在巷子裡四處穿梭游擊，刺倒一隻隻鬼卒；房舍裡躲著的精怪也不時開門應戰，引一些鬼卒進門痛打。

許多房裡都設了符術陷阱，鬼卒們破門而入，就是一陣慘嚎。

二島的石敢當也三五成群地退進了老巷子裡，與成山成海的鬼卒激戰。石敢當們動作遲緩，身上都給斬出道道傷痕，卻絲毫不畏懼，巨手握拳死戰，搥爆一隻隻擁來的鬼卒。

「退、退……」塔婆眼見這兒防線要守不住了，只得發出號令，要大夥兒往後頭退。石敢當們前後守著塔婆和精怪後退，受傷了的精怪彼此攙扶。小猴兒舉著鐵棒，站在那大石敢當肩上，奮力指揮著。

幾個邪神領兵掩殺，追趕石敢當和精怪們，漸漸往太歲鼎置放處逼近。這處空地中央有座臨時搭好的大符咒塔，會在太歲鼎遷來時放出萬丈光，成為福地最厚實的結界。

靠近太歲鼎置放處的幾排老屋，是二島上最後一圈防線，這裡地勢較高，大浪打不上來。水琝公領命死守福地，此時拚了老命也要守下這處地方，他站在老屋頂上，見到塔婆一軍敗退，比了個手勢要後方守軍準備。

塔婆一軍不停退著，退進了這最後防線的老屋陣中。

幾個邪神領著鬼卒四面殺入，只見老巷裡空蕩蕩什麼也沒有，石敢當們都退得遠遠的。

邪神幾聲高喊，手下鬼卒你推我擠地搶進了巷子裡，他們頭痛暈眩，只想趕緊殺光了敵人，退出這福地。

第三道防線地勢更高，由於水沖不上來，巷弄裡的防禦工事最是完整，一面面磚符閃耀著驅魔光芒。

兩側老屋門戶一齊打開，成千上百的紙人殺出屋子，紙人手上都拿著黏了符咒的長竿。

六婆閉眼凝神，在幾隻精怪護衛下，在一處隱密老屋中施著法。

另一邊巷子幾間老屋也竄出了一群奇異野獸，個個張牙舞爪，有龍、有虎、有獅、有豹，衝進了鬼卒陣裡就是一陣亂咬。

隱密老屋中還有葉元，正拿著一支支竹籤，插在上頭的是捏麵人。葉元比手劃腳，這是他的祕密武器，施了法的捏麵偶會脹大很多，和眞實猛獸一般大小，雖然不如虎爺、石獅那般威猛，卻也有些許戰力。許多天來葉元日夜趕工，做了數百隻捏麵偶，此時全派上了用場。

只見到葉元七手八腳，又搬出了個簍子，裡頭是一堆人形捏麵人，全是將軍模樣、拿著長刀大戟。葉元點燃一張符紙劃圈，含了口米酒朝簍子噴下。

米酒灑過火符，符渣、酒水濺滿了整簍捏麵人，它們顫抖起來，越抖越大。

一名精怪連忙捧起這簍子，跑到窗前推開木窗，往外一撒，撒出一整隊麵偶將軍，和擁進巷子裡的鬼卒殺得喧天震地。

邪神們見水琝公一軍在這兒也布下了重重守勢，卻只是哈哈大笑：「強弩之末，不足爲懼！」

在邪神領頭們不停呼喝下，鬼卒們使盡了全力往這幾條老巷裡頭擠，爬上屋頂，殺進了屋內。

水琝公眼見敵人實在太多，只得趁著紙人麵偶還能勉強抵禦之際，連連下令：「兩老驅使紙人、麵偶作爲掩護，大夥兒們全往後頭退，死守最後防線！別讓惡鬼踏進一步！」

□

「衝啊！淹啊！哈哈哈哈——」風伯狂笑著，在空中打起了轉，越轉越低，往巨王船竄下，手一揮就是一陣風打在王船上頭，將許多海精和更多鬼卒，全高高捲起吹落下海。

李府大王爺全身是血，他已經殺倒了兩名邪神，正與趕上來的邪神大戰，見了風伯親自殺下，也卯足了勁用力一蹬，飛上空中與風伯死戰。

風伯本來手無兵器，從衣上摘下兩根羽毛，揮了幾下，變成了兩柄彎刀，上頭鑲滿珠寶玉石。

李府大王爺勢如暴雷，竄上老高，迎著風伯就是一記大砍。風伯優雅避過，回了三刀，兩刀給大王爺大刀擋下，一刀在李府大王爺胸前劈出一道大口，血濺滿天。

「大哥——」二王爺和五王爺也各自激戰著，見了李大王爺中刀，都驚愕大喊著。

「一點也不痛！」李府王爺大喝著，同時也哈哈大笑起來：「當作是贖罪……為我前些日子入邪贖罪！」

李府王爺暴吼著，又讓風伯砍了一刀，胸口給劃出了個大交叉。風伯也哈哈笑著，與李府王爺對著刀。

李府王爺越砍，笑聲越是劇烈，眼睛瞪得圓大，重刀一記記朝風伯砍去。

「來了、來了，終於來了！」五王爺大喊著，也飛竄上天，雙手泛出綠光，朝水面上射去，東點一下、西點一下，有如施令一般。

只見到海面沸騰了般，伸出成千上百的手，有些抓住風伯陣中鬼卒的腳，鬼卒給拉進了海，數秒後拋出來的，全是殘肢斷骸。

「水鬼隊助我——」五王爺怪吼著，朝風伯飛去。

原來是五王爺體內惡念雖已驅除，但他施在水鬼身上的法術仍在，在風伯雨師逼近前，五王爺便已施法召喚水鬼，此時終於趕來助陣。

只見到海面上霎時冒出一隻隻水鬼，與風伯鬼卒軍們殺成一片，霎時海面上盡是鬼打鬼、鬼咬鬼、鬼哭神號。

□

「擋下，擋下——」水琝公喊著，手杖猛揮，揮出的光打在幾隻鬼卒身上，卻擋不住如潮水般往置鼎大空地這頭竄來的鬼卒大軍們。

石敢當們在廣闊空地前圍成一列，後頭是山精、葉元、六婆和所剩無幾的紙人、麵偶們，大夥兒在第三圈陣線死戰了一會兒，便照著水琝公號令，且戰且退，全聚集到了空地前面的小坡上。

邪神鬼卒們往空地直撲，一列石敢當們舉起的巨手極其雄壯，緊握成拳。

「揮……拳……」石敢當中那領頭的，身長三公尺的大石敢當，竟開口說了話，幾十隻拳頭一齊揮出，將第一批擁上的鬼卒全轟出數十丈。

「殺啊！」「上！」後頭葉元、六婆一聲令下，殘存的紙人、麵偶全衝了出去，與第二批鬼卒殺成一片。

第三批、第四批鬼卒殺來，石敢當們硬接。

一群群鬼卒們抱上石敢當們的身子，用拳頭敲著，用牙齒咬著；手也搥爛了，牙也咬落了，一隻落了又殺來三隻。石敢當本來堅硬的石身，此時也斑斑痕痕、殘殘破破。

一塊全身墨黑，背後刻著「魑魅魍魎」的黑石敢當，身先士卒衝出陣外，兩隻黑拳胡亂揮掃，打飛一隻隻鬼卒。

一隻四四方方、長寬高都一樣長的石敢當，也衝出陣線，像骰子一樣滾出，衝進了鬼卒陣裡東滾西撞。

幾隻石敢當手牽著手，拉成了一條線，盡力擋著湧來的鬼卒激流。

邪神們挑著幾隻強悍的石敢當作目標，集中兵力猛打。鬼卒軍勢如海，大浪一般狂淹，爬滿了石敢當全身。石敢當再強悍，也禁不起螞蟻啃大象，有些石敢當碎得七零八落，一座座倒了下來。

「倒了！全都倒了——」塔婆怪嚎著，眼淚流了下來：「我的石兵兒啊——」

「怎麼殺不完啊？」葉元氣得大喊，他的麵偶幾乎全數戰死，六婆的紙人也所剩無幾，只能隨著水琝公和塔婆一路後退。

精怪們瘋了一般，衝進了鬼卒軍中拚命——他們最終的目的是洞天，但一場又一場的激戰卻似永無止盡，眼前鬼怪也像殺不完似的。

「那麼多？那麼多？」小猴兒吱吱叫著，手上一支鐵棒亂掄，打倒一隻又來三隻，眼見同伴一一倒下，氣得他猛搔腦袋。「哪來那麼多？到底是什麼？」

「人！那些是人啊——」精怪們叫著，絕望抵抗著：「人化成的鬼……殺也殺不盡……」

「我可不能戰死，洞天果子又香又甜，我還沒吃飽果子！我還沒吃飽果子！」小猴兒喊著，掄動鐵棒打碎一隻鬼卒腦袋。

身邊一隻兔子精立時應和：「對啊！又香又甜的果子！那時我顧著看風景，只吃了幾顆，若有機會，我要再——」

兔子精沒說完，腦袋已給一個邪神斬落成兩半。

「完了……」水琝公一軍持續往後退著。葉元撞在那大符塔上，倒坐在地，兩眼瞪得老大，說不出話。

無數鬼卒衝入了置鼎大空地，朝著幾座大符塔淹來。

突然之間，幾處爆炸，將那些踏入空地的鬼卒們炸得七零八落。

「這……也是大符塔上的符術機關？」水琝公望著塔婆。

「不……這……」塔婆愣愣地望著那幾處爆破後猶自燃燒的金亮火焰，連連搖頭，她可不知道兩島上竟有威力這麼大的防禦工事。

「火不是大符塔上發出的……」葉元指著天空。

幾聲尖銳悠長的啼嘯聲，穿透了狂風暴雨，宏亮響起。

那長嘯聲之後，落下來的是火。

火落進鬼卒軍中，炸起了一片又一片的鬼卒殘骸。

水琝公和塔婆也退到了大符塔邊，抬頭看望天上，只見到天空濃密烏雲，裂出了一道口子，透出了金紅色的光芒。

又是幾聲響亮的鳴啼聲——

穿出烏雲、浩蕩飛來的是十數隻巨大鳳凰，鳳凰掠過天際，尾巴拖著的是火，翅膀搧動著的是火，嘴巴吐出的也是火。

金亮的火焰一團一團地往下落，全砸進了鬼卒軍中。

「鳳凰？」水琝公全身浴血，愣愣看著天空。

□

灘邊，風伯笑著，身上也給五王爺砍出一條大口，黑色的血流了滿身，但仍止不住笑。

然而，風伯對面的大王爺卻兩眼無神，握著大砍刀的右臂搖搖晃晃，胳臂落下了海，砍刀也離手墜落。

大王爺仍維持笑臉，卻是苦笑：「不痛……我……贖罪……贖罪……」

「逞強啊你！」風伯哈哈笑著：「你明明就很痛！」

「喝啊——」五王爺憤恨至極，又撲了上去，斷臂亦無兵器的大王爺也隨即撲上，左手握拳，與五王爺一同圍攻風伯。

水鬼與鬼卒們殺得難分難解，二王爺在王船上坐鎮指揮，斬落一隻隻鬼卒，正擔心另一邊大島要如何對抗雨師之際，就見到天的另一邊，許多大鳳凰展翅飛來。

鳳凰尾巴拖著的火，切開了密雲；鳳凰翅膀掀動的火，捲走了風和雨；鳳凰吐出了火，砸進讓鬼卒團團包圍的大島上。

「那是……洞天！」二王爺大吼一聲，眼前那花臉邪神一刀劈下，劈在他肩頭上。二王爺狂叫，回敬一刀，劈碎了邪神腦袋。

「不痛不痛！」邪神單刀還嵌在二王爺肩上，二王爺轉頭看著天上那風伯戰局。看著斷了手的李府王爺身子裂成了兩半，落下了海，是讓風伯斬的。

「大……哥……」二王爺拔起肩上單刀，抹去臉上淚痕，拔聲大吼著：「洞天……援兵來了……洞天援兵來了！洞天援兵來了！」

「大家撐住啊！洞天援兵來啦——」二王爺身子一縱，往風伯竄去。

「哇！是什麼？」風伯見了那群鳳凰，鳳凰後頭還跟著成千上百隻鳥精。

鳥精們翅膀銀亮，像利刃一般竄進了鬼卒陣中，本來圍在王船四周密密麻麻的鬼卒軍，霎時讓洞天鳥精們衝得四散。

風伯展風吹去，吹碎幾隻鳥精，接著又要吹，五王爺和二王爺連忙舉刀圍上，逼得風伯以雙刀格擋。

兩王爺殺紅了眼，不避不閃，大刀全往風伯身上要害劈砍，好似要拚個玉石俱焚。

五、六隻鳳凰圍住了風伯助陣。

「嘿！」風伯舉膝一頂，將五王爺頂開老遠，趁隙放出一道風術。那風術極烈，像是一捲濃縮旋風，往五王爺肚子打去。

數股紅色光風立時捲來，有的擋在旋風前頭，有的吹在旋風上頭，將這旋風化解無形。是鳳凰展翅鼓出的風。

鳳凰們不時吐出火焰，打下方的鬼卒，打前頭的風伯。有了鳳凰的助陣，兩位王爺更加有恃無恐，大刀揮得更猛，一記一記亂砍風伯。

「你們賴皮啊！」風伯給二王爺斬了一刀，怪吼怪叫著，旋風竄上全身，飛得更高，氣憤大罵：「這……這麼多個打我一個……我不玩了……」

風伯哭了起來，臉上的妝都哭花了，化成一道黑風，就要往大島逃去。

只見到大島那邊也有十數隻鳳凰領著鳥精助陣，雨師也哭著飛出大島，還讓一隻鳥精啄瞎了一眼。

「不打了、不打了……一點也不好玩！」風伯雨師相擁而泣，拋下鬼卒大軍，往遠處急飛。

□

鳳凰們在陰森晦暗的天際，劃出了一道道裂口。

雲後雖然也是一片黑暗，太陽成了黑色，卻能看見些許星星。鳳凰拖過的五色焰光，在空中交織成了一幅美麗圖畫。

小猴兒將一隻奄奄一息的鼴鼠精往後拖拉，掄著鐵棒打退逼來的鬼卒，再使勁搖著那鼴鼠精。「鼠兒、鼠兒快別睡，你看、你看，是洞天鳳凰……是洞天鳳凰呀！」

鼴鼠精半邊臉給鬼卒咬爛，只剩一顆染了血的眼睛，迷濛中緩緩睜開，果然見到了那給五色焰光映得燦爛的密雲，見到了天上星星，見到了洞天鳳凰。

「……這……裡是洞……天嗎？」鼴鼠精這才露出了笑容，搔了搔稀爛的臉。「有沒有……果子……我……口渴了……」

「是洞天！是洞天！」小猴兒跳著、叫著，一邊打退進逼的鬼卒，一邊急忙左顧右盼，摸摸身上，終於從腰間小袋掏出了一顆乾癟的果乾，那是他從洞天帶回來的紀念品。

「有果子、有果子！……只是有點乾……」小猴兒撲到鼴鼠精身邊，將鼴鼠精扶起，將乾果子湊上了鼴鼠精的嘴，但鼴鼠精卻動也不動。

幾隻鬼卒撲了上來，小猴兒沒空答理，拿著果子乾碰了碰鼴鼠精嘴巴，說：「果子有點乾……有點乾兒……但還是很甜啊……很甜啊……」

「喂喂！」小猴兒愣了愣，鼴鼠精還是動也不動。小猴兒瞪大了眼，眼珠子骨碌碌轉著，一時還沒反應過來。「喂……」

鬼卒們一擁而上，就要撲上小猴兒那瞬間，天上鳥精陣已然竄下，如百把利刃齊斬。靠近大符塔周圍的鬼卒們登時全給斬成了碎塊，「嘩啦」撒了漫天遍野。

三隻鳳凰舞著火焰殺下，殺得鬼卒們嚎聲震地。

蓋過了所有聲音，也蓋過了小猴兒的哭聲。

52 黃雀和螳螂

昏暗的天空，兩座大鼎繼續向前進。

百聲臥著，摸著鼎蓋上的紋路，一邊哼著自個兒編的曲子。見梧桐趕來，還嘻嘻笑著說：「我身子好麻，不能動了。是一個邪神砍的，那邪神可惡，趁我不注意從背後偷偷砍我，但這也不能怪他就是了，要是我見了一個邪神背對著我，我必定也會偷偷摸上去砍他背……」梧桐趕緊替百聲治傷，一邊還聽百聲碎碎唸著。

阿關來到太白星面前，擔心地看著太白星。太白星呵呵一笑說：「小歲星，你別擔心我，這傷勢死不了，只是……」

「只是？」阿關遲疑地問。

太白星側頭看看那黑色太陽，神情憂心地說：「只是我這不中用的老身子，大概打不贏那天上太陽啦……」

樟姑搗著受了劍傷的腹部，急切地說：「熒惑星大人給酆都大帝纏住……遲遲無法來援，我方損傷比預期中嚴重許多……」

「大家備戰！」林珊提高聲音：「太陽下來了——」

大夥兒在天上太陽慢慢變黑之際，便已經有了心理準備。這勾陳既然派了風伯雨師下凡，必定是全軍傾巢而出，不會只做做樣子。

「兩鼎靠近，彼此掩護協防！」松夫子指揮著，兩座大鼎越靠越近，幾乎要碰在一起。

兩座大鼎上的將士都站了起來，看著那黑色太陽，由於天色變黑，天際也露出許多星光。

阿關左右看看，與自己同在庚部鼎上的茄苳公、花螂、翩翩、若雨、福生、梧桐等皆還能再戰，百聲已給拖進了寶塔，三位軍師林珊、樟姑、松夫子也仍有餘力，太白星雖然還在鼎上指揮，但受傷頗重，幾乎無法再戰。

黃靈和午伊那丙部鼎，只有九芎、紫萁、含羞、螢子、長竹五位太白星部將協同甲子神們護衛大鼎，大夥兒也都露出了疲態。

黑色太陽周邊的青藍色光芒不斷閃爍舞動，詭異絕倫。阿關只覺得四周旋轉起來，竟分不清楚哪裡是天、哪裡是地。

「小心！」太白星出聲提醒，白鬍飄動，身子發出白光，白光越來越亮，罩住兩座大鼎。大夥兒這才回過神來，只見到天上黑色太陽的方向，已經多了一支兵馬，爲數不多，只有數十來名而已。

「好久不見！太白星爺！」陣中爲首的正是太陽星君。

太陽星君一身黑色戰甲，皮膚是深深的靛藍色，眼睛則是亮綠色，模樣是個俊俏青年。太陽不如西王母那般大軍壓境，只領著三十多名身穿各色戰甲的部將。

「大家別掉以輕心，勾陳一軍長居天庭，受惡念感染程度遠比地上邪神來得嚴重，與魔界群魔已差不多了。」太白星高聲提醒己方，卻又像是故意說給太陽聽的。

「哈哈哈哈——」太陽朗笑著：「惡念、惡念，你們都說惡念，我卻不覺得它惡。脫去了道德老皮，才能見到真正快樂。」

「妖言惑眾。」樟姑哼了一聲。

只見太陽搖了搖頭，笑得更大聲，身後三十多名部將都舉起了兵器，隨著太陽笑聲，往兩鼎飛竄而來。

茄苳公儘管一身是傷，仍奮力舉起大刀，在太白星身前護衛。

花螂緊握著雙鐮刀，和茄苳公肩並著肩。茄苳公是太白星麾下老將，花螂和飛蜓、鉞鎔皆是同一批洞天小仙，一老一少本無太多交集，太歲鼎崩壞之後，卻也一同出生入死了無數次，是太白星麾下最驍悍武勇的兩名大將。

「太白星、備位太歲都在。」太陽舉起手上黑劍，高聲喊著：「我猜那座便是真鼎——」太陽還沒說完，麾下部將已經一擁而上，與結成陣式的甲子神們、兩星部將展開激烈大戰。

阿關舉起白石寶塔，虎爺、石獅、風獅爺全殺出來，大傻、章魚兄、螃蟹精也殺了出來。

「受傷的就進塔。」阿關喊著，舉起鬼哭劍上前助陣。「我們打車輪戰！」

一個兩公尺高的太陽部將殺到阿關面前，舉著大禪杖迎頭劈來。阿關接了幾杖，覺得那邪將力大無窮，握著短劍的手給震得又痛又麻，不得不使出太歲力，偷偷抓了邪將一把。

「嗚啊啊——」邪將大喊著，身子劇烈抖動，阿關卻也放不了手。他本想偷抓一下惡念，讓這邪將分神，哪知此時手像是給膠黏住一般，難以抽回。

阿火撲上了這邪將，咬住了邪將肩頭，這才將邪將咬倒，阿關也往後一滾，覺得手臂痠軟無力。

太白星出聲提醒：「小歲星吶，太歲力你還不太熟練，小心慎用。」

阿關正要掙扎爬起，又一個邪將跳來，舉刀便砍。

「壞傢伙！壞傢伙！壞傢伙！」白石寶塔一震，被搖醒的寒單爺和有應公又跳了出來，拿著彎刀與短棍將那邪將痛打一頓。邪將給殺得措手不及，連連後退。

癩蝦蟆、老樹精、綠眼狐狸也跳了出來，跟在寒單爺身後，指著眼前邪將喊：「打他、打他，他是壞傢伙！」

「竟敢偷偷打暈爺爺我？你這壞傢伙、壞傢伙！」寒單爺大喝著，瘋狂攻擊眼前邪將。

那邪將大吼：「你哪蹦出來的？我什麼時候打暈你了？」

「說謊！」癩蝦蟆呱呱叫著：「寒單大爺爺，就是這壞傢伙打暈你的沒錯，他打你還說謊，好好教訓他！呱！」

「看我打死你！」有應公嘶吼著，一棍打在那邪神腰上，將他打得翻了個滾，幾乎要落下鼎去。

寒單爺和有應公腦袋不清，在癩蝦蟆的慫恿下，只把眼前邪將當成是方才打暈他倆的太子爺，二話不說就追著那邪將猛殺。

「寒單爺也在？民間有求必應公？都到齊啦！」太陽笑得威風，背上披風狂舞，揮著大劍殺下。

一陣光圈射來，翩翩截住了太陽死戰，靛月晃出光刀、青月連射光圈，全讓太陽手上黑劍擋下。

「喲！原來是妳！」太陽嘻嘻邪笑：「我當是哪家丫頭那麼蠻橫，原來是洞天蟲仙翩翩小娃兒，許久沒見，怎麼裹成這樣？是誰傷了妳那漂亮臉蛋？」

翩翩也沒答話，一味死攻。

五隻邪將落下大鼎，包夾太白星，與茄苳公、花螂一陣大戰。

茄苳公揮舞大刀，踢倒一名邪將，轉身斬落後頭邪將腦袋。同時後背也吃了一刀，戰袍碎裂，破口噴出大片血。

花螂連中了三刀，張口大吼，鐮刀狂斬，一舉將眼前邪將斬死。

茄苳公越戰越勇，一轉身，又斬落一個腦袋；再轉身，又砍死一邪將。

花螂雙鐮齊揮，斬倒了最後一名邪將。

「呸！這麼不濟事……」花螂還沒說完，身子搖搖欲墜，趕緊以鐮刀撐地，使自己不致倒下。看著地上那五邪將屍骸，吐了口口水，不屑地說：「這麼一下便殺光，我還不知和誰打過，連長相都沒看清楚……」

「大將有強有弱，斬了五個弱的便以爲自己強？」又一名邪將飛竄落下，攔在花螂眼前，一臉靛藍色，眼睛卻是血紅，拿了一柄三尖兩刃刀。

「七海……」花螂認清了眼前邪將模樣，是兒時一同摔角嬉戲、爭奪洞天第一勇士的兒時玩伴七海。七海被分配到太陽麾下，現下一張藍面血眼，凶氣逼人，也邪化得深了。

花螂憤恨吼了一聲，不甘自己給七海瞧扁，用盡全力握起鐮刀，撲向七海，但終究已經力竭，讓七海一腳踢倒在地。

七海反握三尖刀，猛地往地下刺去，三尖刀深深沒入花螂胸口。

「喝啊！」茄苳公一聲暴雷吼，大砍刀攔腰砍向七海，七海橫刀相迎，與茄苳公大戰幾十刀。

本來茄苳公強過七海，但此時早已負了重傷，體力也已不濟，讓七海逼得連連後退。

七海在茄苳公粗壯臂上又砍了條裂口，眼看就要奪他腦袋，卻讓地上的花螂一把扯腳踝，絆了一下。

七海穩了身子，回頭瞧了花螂，露出笑容。「再見，老友。」

太白星竄來救援，卻讓其他邪將攔下；茄苳公吹著鬍子，翻身起來時，七海已經一刀斬去了花螂腦袋。

「喝——」茄苳公吼聲如虎，噴出了幾口血，看了看花螂滾走的腦袋，什麼也顧不得，撲上去與七海硬拚。

「維淳啊！你究竟來是不來？」太白星光芒震飛一名邪將，又讓兩邪將圍住。

茄苳公讓七海又一踢，不住後退。石獅們受了阿關命令，趕來救援，圍住了七海猛撞。

七海手起刀落，一刀刀斬在石獅身上，石獅們死戰不退。

「小看你們了！」太陽星君鼓出了力氣，一劍當頭朝翩翩劈下。翩翩急忙閃開，手臂被拉出長長一條口子，深可見骨。

太陽星君本來悠哉應戰，但見了己方部將讓甲子神、獅虎部隊們纏住而久戰不下，此時也按捺不住了。

「這干獅兵虎將倒挺難纏！」太陽一步步朝太白星逼近，幾隻撲上來的風獅爺全給太陽揮劍斬了，不悅地說：「到底從哪冒出來的？」

丙部大鼎一陣震動，黃靈、午伊和甲子神們飛了起來，丙部大鼎也炸了開來。丙部鼎本來便兵少，給邪將們一輪猛攻，黃靈、午伊抵擋不住，眼見甲子神接連戰死，只得棄鼎。太陽這方的邪將們早知道有此一著，也急忙飛起，沒讓炸出的金光燒死。

「原來你早等著！」太白星瞪著太陽，恨恨地說：「你躲在日頭裡看著咱們與西王母大戰，見西王母敗退，這才出來坐收漁利……」

「沒錯、沒錯！」太陽哈哈大笑，又斬死了一隻虎爺：「螳螂捕蟬，黃雀在後……西王母那蹩腳螳螂，給你們這小蟬殺得大敗而逃，自然是便宜了我這聰明黃雀，哈哈哈哈！」

「進來！受傷的進來……」阿關嚷嚷著，但見太陽接連斬死虎爺、風獅爺，許多獅子、老虎還沒來得及逃回寶塔，就給殺了。

阿關憤恨地擲出鬼哭劍，直直竄向太陽。

太陽閃過了鬼哭劍，只見到鬼哭在空中還閃著雷光，回頭看了看阿關，說：「是備位太歲，哦，現在應該是正式太歲了……」

太陽轉身，朝阿關走來。阿關嚇了一跳，騎著石火輪不住後退。

一名邪將殺上，與阿關一陣大戰。

阿關召回鬼哭劍，與那邪將過了幾劍，想使出雷術，卻又施展不出；想用太歲力，但見到太陽奸笑走來，又怕像剛才一樣，給惡念黏了手，便無法應付太陽。

「七曜之中……」太陽一邊笑，一邊走著；翩翩飛竄來救，右手卻已動彈不得，只能以左手使著靛月。太陽與翩翩對了幾劍，一劍將翩翩手上靛月打落。

太陽一手抓住了翩翩，手指掐進了她的脖子。

阿關哇哇大叫，顧不得那麼多，石火輪飛也似地竄去，心想藉著石火輪速度硬撞，卻讓太陽瞧得一清二楚，舉腳一踢，將那石火輪朝著阿關猛一踢去。

阿關讓石火輪砸倒在地，才要掙扎站起，太陽已到了他面前，一腳踏在阿關胸口上，將他踏得吐出了血。

「七曜之中……我最討厭就是那澄瀾……」太陽嘿嘿笑著，瞪著地下的阿關。「你是那澄瀾的繼承者……」

林珊、太白星全用盡力氣，飛竄來救。林珊讓太陽張口噴了一團黑氣，給吹飛老遠；太白星則讓太陽一劍斬在右肩上。

鬼哭劍閃電般竄來，直直往太陽腦袋插去。太陽側頭閃過，兩指挾住了鬼哭劍，只感到手指一陣焦痛，哼哼地說：「這不是澄瀾那廝的暗器嗎？原來給了你這小子！」

太陽哼了哼，將鬼哭劍朝阿關一扔，射進阿關右臂。

阿關手臂疼痛，這還是第一次給鬼哭劍刺中。想抬手使太歲力，卻覺得頭暈目眩，使不上力，又急又氣，心想要是二郎在此該有多好。

「哈哈哈哈！五星不過如此！」太陽哈哈笑著，掐著翩翩的那手繼續使力，幾股黑氣繞上翩翩全身。翩翩咬緊了牙關，雙手抓著太陽那手，卻怎麼也扯不開來。只聽見太陽高聲笑著：「哈哈！太歲、太歲鼎，都讓我得了，都讓我得了，哈哈哈哈——」

「你笑得太早了，太陽。」遠方傳來了一聲蒼老聲音，所有交戰大將全都愣了，朝那聲音看去。

遠方天際捲起了黑風，黑風中竄來那身影竟是太歲澄瀾。

太歲快如閃電，往太陽直衝竄來。

「澄瀾？」太陽怪吼一聲，似乎無法置信太歲會在此時出現。

「澄……瀾！」太白星倒臥在地，此時也掙扎站起。

隨著正神邪神驚叫之餘，太歲已經站上了大鼎，一邊打量著大鼎，一邊往太陽走去。

「你不是已經邪化了？還來幹嘛？」太陽略顯訝異地問。

「你不是也邪化了？你來幹嘛？」太歲掏掏耳朵說。

「你沒見我制了你手下愛將和你備位？不怕我殺了他們？」太陽神情猙獰地說。

「如此孱弱的小子……」太歲繼續大步走向太陽，哼了哼說：「要殺請便，你不殺，我替你殺。」

「什麼？」太陽怒喝一聲：「你以爲我不敢？」

太陽抓著翩翩那手才要使力，只覺得手臂一軟，像是給電了一樣。

阿關咬著牙根，儘管讓太陽踩著胸口，仍用盡力氣抓了太陽一把。

只這麼一緩，太陽手腕已讓那如鬼魅般竄來的太歲緊緊扣住。

「喝！」太陽眼睛狂亮，扔下翩翩，全身發出靛藍光芒，鼓足全力將太歲震開，一下子竄上了天。他知道太歲會吸惡念，不敢輕心大意，退了好遠，這才抽出大劍，將所有部將全召近身邊。

「螳螂捕蟬，黃雀在後，只是那愚笨螳螂，自以爲是黃雀，這才好笑，哈哈！」太歲冷笑著說。

太陽暴吼一聲，全身閃耀著刺眼光芒降下。那光芒熱燙刺眼，鼎上的兩星部將全給這光刺得難受，連連後退。

太陽身後還跟著六名邪將，與太陽一同將太歲團團圍住。

「你只一個，以爲能勝我全軍？」太陽吼著，揮動黑色巨劍一記一記朝太歲砍去。

太歲接連閃著太陽攻勢，召出黑色大戟，大戟上環繞黑雷。他冷冷地說：「要在別處打，老夫殺你得費九牛之力；在這兒打，殺你如翻掌吹灰。」

「笑話！」太陽兩眼泛出黑光，與六名邪將一齊圍上太歲。

「你忘了我腳下這是什麼？」太歲大喝一聲，全身泛起了黑霧，左手朝太陽等將一揮，太陽同六位邪將，立時給定在天上，動彈不得。

只聽見太陽哀吼一聲，濃烈惡念從身上向外炸開。

太歲大戟暴雷橫掃一圈，那六名邪將身子全成了兩截；太陽在那瞬間狂吼閃身，只給斬去了一條腿。

「怎麼可能？」太陽正驚愕，卻見太歲已經竄到了他眼前，便急忙舉劍來擋。

太歲哈哈笑著，見太陽少了一腿，便也不再使太歲力，只是狂揮黑色大戟。大戟上伴著游龍一般的黑雷，和太陽巨劍相交，黑雷猛烈纏上太陽全身，將他電得吼叫連連。

太陽全身一震，又欲發出耀眼光芒，突然身子又是一軟，原來是底下的阿關奮力又偷抓他一把。

太陽憤恨怒吼，正想向阿關施咒術，大戟已經刺進了他的心窩。

「你邪了，腦袋也變笨了嗎？」太歲哼了哼，看著驚愕不已的太陽，緩緩說著：「你是邪神，我是歲星，邪神在太歲鼎上戰太歲，你覺得你能贏？」

「我當然知……只是……只是……」太陽憤恨瞪著太歲，緩緩說著。

「只是不知老夫會來，對吧。」太歲呵呵笑著說。

太陽還沒回答，頭已歪倒一邊，身子漸漸化散。

太陽麾下邪將眼見多名同僚讓太歲舉手就殺盡，主子也命喪太歲手下，盡皆駭然，一下子慌了手腳，讓甲子神們追殺一陣，大都逃下了鼎，往遠處飛竄逃難去了。

七海猶自戰著，戰局卻已逆轉。

茄苳公倒臥地上，身上全是砍痕，早已力竭，甲子神們結成了陣式圍住七海攻打，一擁而上，將七海也擒了起來。

梧桐蹣跚走著，好不容易走到茄苳公身旁，這才將茄苳公扶起，在他背心上揉了揉，用最後的力氣在茄苳公身上注入幾股治傷靈氣。

茄苳公喘了一口，咳出大口大口血來，回過了神，緩緩說著：「別……管我……去救……

花螂……花螂那小子……」

茄苳公和梧桐愣愣看著滾到了遠處的花螂腦袋，一時無語。

九芎、紫萁、螢子、含羞則因爲先前陸續負傷逃回白石寶塔，反而安然無恙。飛蜓和青蜂兒雖然傷重，但見太歲爺竟趕來，且還殺了太陽，都興奮得跳出寶塔，也不顧身上傷勢，彼此攙扶著往太歲跑去。

「這新打好的鼎……」太歲爺吹了吹大戟上的殘渣，緩緩落下。「竟這麼好用……」

阿關踉踉蹌蹌衝來，淚流滿面，欣喜喊著：「太歲爺！我就知道你還好端端的……我就知道、我就知道……」

太白星勉強撐起身體，也蹣跚走向太歲，掩不住臉上喜悅。

太歲已經落下，阿關吼著，雙手高張，腦中一片空白，只想給太歲一個擁抱。

太歲退開兩步，阿關撲了個空，才發現自己動作十分無禮，趕緊伸了手，去握太歲的手。

「你還記得回來……」太白星咳了幾口，苦笑了笑，突然聽見阿關一聲哀號。

竟是太歲一把握住了阿關的手，發起了電流，黑色電光從太歲手臂繞上了阿關全身，電得阿關哇哇大叫。

太白星愣了愣，隨即一笑，知道太歲要教訓阿關了。

但太歲卻沒停手，黑雷持續炸去。

「澄瀾……你這……」太白星陡然一怔，高聲大喝：「住手，你會電死他！」

「我不是說了？」太歲面無表情地說：「這孱弱小子，太陽不殺他，我都要殺他了。聽說他眞除了是吧?他是太歲，那我是什麼?」

「小子，你是太歲，我是什麼?」太歲持續放著黑雷，睜大眼睛瞪著阿關，冷冷地說：「你連放雷都不會，想當太歲?」

「啊啊……」阿關給黑雷電得兩眼翻白，身子不住抖著。

四周部將盡皆駭然，有些愣在原地，還不知發生了什麼事。

林珊、翩翩等歲星部將，全擁了上來，大聲喊著：「太歲爺!」「這是誤會啊!」「饒了阿關大人……」

「撤手!」太白星大喝一聲，鼓起全身力氣，白光閃耀炸出，舉手往太歲抓去。

「你肚子上破洞那麼大個，還想逞強?」太歲一把握住了太白星手掌，也傳了電流過去，將太白星也給電得吼了起來。

太歲一個旋身，以阿關爲鎚，將迎上的歲星部將全都打飛。

只見太歲雙眼一瞪，太歲鼎陡然轉向，往北方快速飛竄。

「停下!」後頭幾個身影越來越清楚，往太歲鼎飛竄而來，正是熒惑一軍。

「喔?原來是那個老是與老夫作對的維淳來了。」太歲哼了哼。

「澄……澄瀾啊!你……你……究竟想如何?」太白星身子放出白光，勉強說著話。

「想如何?」太歲笑了起來：「不就是想劫鼎嗎?」

大鼎震了震，勢子緩了下來。太歲轉頭一看，原來是黃靈、午伊和甲子神們合力使太歲鼎掉頭，這才使轉向的太歲鼎重新往西邊福地前進。

「原來是你們這兩個傢伙！」太歲哼了幾聲。「備位的備位，混帳傢伙，可惡透頂，老夫竟然忘了宰你們，老了、老了……記性都差了……」

太歲一邊說，一邊鬆開抓住太白星那手。太白星摔落下地，渾身抖著。

阿關還讓太歲抓著，電流持續從手腕襲上全身，他連哀號都發不出，只能無助打著擺子。

太歲一個縱身，竄向黃靈和午伊。

一股火紅大影落在太歲身前，正是熒惑星君。

「澄瀾，你果真邪化了。」熒惑星身材魁梧壯碩，一身金紅戰甲，留了滿嘴紅鬍，兩隻眼睛瞪得極大。

「滾開！」太歲喝了一聲，召出大戟，就往熒惑身上掃去。熒惑星閃過大戟，呼喝一聲，手裡現出一把火龍大刀。

太歲和熒惑一來一往，過了幾十招。太歲戟上炸出了黑雷，熒惑星大刀掀起紅火，一下子戰得天昏地暗，部將們讓這戰圈逼得全近不了身。

阿關還給太歲抓著，嘴巴都流出了白沫。

「太歲爺——」翩翩飛竄而來，手裡拿著是青月刀，撒了幾個光圈，砍向太歲抓著阿關那手。太歲只揮出幾道黑雷，便擋下了翩翩光圈。

「笨丫頭，別來礙事！」太歲喝了一聲，揮出一條黑雷打去，將竄來的翩翩打倒在地。翩翩本已傷重，讓黑雷這麼一打，癱在地上，再也起不來了。

熒惑星吹著鬍子，抖擻精神，那火龍大刀炸出片片紅火，每一記揮向太歲都是千鈞之勢。

太歲喝著，眼見熒惑星部將越逼越近，暴吼了一聲，這才拋下阿關，飛身就往大鼎圓孔裡竄去。

「哪裡跑！」熒惑星怪吼一聲，就要往圓孔裡追。

太白星連忙喊著：「維淳，別去！裡頭都是惡念！」

熒惑星哈哈大笑，竄進了大鼎圓孔。

只聽見林珊一聲大喊：「黃靈、午伊！就是現在！」

阿關在地上抽搐，還沒回過神來，只感到大鼎不停抖著，一道道裂痕炸出，太歲的吼聲似暴雷、似凶獸：「假的……假的！」

「竟是假的——」太歲從圓孔竄起，數十條閃耀銀繩纏住了太歲全身。熒惑星提著火龍刀跟著飛出，威風凜凜地飛在太歲前頭：「澄瀾，這下可終於逮著你了！」

黃靈、午伊凝神施咒，倒像是操控著這些銀繩子一般。

青蜂兒和福生拉起了阿關，林珊撿起了白石寶塔，將石火輪扔了進去，將精怪、虎爺也召了進去，大夥兒全飛昇上天。

太歲給銀繩子纏住了全身，暴吼如雷：「敢使假鼎騙我——」太歲還沒喊完，大鼎四分五裂了起來，更多銀繩竄出裂口，纏上太歲。

碰的一聲金光耀眼，最後一座庚部太歲鼎也炸了開來。

《太歲　卷四》完

番外 缺了半邊的貝殼

四周的海水好冰好冷，黑暗無光、無邊無際，還有著揮之不去的血腥味。

後頭一對閃亮大圓球綻放著青森森的光芒，海水激流捲動，一條條巨大的條狀觸手不停地竄動、捲動著，觸手上的吸盤帶著利刺，有些刺上還殘留著肉屑和血絲。

那是夥伴們的血和肉。

年輕男女在深海中竄逃著，附近還有些同樣竄逃著的夥伴們。

年輕男女各持一柄長劍，劍柄上在刻著圖紋，都是一只貝殼圖紋。

女孩肩頭有傷，傷口淌出的血在海水中快速暈染渲開；男孩一臂癱軟，另一手則緊握著劍，斬著後頭窮追不捨的觸手。

四周激流更烈，血腥味更濃厚，一同逃亡的夥伴們似乎又有幾個讓這大觸手捲走撕裂。

女孩漸漸覺得疲累，一個恍神，游勢慢了些，後頭的大觸手便倏地打來，攔腰捲上女孩腰身。女孩只感到身子一陣劇痛，那大觸手幾乎要捲斷了她身上骨頭，大吸盤撕咬著她身上的血肉。

男孩在大觸手將女孩捲走那刻，勉力以他那斷骨的手，千鈞一髮之際拉住女孩手腕，緊抓不放；另一手挺劍連刺，不停刺擊著那大觸手。

女孩覺得身上的綳緊感放鬆了些，男孩的刺擊奏了效，大觸手上頭一個、一個破口都漫出腥臭的血漿。

「藍兒！藍兒——」男孩大聲吼叫著，一劍劈下，將那大觸手幾乎斬斷。觸手激烈顫動著，女孩昏沉沉落下，讓男孩一把摟住，往前頭游竄。

「別睡、別睡——」男孩用斷骨那臂挾住女孩，奮力向前游著，同時拍打著女孩臉頰，急急地說：「別怕，咱們一定逃得了，一定逃得了……這海附近有神仙，是那號稱『代天巡狩』的王爺們，咱們去求他們……」

男孩話還沒停，背後激流再起，一隻觸手刺來，男孩急忙閃避；又一隻觸手竄來，捲上了男孩一腳，大觸手怪力無匹，男孩一條腿登時給擰斷成好幾截。

「哇！」男孩放開了懷中昏沉沉的女孩，將她向外推開，轉身挺劍戰這觸手。

觸手後頭的兩個大圓眼睛一閃一閃，露出了凶怒氣息。

「大螃蟹、大章魚！」男孩嘶吼著，附近傳來了回應，兩個黑影狼狽趕來，左右護衛住了女孩。

「保護藍兒走——」男孩沙啞嘶嚎地下令，長劍電光閃耀，劈砍更多襲來的觸手。

「大哥！」那被男孩稱作大螃蟹的傢伙，兩隻大螯盡是裂痕，激動要往前救援。

「你們走——」男孩怒喝著：「以後大小事，便全聽藍兒的！」

女孩昏昏沉沉，只感到身旁那大螃蟹、大章魚的滿懷悲憤，四周的觸手更多了，密密麻麻，她伸出手來，狐疑著男孩為何沒和她一起？男孩為何離她好遠？男孩為何讓好多條粗長觸手捲住了？

一條觸手尖端似乎十分尖銳，在男孩身前靈巧竄著，刺進了男孩胸膛。

「走——」這最後一聲巨吼，是男孩耗盡生命吼出來的。嘶吼同時，他拋出長劍，刺中觸手後頭那顆青森森的大圓眼睛。

四周觸手全發狂激動起來，四面狂掃揮擊。大螃蟹、大章魚抵擋不住，只得轉向，抓著女孩的肩頭游著。

「靖哥……靖哥……」女孩昏沉之中，感到一股強烈的悲戚，男孩離她越來越遠，再也回不來了。

□

「靖哥！靖哥！」一聲哭喊，女孩驚醒，抬頭看著夜空滿天星斗，她躺在一只大蚌殼上。

螃蟹精、章魚兄自大蚌殼下的海面竄起，急忙問著：「水藍兒大姊，發生什麼事？」

「沒事……」水藍兒拭了拭眼淚，搖搖頭。

「又作了噩夢？」章魚兄問。

水藍兒沒答，只問：「有無消息？王爺可有追來？」

「沒有！」章魚兄搖搖頭。

水藍兒呼了口氣，又躺了下來。

四周更多海精浮上水面，海馬精游近大蚌，將一團黏糊糊的海草敷在水藍兒腰間傷口上。

螃蟹精埋怨著：「那五府王爺實在可惡，咱們一定要找大神仙告狀去！」

海精們群情激憤地說：「是啊，太可惡了！」「咱們受了海怪攻擊，向王爺們求救，王爺們竟趁火打劫，要水藍兒大姊做他老婆，實在可惡透頂！」

水藍兒靜默不語，看著夜空星星。

「到了、到了！前面有座大島，上頭有神仙吶！」前頭的海精來報，水藍兒趕緊掙坐起來，腰間傷處還十分疼痛。

「別慌，幾個兄弟去探探！」章魚兒指揮著，幾個海精輪番游向那大島，不時回來通報：「大島上靈氣逼人，很安全的樣子！」「上頭有神仙鎮守，有很多厲害神獸，和一面面會動的大石板，守備強盛的樣子！」

「可知是什麼神仙？」水藍兒問著。

精怪們彼此相顧，都搖搖頭。「不知道。」

海馬精開口：「我認為再探幾天，探個明白比較妥當，就怕那島上神仙和惡王爺們是一夥的！」

後頭海精們騷動著，有些在遠處巡守的海精夥伴們慌忙地趕來，嚷嚷叫著：「大海獸又來啦、大海獸又來啦——」

大夥兒一陣驚慌，章魚兒急忙說著：「水藍兒大姊，要不要向大島神仙求援？」

水藍兒猶豫不決，轉頭只見後方黑夜大海，海面波濤洶湧，好多好多觸手竄出水面，一座暗黑大山突出水面，上頭兩個大眼睛閃耀發亮，正是那殺了他們許多夥伴、窮追不捨的大海怪。

「咱們已給逼到了岸邊，無法再逃了……」水藍兒揮手下令：「往岸上逃吧！」上百隻海精領了命令，保護著水藍兒往大海島上退。

海島上閃耀著金黃靈光，沙灘上一座大岩上佇了隻幼貓大小的小獅。小獅眼睛圓瞪，頸上掛了件破爛小披風。他見遠處海灘騷亂著，一隻隻海精搶上灘來，不由得咧開嘴巴，凶惡吼著。

儘管小獅吼聲尖細，仍然引來了四周守兵的注意，更多的風獅爺群聚而來。沙灘後的老屋群裡，一座座厚重石板紛紛站起，往這兒靠來。

「什麼事？什麼事？」塔公、塔婆本來在岸邊樹下鬥嘴，鬥著鬥著火氣全上來了，越罵越凶，此時聽了風獅爺的警戒吼聲，慌慌張張地趕來探視。

「發生了什麼事？」塔公眼見前頭擁上來的海精們有上百隻之多，更遠處後頭有座龐然大山快速逼來，數不清的觸手在那大山四周晃動揮擊，瀰漫著一股凶烈殺氣。登時緊張起來，威嚇大喊：「哪兒來的精怪敢闖福地，速速退去！」

這頭，章魚兄也大聲喊著：「神仙大人吶，咱們是海中精怪，受那凶烈大海怪追擊，逃無可逃，只得上來求救吶！」

「什麼？」塔公塔婆互看一眼，只見那龐然大怪速度奇快，已經逼到了沙灘邊，觸手捲來，將幾隻逃得慢的海精捲起，纏得碎裂，都往口裡送。

「好凶惡的大怪！」塔公、塔婆見那大海怪如此暴烈，心中都有些膽寒。

風獅爺們吼聲此起彼落，紛紛出陣，撲倒了好多海精。

「風獅子聽令，守住海線，別讓巨大章魚上來！」塔公下令。塔婆也揮著木杖，畫出一條黃光圈圈：「上來求救的精怪乖乖待在圈裡，這兒是福地，是天神重要據點，不可亂闖！」

「謝謝神仙婆婆！」水藍兒揮手吆喝著，海精們全擠進了那圈圈裡。

大海怪揮動著觸手，往沙灘上打，大山一般的身子在沙灘邊不停蹭著，像是要硬擠上灘。福地的靈光閃耀，映得那大海怪兩隻眼睛不停淌著眼淚，上百隻觸手瘋狂亂掃。

「別讓他上來，阻下他！」塔公驚慌下令。風獅爺領了命令，猛烈嘶吼，一隻隻撲向巨大觸手，在空中飛竄、在沙上狂奔。

巨海怪大觸手的氣勢不像在水中那樣凶猛，四周的靈光燒灼著觸手。風獅爺們身子靈巧，在四周游擊，銳利爪子在觸手上抓出一條條血痕。

水藍兒見那大海怪上不了岸，也是一聲令下：「大海怪不善陸戰，咱們也去幫忙！替死去的夥伴們報仇！」

海精們一陣喧囂，全衝出了圈圈，殺向大海怪，和一條條觸手激鬥著。

「你們做什麼！」塔婆氣急敗壞，用木杖敲地大罵：「教你們乖乖待在圈圈裡，敢不聽我號令！」

塔公打岔：「這時候妳耍什麼脾氣！妳沒看那大海怪這樣凶烈，那些精怪們自願助陣，有什麼不好？」

「死老頭子你就會和我作對！」

「是妳老頑固！」

「你才老頑固！」

就在塔公塔婆爭吵之際，那大海怪似乎也明白了福地靈氣強盛，加上自己本便不擅陸戰，在沙灘上動作顯得笨重緩慢，根本不敵那些靈巧的風獅爺和趕來助陣的海精。

水藍兒揮舞長劍，眼中泛淚，一劍劍斬擊著那大海怪，要替她那約定好了要廝守終生的男孩報仇。

「水藍兒大姊，妳別太激動吶……」海馬精見水藍兒腰間的創口綳裂、淌出血來，趕緊上前阻住了她。「妳看，大怪要退了，他要逃跑了！」

「我要殺死他！」水藍兒流著淚，要追上去，腰間傷處一疼，腳步踉蹌，撞倒了隻小蛙精。小蛙精外觀只有三歲小孩大小，手裡拿著柄短劍，也隨著眾精怪對付大海怪，手臂也受了傷，還流著血。

水藍兒難過地抱起了小蛙精，嗚咽哭著。

大海怪山一般的山子不停向後頭退著，退入了海裡。海精們大都停下了手，有些激憤要追，都讓夥伴拉了回來。

星空閃耀，大海怪緩緩沉入了海裡，再也沒有動靜，四周只剩下風聲、海潮聲、海精們悲憤的喘息聲，以及水藍兒的嗚咽哭聲。

□

「什麼！有這種事？」塔公大拍木桌，看著前頭跪倒在地，虛弱無力、楚楚可憐的水藍兒。

章魚兄、螃蟹精、海馬精也跪在水藍兒身後，其餘海精全聚在大屋外頭的廣場上，由石敢當們看守著。

這兒是福地二島上的老屋大鎮。

塔公不可置信地問：「妳說那五府大王爺要妳做他妻子，才答應助妳退那大海怪？」

水藍兒點了點頭說：「是的，大人。那五府王爺個個凶狠，我不從，他們不但不保護我們，反倒要強搶，殺了我們許多夥伴。我們一面躲著大海怪、一面躲著五府王爺，好不容易才逃上了這大島，要是神仙爺爺你不收留我們，我們便無路可退了……」

塔公和塔婆互看了一眼，塔婆手一揮，說：「先退下，我倆商量商量。」

「是。」水藍兒應了聲，領著章魚兄等海精退出了大屋，在外頭廣場等著。只聽見大屋裡頭塔公塔婆意見相左，爭吵聲越來越大。

「花言巧語，我看有詐！」塔婆這麼說。

「有什麼詐？」塔公斥罵著：「神仙本當守護凡人百姓、四方精怪，現在他們有了難，怎能見死不救？」

「五府王爺階級可比咱們大了不少，豈會做出這等髒事？很可能是海精們挑撥離間！」塔婆也回嘴怒罵。

「階級大又如何？現下許多大神都邪了，妳又不是不知，要是王爺們真的邪了呢？」塔公連連搖頭。

「那便更不該收留他們！咱們領命鎮守福地，多了這拖油瓶，引來更多邪神，那該如何是好？要是真與五府王爺作對，你想咱們這等兵力，抵敵得住嗎？我看乾脆將他們擒了，獻給五府王爺算了！」塔婆這麼說。

「死老太婆！這種話妳也講得出！」塔公憤怒大罵：「虧妳是個神仙！」

塔婆一聽，怒不可抑地罵：「放你個屁，你這死老頭子，你分明是瞧那妖精漂亮，袒護著她！」

「放屁、放屁！」塔公勃然大怒，站了起身，舉起了手作勢要打塔婆巴掌。

塔婆一木杖敲在塔公頭上，扯著他鬍子，將他摔了個大筋斗。

塔婆還多踹了塔公兩腳，氣急敗壞地跑出了大屋，憤然下令著：「石兵們吶！將那干海精給我拿下——」

「什麼？」水藍兒等精怪聽了，全都大驚失色，慌張騷動著。

一面面石敢當圍了上來，舉起了粗壯大手，就要發難。

「通通給我住手，我說不許拿！」塔公摀著摔疼的下巴，衝了出來，喊著：「這兒由我作主！」

「放屁！」塔婆大喊著：「石兵們歸我管，這是水琝公大人吩咐的。石兵們吶，拿下他們——」

「妳有石敢當，我有風獅爺！」塔公不甘示弱，連連下令：「風獅子，聽我號令，守護海精！」

大廣場上騷亂吵鬧，風獅爺和石敢當們愕然對峙著，不明白為什麼塔公、塔婆會下這種命令，令本來是夥伴的他們彼此爭鬥。

「你敢造反？」塔婆舉了木杖，就要打塔公，塔公也舉起木杖還擊。兩個老神仙在門前打了半晌，四周騷亂更甚，有些石敢當和風獅爺耐不住性子，已經打了起來。

「這兒是二島，二島歸我管，你要聽我號令！」塔婆大叫著，披頭散髮打著塔公。

塔公一點也不示弱，激烈還擊著，同時回罵：「臭老太婆，我回大島，行了吧！」

「眾風獅子、海精們吶，隨我上大島！」塔公揚手下令，風獅爺們紛紛躍起，乘風而飛；水藍兒也領著海精，往老屋群外頭退著。

風獅爺速度靈巧，很快便護著海精們和塔公退出了二島老屋群，往海岸退去。

塔婆領著一票石敢當在後頭苦苦追趕，石敢當身子笨重，速度慢了許多，漸漸追不上。

塔婆更急了，腳下一滑，絆倒在地。只見遠處塔公一行已經退到了海岸邊，風獅爺們御風飛昇，海精們都往水裡跳。塔公站在水藍兒身邊指揮大局，還硬是挺直了背，一副豪氣干雲、英雄救美的模樣。

塔婆氣得搥地哭罵：「沒良心的死老頭子！沒良心的死老頭子呀……」

許多日下來，塔公、塔婆每日隔著海岸，用符令互相對罵著。

有時塔婆會使用法術，遣些抓來的小水鬼要搶灘偷襲，都讓風獅爺給咬死了。

塔公也處心積慮，想反攻二島，最好是將一票石敢當降服，納爲己用。

這日清晨，水藍兒坐在大石上，神情哀悽地遙望大海。

她默默地撫著長劍，長劍柄頭上有著貝殼的圖形紋路，貝殼的另一半刻在男孩的劍上。

她和男孩以天爲印證、以海爲印證、以雙劍爲印證，誓要相伴一生。

此時，天是烏黑密雲、大海激濤洶湧，雙劍沒了其一，男孩已死，只剩大岩上的她孤身隻影。

「水藍兒，妳冷不冷吶？」塔公笑咪咪地走來，還捧了件大袍，替水藍兒披上。

「神仙爺爺，這些時日，辛苦您了。」水藍兒朝塔公點了點頭。

「在這兒妳儘管放心！」塔公拍著胸脯說：「我手下那些風獅子驍勇善戰，加上福地有強悍靈氣，天上還有千千萬萬的神兵猛將，全歸我掌管，那五府王爺我根本不放在眼裡！敢來，我便讓他們爬著逃回海裡！」

「謝謝您，神仙爺爺。」水藍兒點頭答謝。

「別叫我爺爺，叫我福大哥吧！」塔公大笑。「福地之主，福公是也！」

「是的，福公大人。」水藍兒怔了怔，點了點頭。

她見那塔公眼中神色有些熟悉。
和那李府大王爺前些天望著她的神色，十分相似……

〈番外　缺了半邊的貝殼〉完

TAI SUEI

國家圖書館出版品預行編目資料

太歲 卷四 / 星子 著.——二版.——
台北市： 蓋亞文化，2020.12
冊； 公分.——（星子故事書房；TS023）
ISBN 978-986-319-512-2(卷4：平裝)

863.57　　109015639

星子故事書房 TS023

太歲 卷四（新裝版）

作　　者　星子（teensy）
封面插畫　葉明軒
封面裝幀　莊謹銘
責任編輯　盧琬萱
主　　編　黃致雲
總 編 輯　沈育如
發 行 人　陳常智
出 版 社　蓋亞文化有限公司
地址：台北市103大同區承德路二段75巷35號
電話：02-2558-5438　傳真：02-2558-5439
電子信箱：gaea@gaeabooks.com.tw
投稿信箱：editor@gaeabooks.com.tw
郵撥帳號 19769541　戶名：蓋亞文化有限公司
法律顧問　宇達經貿法律事務所
總 經 銷　聯合發行股份有限公司
地址：新北市新店區寶橋路二三五巷六弄六號二樓
電話：02-2917-8022　傳真：02-2915-6275
港澳地區　一代匯集
地址：九龍旺角塘尾道64號龍駒企業大廈10樓B&D室
電話：+852-2783-8102　傳真：+852-2396-0050
二版一刷　2020年12月
定　　價　新台幣299元
Published and printed in Taiwan

ISBN / 978-986-319-512-2

Gaea

Gaea